# 警視庁01《ゼロワン》教場



吉川英梨

角川文庫
23892

# 目次

主な登場人物

**甘粕仁子**（あまかす・にこ）　一三三〇期甘粕教場の教官。警部補。

**塩見圭介**（しおみ・けいすけ）　一三三〇期甘粕教場の助教官。巡査部長。

**高杉哲也**（たかすぎ・てつや）　一三三〇期高杉教場の教官。警部補。

**五味結衣**（ごみ・ゆい）　大学二年生。塩見の恋人。五味の亡くなった妻の連れ子で、高杉の実の娘。

**小倉隆信**（おぐら・たかのぶ）　元教官。

**【一三三〇期甘粕教場】**

**柴田楓太**（しばた・ふうた）　場長。甘粕教場の最年長。元消防官。

**真下美羽**（ました・みう）　会計監査副場長。教場一の小柄。

**川野　蓮**（かわの・れん）　勤怠管理副場長。両親も警察官。大柄だが猫背気味。

**加山小春**（かやま・こはる）　柔道係。五十二キロ級の選手。柔道の英才教育を受けてきた。

**喜島遥翔**（きじま・はると）

自治係。奄美諸島の喜界島出身。

※

**堀田光一**（ほった・こういち）

半グレ組織『榛名連合』のメンバー。六年前に殺人事件を起こして逃亡中の指名手配犯。

**島本 傑**（しまもと・すぐる）

警視庁公安部公安三課の刑事。仁子に片思い中。

**平山大成**（ひらやま・たいせい）

警視庁組織犯罪対策部の刑事。けん銃で死亡。

※

**五味京介**（ごみ・きょうすけ）

警視庁刑事部捜査一課六係、係長。警部。長らく警察学校の教官をやっていたが、警部昇任と共に本部に戻る。

# プロローグ

甘粕仁子《あまかすにこ》はホテルのロビーの人の流れを見ていた。背後の窓からはお台場《だいば》のレインボーブリッジが見えているようだ。向かいに座る島本傑《しまもとすぐる》が解説している。

「レインボーブリッジの下に集結しているのは、隅田《すみだ》川で夜桜クルーズを終えた屋形船かな。この時期は花火大会の時期と同じくらいにたくさんの観光船が出るんですよ」

仁子は窓を振り返った。

「へえ、きれいですね」

島本が突然、ワインを噴き出した。

「どうして笑うんですか」

「だって全然興味ないでしょう」

仁子より七歳年上の三十九歳の島本は、警視庁の刑事とは思えないほど穏やかだ。上司に勧められたお見合いで今日初めて会った。一軒目を終えて、ホテルのラウンジで軽く飲んでいる。

島本は気を悪くした様子もなく、ロビーの人の流れを振り返った。

「君は仕事人間のようだね。言い寄る男たちを次々となぎ倒してきたんじゃないの」

仁子は笑うにとどめた。

「今日、僕に会いにお台場に来てくれたのも、お見合い相手に興味があったわけでもなく、上司の顔を立てたわけでもない――仕事のためだね」

島本が鋭く指摘した。

「一軒目のレストランは退屈そうだった。二軒目に最上階のバーに誘ったのに、一階のロビー脇のラウンジがいいと言い張った。僕は奥の席をすすめたのに、自ら手前の――フロントやロビーの人の流れがよく見える席に座った」

何もかも見抜かれている。仁子は額を押さえた。

「人の流れを見たいからだ。職業病だね」

仁子は警視庁刑事部の所属だ。捜査共助課で見当たり捜査員をしている。管内の主要駅や繁華街など、人の往来の激しい場所に立つ。通行人や待ち合わせを装って町に溶けこみ、指名手配犯を捜すのが任務だ。

「さすが、『精肉業者』の方は鋭いですね」

島本は公安部の刑事だ。『公』の字をばらして『ハム』と呼ばれることがよく知られているが、本人たちが『精肉業者』と自称することもある。内偵と監視が主な仕事だから、島本もお台場のデートだというのに青と黒の地味なストライプのネクタイをしている。スーツもワイシャツも就職活動中の学生みたいに個性がない。ロングヘアを内巻きにしてエナメルのハイヒールを履いてきた仁子とは大違いだ。

「デート中だろうがお見合い中だろうが、手配犯をあげたいんです」

「服装を派手にしてきたのもそのせいだね」

お台場という観光地で公務員のような恰好《かっこう》は悪目立ちするのだ。

「これまで何人くらい検挙できたの？」

「一年目に三人」

「それはすごい。才能ある」

「二年目はゼロ」

おっと、と島本はおどける。店員を呼びウィスキーを頼んだ。島本はロックで、仁子は水割りを頼んだ。

「今年で三年目なんです」

仕事の話だから、仁子は敬語で言った。

「今年、二〇二二年の成績は？　まだ四か月しか経ってないけど」

「ゼロ」

「まだ八か月ある」

「もう八か月しかないんです」

年末年始は人が動く。元日《がんじつ》は成田《なりた》空港、二日は羽田《はねだ》空港に立った。

「東京《とうきょう》駅の新幹線乗り場にも立って、あの三日間でたぶん百万人以上の顔を見ました。

でもダメでした」

今年に入ってから、一度も休みを取っていない。

「ビギナーズラックって言葉は大嫌い」

「誰かに言われたの？」

「陰口は聞こえてきます」

「見当たり捜査ってしょっちゅう成果をあげられるもんじゃなさそうだけど」

「そう思われがちですが、違うんです。毎年どの捜査員も、ひとりか二人は必ず……」

ロビーの人の流れに、見覚えのある顔を見つけた。四十代くらいの大柄な男だ。仁子はトートバッグから、A5のノートを出した。警視庁が指名手配している百五十人の顔写真を貼っている。傷やほくろ、現在の年齢などの特記事項も細かくメモした、仁子の『虎の巻』だ。

「いた。この男！」

仁子はノートを示した。島本の表情が厳しくなった。

「あの堀田《ほった》光一《こういち》か」

「追います。島本さんは所轄に応援要請してもらえませんか」

周囲の客に聞こえぬよう、仁子は島本の耳元に囁《ささや》いた。

「無理だ、やめておいた方がいい。装備も人員も態勢も整っていないんだ。通報はするけど単独で追うのはだめだ」

仁子は聞き流し、堀田光一の背中を見つめたまま立ち上がる。紺色のブルゾンに、グッチのジャージのズボンを穿《は》いていた。足元はナイキのごついスニーカーだ。髪は短く黒かったが、昔は金髪で耳にかかるほど長かった。ビーチにつながるテラスへ出た。誰か人を捜しているふうだ。仁子もロビーのレストランを出る。

「しかもいま君はよそ行きのスーツにハイヒールじゃないか」

追いかけてきた島本に腕を引かれた。振り払う。

「ちょうどいい。絶対に刑事だとバレないでしょ」

仁子は堀田を追い、テラスへと出た。

堀田光一は、半グレ組織『榛名《はるな》連合』の幹部だった。群馬県前橋《まえばし》市出身で、小学校六年生のときに特攻服を着て煙草を吸っていたところを補導された。中学校には殆《ほとん》ど行かずに、喫煙や未成年飲酒、暴行傷害、窃盗などを繰り返してきた。

両親とも公立学校の教師だ。兄が優秀で比べられて育ち、徹底的に反抗した末に道を外れた。両親からは絶縁されている。地元のヤクザにかわいがられながら、『榛名連合』を立ち上げて、主に北関東で悪さを繰り返していた。三十歳で榛名連合の総長の座を後輩に譲り、会長職に就いていた。いまから五年前の三十五歳のとき、女を巡ってもめていた堅気の男性を、手下十人と共に襲撃し殺害した。

襲撃は平日の朝、新橋《しんばし》駅前の路上で堂々と行われた。目撃者も多く、撮影する者までいて、犯行の一部始終はネット上に流れた。白昼堂々の荒っぽい犯行は日本中を震撼《しんかん》させた。犯行グループのうち六名は即日逮捕された。三名は監視・防犯カメラのリレー解析による追跡で身柄を確保できた。

リーダー格で指南役の堀田光一だけは見つからなかった。十日後には偽造パスポートでマニラに飛んだことが発覚した。事件の一年後に継続捜査案件となり、捜査本部は解散した。堀田光一は指名手配犯として警察庁に登録されることになった。

五年が経ち、いよいよ堀田は日本に戻ってきたようだ。顔が知れ渡った地元の前橋には戻らず、人が多い都心に居ついているのだろう。

絶対につかまえる。

堀田はテラス席を見渡していたが、目当ての人物がいなかったらしい。お台場のビーチに出てしまった。

ラテンミュージックが聞こえてくる。まだ冷たい風が吹く四月上旬のお台場だが、砂浜では薄着の若者たちが十人近く集い、飲めや歌えの大騒ぎをしていた。

堀田は砂浜で騒いでいる大学生ふうのグループを、乱暴に突き飛ばしながら歩く。会社員のような団体が近づいてきた。店をはしごしている途中のようだ。仁子は絡まれてしまった。

「お姉さん、きれいだね！　一緒に呑《の》もうよ！」

仁子は腕をつかもうとした酔っ払い係長の手首をひねり、腕をさばいた。

堀田が見ていた。目が合う。走り出した。

バレたのか。

仁子は会社員たちを突き飛ばし、全速力で堀田を追った。堀田は中国人観光客団体に体当たりし、カップルをなぎ倒し、一目散に逃げていく。

「堀田光一、止まりなさい！　警察だ！」

四十歳になっているはずだが、逃げ足は速かった。砂浜に下りて波打ち際を走る。家族連れやカップルは道を空けた。若い男性が何人か堀田をつかまえようとしてくれたが、振り払われたり、突き飛ばされたりしている。

仁子は砂浜でハイヒールを脱ぎ捨てた。海風に翻るジャケットが邪魔だ。腕を振り推進力を上げながら、脱いだ。今度は髪が煩わしい。風にあおられて顔にべたりと張り付き、前方が見えなくなる。いつでも髪を束ねられるように、ヘアゴムは手首につけている。堀田が砂浜脇の階段を駆け上がり、道路に出た。仁子も後に続きながら、舗装道路に上がる。髪を後ろに束ねた。ストッキングは足の裏から伝線している。

ただ一心に、堀田の背中だけ追った。

堀田がゲートをよじ登っているのが見えた。プロムナードと書かれた銘板が脇にかかげられている。どこに繋《つな》がる道路なのか調べる暇もないまま、仁子もゲートに足をかけて、その内側に着地した。誰もいない遊歩道をひたすらに追いかける。

堀田はあきらかに速度が落ちていた。仁子もヘトヘトだ。息が上がり、足が絡まるようになった。腕を振る力もあまり残っていない。

ガードレールの脇を車がひっきりなしに通り過ぎていく。どこの幹線道路だろうと考える暇もない。呼吸が苦しくて、肺が爆発しそうだった。目の前を走る堀田もよろよろだった。殆ど歩くような速度だ。

どこからか、パトカーのサイレンの音が聞こえてきた。ようやく応援が来たらしい。

堀田はサイレンの音で、尻《しり》に火が付いた。再び走り出す。

H形の鉄塔がそびえているのが目に入った。白くライトアップされている。ここはレインボーブリッジだ。プロムナードは橋の遊歩道のことか。つい一時間前まで、ホテルのロビーから眺めていた美しい景色の中にいる。近くで見ると白い主塔は風雨で薄汚れ、強いライトも品がなく場末の風俗店のように見えた。

東京湾岸《とうきょうわんがん》署のパトカーが次々とレインボーブリッジに入っていた。対向車線からは品《しな》川《がわ》署と高輪《たかなわ》署のパトカーも集結していた。

仁子は足の裏がずきずきした。どこかで切ったのだろうが、かまわず追いかける。すでにレインボーブリッジの中ほどに入っている。この真下は海だ。路肩に停めたパトカーから警察官が降りてきた。ガードレールをまたぎ遊歩道に入る。

「堀田はどこだ？」

「どこにもいないじゃないか！」

一人が懐中電灯で仁子を照らした。裸足《はだし》で血がにじむ足元を見て、驚いている。

「見当たり捜査員の方ですか？」

島本が通報してくれたのだろう。仁子は息が切れてすぐに返事ができない。

堀田はどこへ行ったのか。パトカーに目を向ける直前まで、仁子の前を走っていたのに、いまは姿が見えない。海に落ちたのか。

保守点検用と思《おぼ》しき階段が遊歩道の欄干の向こうに見えた。堀田が風にあおられながら、階段を駆け上がっている。

「あそこよ！」

仁子は叫び、フェンスをよじ登って保守点検用階段に降り立った。簡素な手すりがあるだけの、海風に吹きさらしの階段だった。逃げ場もなく、風で煽《あお》られたらひとたまりもない。仁子は思わず四《よ》つん這《ば》いになった。ずっと先を上がる堀田も、両手をついて必死に風を堪《こら》えていた。

「堀田光一！　危険だから、止まりなさい！」

なにかが堀田の方から仁子の顔面目掛けて飛んできた。堀田の革靴だ。むんと嫌なにおいがして、目に砂が入った。

下を見てしまった。海上から百メートル近い高さがある。恐怖で目がくらむ。後を追ってくる警察官はひとりもいなかった。

春の冷たい風が吹きすさぶ。東京湾岸エリアの夜のネオンが揺れている。芝浦《しばうら》の倉庫群と工場地帯の電灯や、ガントリークレーンの照明、観光地のきらびやかなネオンに、羽田空港の滑走路の明かりまでが転々と見える。すぐ真下には、観光船の赤い提灯《ちょうちん》がくっきりと見えた。羽田空港へ着陸する飛行機が飛んでいる。

レインボーブリッジのつり橋部分のワイヤーが保守階段の建物に集約されている。ここはアンカレイジ施設の屋上にあたるようだ。

堀田光一はワイヤーに手をかけている。綱渡りでもするつもりか。

「危ないから戻って！」

喉《のど》が潰《つぶ》れるほど叫んだが、唸《うな》るような強風の音でかき消される。とうとう堀田の足が階段から離れた。ワイヤーにしがみつくようにして、ぶら下がる。

「危ない！」

このままでは落下する。海に叩《たた》きつけられて溺《おぼ》れ死ぬだろう。仁子がここまで追い詰めてしまったのだ。

――死なせるわけにはいかない。助けなくては。

仁子も保守階段の最上段まで上がり、太腿《ふともも》ほどの太さがありそうなワイヤーに手にかけた。堀田は動けなくなっている。進むことも下がることもできないようだ。

仁子はワイヤーに右腕を絡ませ、保守階段の最上段に両膝《りょうひざ》をつき、左腕を差し伸べる。

「捕まって！」

堀田がじりじりとワイヤーを後ろむきに下がってくる。右腕を仁子に伸ばす。指先が届いた。手を強く握り合う。

# 第一章　鉄仮面

塩見《しおみ》圭介《けいすけ》は顔の痒《かゆ》さで目が覚めた。恋人の髪が塩見の頰をくすぐっている。シャンプーの甘い香りがした。手探りでスマホを取る。午前七時三十五分だった。

「やばい、寝坊だ！」

布団から飛び起きた。歯ブラシをくわえてトイレに駆け込み、口をゆすぐついでに顔も洗った。タオルで顔を拭《ふ》きながら、クローゼットを開けてスラックスを引っ張り出す。

「なあにもう、朝から騒がしいなー」

恋人が布団の中でまどろんでいる。

「今日だけは絶対に遅刻しちゃいけないんだ」

ワイシャツのボタンを閉めながら、ベッドサイドの引き出しを足の指で開けて、靴下をまさぐる。

「早く起きて、もう出るから」

「無理。まだ寝てたい」

腰に白い腕が伸びてきた。ぎゅうっとしがみついてくる。

「どうせ遅刻でしょー。テキトーに言って半休取っちゃえばぁ？」

「ダメダメ。今日は一三三〇期の入校日なんだ！　死んでも警察学校に行く！」

塩見はジャケットを羽織った。

「がんばれぇ、一三三〇期の塩見助教～」

恋人がひらひらと手を振る。

「そういえば、教場名は？」

「甘粕教場だ！」

官舎を出る。甲州《こうしゅう》街道沿いにある、古びた団地風の建物だ。味の素《あじのもと》スタジアムを背に西へ走る。調布《ちょうふ》市飛田給《とびたきゅう》という地域だが、いくつかの交差点を過ぎて北へ曲がるころにはもう府中《ふちゅう》市朝日町《あさひちょう》に入っていた。

警察学校が見えてきた。

塩見は、警察学校の助教官をやっている。もう二期送り出して、それなりに助教官として経験は積んだと思っている。もともとは捜査一課の新米刑事だった。階級は巡査部長だ。ひとつ上の警部補への上司の推薦はもらっているが、指導者としての経験を積むため、警察学校に異動してきた。今日入学する一三三〇期の卒業と同時に、塩見は警部補昇任試験を受けて本部の捜査一課に戻る予定だった。

警察学校の正門は全開だった。教官助教をはじめ、百人近くいる職員が出勤してくる時間帯だ。警察学校には常時、二千人近い警察官の卵たちが全寮制の学校で生活をしている。

塩見は正門の目の前にある本館に飛び込んだ。教官室へ急ぐ。

「おはようございます！」

紺色の警察制服を身に着けた指導者たちが集っていた。デスクに座り、書類をチェックしている教官、書類を運ぶ一般職員、統括係長に報告している主任教官などで、朝から活気があふれる。

今日から塩見が担当する一三三〇期は全部で八教場ある。警察学校ではクラスのことを『教場』と呼ぶ。最近は、一組二組とかA組B組みたいに呼び分ける警察学校もあるようだが、警視庁の警察学校は担任教官の名前を冠してクラスを呼ぶ。

塩見は、甘粕仁子教官が率いる甘粕教場の、助教官だ。

甘粕仁子教官はすでにデスクに着いていた。声をかけようとして、背後からヘッドロックをくらう。

「おうい塩見、初日から社長出勤か！」

背後の大男にぶるんぶるん体を揺さぶられる。

「す、すみません、高杉《たかすぎ》助教」

「違う！」

「失礼しました、高杉教官！」

ようやく太腿くらいありそうなごつい腕から逃れた。身長百八十六センチ、体重九十二キロの巨体が迫る。高杉哲也《てつや》というベテラン教官だ。もともと、海上自衛隊の自衛官だった。塩見は学生時代に逮捕術を習っていた。長らく助教官だったので、つい「高杉助教」と呼びたくなる。去年、警部補に昇任して警察学校を出た。所轄署の生活安全部にいたはずだが、「やっぱり警察学校の方が性に合う」とこの春に戻ってきた。

「今日から高杉教官だからな。塩見助教よ」

しっかりマウントを取る様子はゴリラみたいだ。もう五十歳になるはずだが、若々しくて目も輝いていて、初めて会った六年前と変わらない。

「教官より遅く来ちゃだめだろう。教場時代の優等生はどうした。最近たるんでるんじゃないのか。変な女に引っ掛かったな」

大笑いしながら高杉は教官室を出て行った。体も顔も大きいが声もでかい高杉に絡まれると、嵐に巻き込まれた気分になる。塩見は乱れたワイシャツとジャケットをぴんと引っ張った。ネクタイの襟元を引き締めながら、直属の上司の横に立つ。

「おはようございます！　甘粕教官」

塩見は背筋を伸ばす。

「おはよう。今日からよろしくお願いします」

甘粕教官は書類に目を落としたまま、答えた。塩見を振り返りもしない。確か彼女は、『仁子』という変わった名前だった。彼女も捜査一課にいた人だ。にこちゃんと呼ばれてかわいがられていたと古巣の同僚から聞いたことがある。ロングヘアの派手な女性だと聞いたが、いまはベリーショートで男性のような髪型をしていた。警察学校の女子学生たちの見本となるためだろう。学生たちには厳しい頭髪の規定がある。襟足を刈り上げた五分刈りを推奨され、女性警察官はショートカットが鉄則だ。髪を耳にかけてはいけない。しかも仁子はノーメイクのようだ。顔色があまりよくない。

塩見は隣の自席に座る。

「いよいよ今日から始まりますね。一三三〇期。どんな学生たちが来ますかね。実は僕、高卒期を持つのは初めてなんです」

塩見は大卒期だったから、半年間の修業で卒業配置についた。高卒期はカリキュラムが十か月間ある。卒業は来年の二月だ。

「甘粕教官は確か——」

「私は高卒期よ。十か月しごかれて現場に出た」

そして二十四歳で刑事研修を終えて、二十六歳のときに本部捜査一課に呼ばれたと聞いた。優秀でやり手の女性だ。見当たり捜査員として活躍していた。去年のちょうどいまごろ、お台場で指名手配犯ともみ合って大けがをしなければ、いまでも仁子は現場の最前線で活躍していただろう。

仁子は一週間も死線をさまよっていたらしい。半年以上入院し、リハビリを経て警察官に復帰した。刑事をやるにはまだ肉体的にも精神的にも厳しいだろう。体ならしとして、警察学校の教官を希望したそうだ。

仁子とは二週間前の三月中旬に初対面を果たしている。学生たちの事前面談や、係決めなどがあるので、教官助教は学生たちの入校前から共に動き出す。塩見はまだ仁子と業務上の会話しかしたことがない。お台場の追跡時の状況を聞いてみたいが、まだそこまで親しくなってはいない。

仁子が立ち上がったとき、A5の小さなノートが落ちた。

塩見は呼び止め、ノートを拾った。甘粕教場の学生たちの顔写真が貼られた手作りのノートだった。顔の特徴やほくろ、傷の有無、身長や体格などが手書きで記されていた。学生の顔を早く覚えたいからだろうが、こんなものを作る教官を初めて見た。

「すごいですね、これ」

無言でノートをひったくられた。

「見当たり捜査員時代のクセなんだ、こういうノートを作っちゃうの」

仁子はノートを隠すように懐に忍ばせ、無理に口元だけで微笑んだ。やはり顔色は悪く、唇も色を失って乾いている。

八時四十五分、閉ざされた校門の前に、塩見はデスクを並べた。高杉は両手に重ねられた椅子を八つも持って運んでいる。

すでに校門の前には、リクルートスーツ姿の新入生が列を作っていた。

正門の脇にある交番で立番をしていた警察官が、教官助教に挙手の敬礼をする。彼は学生だが、現場の交番の警察官と全く同じ活動服を着て、警察学校の警備にあたる。警察学校の敷地内にあるこの交番は、練習交番、略して練交と呼ばれる。

仁子が椅子に座り、書類箱を開けた。塩見はそのデスクに『甘粕教場』と書かれた垂れ幕をセロテープで張り出した。仁子の脇に立つ。

「準備できたかー」

高杉が、全部で十六人いる教官助教たちを見渡した。彼は教官になったばかりだが、指導者としてはベテランの最年長だから、一三三〇期の主任教官だ。仁子が無言なので、塩見が代わりに言う。

「甘粕教場、準備OKです」

うし、と高杉は頷《うなず》いて声を張り上げた。

「練交当番！　校門を開けていいぞ！」

三人いる練交当番のうちの二人が、校門を開ける。新任巡査たちがなだれ込んできた。自分の教場の列に我先にと並ぼうとする。高杉が声を張り上げた。

「ここはセール会場じゃないんだぞ！　騒がず走らず、自教場の列に黙って並べ！」

校門が開いた瞬間に走り出してしまうのは、なにかの条件反射だろうか。ついこの間まで高校生だったのだ。

「初々しいですね」

塩見は腰をかがめて、隣に座る仁子に耳打ちした。同意の声はなかった。ちらりと塩見を見上げてはきたので、無視したわけではなさそうだ。えらく不愛想な人だ。

甘粕教場の一番乗りは女警だった。もじもじしながらデスクの前に立つ。

「事前面談のときに教えた通りに名乗りなさい」

仁子がぴしゃりと言った。思い出したか、女警はピンと背筋を伸ばした。

「一三三〇期甘粕教場、真下《ました》美羽《みう》です！」

「階級」

美羽はきょとんとしている。仁子が塩見を見上げた。指導しろということだろう。塩見は後ろに並ぶ学生たちにも聞こえる声で、叫んだ。

「教官の前に来たら、期、教場名、氏名、それから階級を大きな声で言うこと！」

目の前の美羽が言い直す。

「一三三〇期甘粕教場、真下美羽巡査です！」

よし、と仁子が頷いた。口角も上がる。

「一番乗りだね」

仁子の表情にほっとしたのか、美羽の口元も緩んだ。美羽は教場一、小柄だ。身長は採用下限ギリギリの百五十四センチしかなかった。ショートカットにノーメイクの顔を見ていると、中学生がリクルートスーツを着ているようにも見える。十か月後に交番に立たせるには不安な見てくれだが、鍛えていくしかない。

仁子は任命書を出した。美羽の氏名と階級、日付が右側にあり、中央に大きな文字で『会計監査副場長に任命する』と記されている。左端には、仁子と塩見の氏名と捺印《なついん》がある。

教場は四十人いて、それぞれに係が決められている。授業の準備をする授業係、柔道係や剣道係、体育係などの他、保健係や、卒業アルバム用の写真を撮る写真係もいる。係のうち、三役と呼ばれるのが、場長と二名の副場長だ。場長は教場の学生たちをまとめるリーダーだ。二人いる副場長は、教場の金銭管理をする会計監査と、当番の管理をする勤怠管理の二種類ある。採用試験で数学の点数がトップだった美羽に、会計監査副場長を任命した。

仁子は寮の部屋を示した紙を渡した。場所を説明するが、美羽はあたりを見渡し、わかったようなわからないような顔だ。

「女子寮は学生棟のロビーを入って右手だ。入口に先輩期の学生が案内に立っている」

「はい、わかりました」

走っていったが、やはり学生棟の前で右往左往している。

「副場長、ちょっと頼りないですね」

小声で仁子に話しかけた。仁子はもう次の学生を相手していた。

「一三三〇期甘粕教場、川野《かわの》蓮《れん》巡査です！」

彼は両親ともに警視庁警察官だという二世だ。事前面談では警察職務をよく理解していたし、組織のことや学校のこともわかっている様子だった。勤怠管理副場長に指名したが、猫背気味でふにゃふにゃしている。

塩見は背後に立ち、背中をまっすぐにさせた。途端にぴんと腰があがり、背筋が伸びた。すると身長が塩見を超す。塩見は百八十センチちょうどだが、川野は百八十五センチくらいはありそうだ。

書類を受け取ると、逃げるように学生棟へ走っていった。もう猫背になっている。手足の関節が外れたような変な走り方だった。

「なんだあいつは。こんにゃくか」

隣の高杉が言った。塩見は笑ったが、仁子はくすりとも笑わなかった。次に前に出て名乗る学生を、仁子はにらみつけるように見上げていた。観察する目つきのようでもある。前髪、眉毛《まゆげ》と上から順に学生をチェックしているようだ。あれは指名手配犯を捜す、見当たり捜査員の目つきか。

逃亡している犯人は整形をしている場合があるし、髪型は変化している。歳を重ねて印象が変わっている手配犯も多いから、見当たり捜査員は、人の顔をイメージでは捉《とら》えないと聞いたことがある。皺《しわ》や傷の有無、ほくろの位置、歯並びなどで本人かどうか断定する。仁子はそうやって人を認識するクセが抜けないのかもしれない。

塩見は周囲の教場の様子を見た。昔は軍隊のように初日から厳しかったというが、最近の若者はすぐに逃げ出してしまうので、教官も助教も強くはあたらない。高杉の学生を見る目は優しく、右隣の教官も飄々《ひょうひょう》としている。学生たちはほどよい緊張感の中で列に並んでいる。

甘粕教場の列だけ緊迫していた。だらりと背筋が曲がっているのがいても、仁子の前に立った瞬間にみな硬直する。それほどに仁子の視線は厳しかった。

仁子の前に、すらりとして背筋が伸びた、貫禄《かんろく》のある女警が立つ。

「一三三〇期甘粕教場、加山小春《かやまこはる》巡査です！」

彼女は五十二キロ級の女子柔道選手だ。警視庁がスカウトしてきた。顔だちも整っているせいか、抜群のオーラがあった。だが髪の毛を耳にかけている。

「加山巡査。頭髪違反だ」

仁子が自分の耳を指さした。小春は「えっ」と右耳を触る。

「ベリーショートにしてきましたけど」

「耳にかけてはダメ。学生棟の二階に床屋があるから、そこで今日中に髪を整えてきなさい」

「床屋って。美容院はないんですか」

「ない」

「男みたいな髪型にされるのは……」

塩見は遮った。

「ここは警察学校だ。教官に逆らうな。女警で頭髪違反者はお前だけなんだぞ」

小春は周囲をせわしなく見た。恥ずかしそうにうつむく。

仁子が柔道係の任命書を読み上げている最中も、小春はずっと耳や髪を触っていた。根は真面目なのだろう。反省するだけでいいのに、自己嫌悪に陥ってしまうタイプだ。

仁子はフォローする様子もなく、「次」と小春を手で追っ払った。

「一三三〇期甘粕教場、喜島遥翔《きじまはると》巡査です」

独特なイントネーションだった。喜島は奄美《あまみ》諸島にある喜界島《きかいじま》出身だ。沖縄県人のように顔が濃い。ニキビが頬に残って赤かった。警察学校本館の五階建ての建物を見上げ、圧倒されている。警視庁の始祖は、薩摩《さつま》藩出身の川路利良《かわじとしよし》だ。警視庁の地方出身者の中で薩摩隼人《はやと》は多い。

「君は自治係ね。教場の巡査たちになにか異変があったら、すぐ知らせること」

自信のなさそうな返事をして、喜島は学生棟へ行った。

「大丈夫ですかね、喜島」

自治係は通称『チクリ係』だ。門限破りをしたり、違反品を学校に持ち込んだりした学生を見つけたら、すぐさま教官助教に報告する。学生が最も嫌がる係がこのチクリ係だが、見て見ぬふりができる人間にとってはラクな係でもある。

ひときわ目立つ男が、甘粕教場の列の一番前に出た。

「一三三〇期甘粕教場、柴田楓太《しばたふうた》巡査です！」

よく通るいい声だった。十五度腰を曲げ敬礼した。柴田は東京消防庁の元職員で、二年前まで消防車に乗って火消しをしていた。三か月間休職したのちに、退職した。一年間の休養の間に警視庁の採用試験を受け、今日、警察学校の校門をくぐった。甘粕教場最年長の二十五歳で、リーダーである場長だ。

休職の原因がなんだったのかは、採用試験や面談の記録には残っていない。プライベートなことなので事前面談でも聞きづらい。仁子が訊《き》くだろうと思っていたら、彼女は何も言わなかった。

「卒業までの十か月間、場長として教場をよろしく」

仁子が任命書を渡した。柴田は、消防礼式に則《のっと》り、任命書を受け取った。警察礼式とほぼ同じなので違和感はない。

「甘粕教場、全員が入校しました」

仁子が主任教官の高杉に報告した。片付けを始める。塩見は声をかけた。

「全員が無事にそろいましたね。気になる学生はいましたか」

塩見は柴田が気になる。プライベートなこととはいえ、なにが原因で消防を休職し、退職にいたったのか。原因は把握しておくべきではないかと思っていた。

「やはりそこがわからないと、現場に出すのは怖いですよね」

「そうですね。デスクの片付けを任せていいですか」

塩見はちょっと答えに窮する。

「あ、ええ。もちろんです」

「学生棟へ様子を見に行ってきます」

仁子は行ってしまった。他の教場の教官助教は、穏やかに雑談しながら片付けを始めていた。塩見は取り残された気分だ。

高杉が馴《な》れ馴れしく肩を組んできた。

「よう、警視庁25教場！」

「なんすかソレ」

『53教場』をまねているのだろう。五味京介《ごみきょうすけ》という教官が率いていた教場のことだ。53教場は警察学校の伝説だ。高杉は長らく53教場で助教官を務めていた。塩見は53教場の出身者ではないが、五味からは刑事捜査を学んだ。退職危機もあったが、五味と高杉にずいぶんと助けてもらった。

五味は去年の春に本部の捜査一課に戻っている。

「53教場は俺がつけたあだ名だからな。お前のところも」

「まさか、甘粕教官の名前からとってます？」

「と思ったんだが、あれは本当に25、ニコニコ仁子ちゃんかぁ？」

にこ、だから25というわけだ。

高杉が疑わし気に学生棟を振り返る。仁子が中へ入っていくのが見えた。

「愛想がねえ。ニコニコどころか、ありゃ鉄仮面だな」

初日が無事終了した。学生たちに公務員の宣誓書類に署名捺印《なついん》させ、心構えを話し、学校内の施設を見学させた。午後は講堂に移動し、校歌である『警視庁警察学校府中校の歌』を練習させた。夕方には明日以降のスケジュールを確認し、早々に解散だ。

学生たちは今日から学生棟にある各寮の部屋で生活する。寮は個室になっているが、物の置き場所は全て決まっていて、布団の畳み方やゴミの出し方にも厳格なルールがある。食堂や風呂《ふろ》の利用方法についても覚えなくてはならない。

二千人近い学生を収容できる学生棟は、迷路のようなつくりだ。あちこちに地図が張り出されているが、迷子になってしまう学生はいる。学生棟での細かいルール説明や指導は、先輩期の学生たちが行う。教官助教は、今日はもうお開きだ。

塩見は一三三〇期の十六人の教官助教たちに呼びかけた。

「遅刻もトンズラもなく平和に一三三〇期のスタートを切ることができました。まずは一杯といきますか。十八時半から、飛田給駅前の居酒屋『飛《と》び食《しょく》』を予約してます！」

教官助教連中は大喜びだ。警察官は酒飲みが多い。みなそそくさと更衣室へ向かった。警察制服からスーツに着替える。

高杉が人数を確認してきた。

「一人追加で、十七人は無理かな」

「どなたがいらっしゃいますか？」

「五味チャンだよ！　五味がいなきゃ始まらないだろ」

「五味さんは無理でしょう。いまや捜査一課の係長ですよ」

係長の下には、五、六人編制の六つの班がある。各班が管内の捜査本部に散らばり、捜査に邁進《まいしん》している。係長は毎日捜査本部を回り、苦戦している捜査本部があれば自ら捜査に赴くこともある。

「相当に忙しいはずです。捜査一課の係長は警視庁一多忙と言われていますからね」

「やっぱ無理か……でも誘うだけでも」

仁子が、驚いたような顔で話しかけてきた。

「五味さんて——もしかして、捜査一課六係の五味京介先輩のこと？」

「おー！　ニコちゃん、五味のこと知ってんのか。捜査一課だったんだもんな」

高杉はいきなりニコちゃん呼ばわりだ。仁子が咎《とが》めることはなかった。

「私が新米刑事だったころに指導してくれたのが、五味先輩なんです」

「そーかそーか。それならニコちゃんも53教場の仲間だな」

高杉が仁子に53教場の意味を教えている。

「連絡だけでもしてみましょうか」

塩見はスマホを出し、五味に電話をかけようとした。仁子が慌てて止める。

「五味先輩は忙しいだろうし、私は飲み会に行かないから」

「えー。ニコちゃん来ないの」

高杉が口を尖《とが》らせる。

「ごめんなさい、用事があるので」

仁子は逃げるように教官室を出て行った。

塩見は高杉ら一三三〇期の教官助教らと、警察学校を出た。

「五味に連絡ついたか」

高杉に肩をぐいとつかまれる。

「つきましたけど、無理そうです。たてこんでいるみたいですよ。めちゃくちゃ早口で、ブチッて電話切られちゃいましたよ」

捜査一課の忙しさは経験してわかっているつもりだが、敬愛する五味にそっけなくされるのは悲しい。

「五味さんってもっと穏やかで優しいイメージがあったんですけどねぇ」

「それは警察学校の中だけだよ。あいつは教官としては新米、新天地だったからな。でも捜査一課では違うだろ。やつのフィールドだから、本来の自分になっちゃうんだよ」

「本来の五味さんは冷たいというんですか」

「そうだよ。俺らが学生のときも五味チャンは俺に超冷たかったもん。仲良くしてくれるようになったのは、同じ教場を持つようになってからだからな」

五味と高杉は平成《へいせい》十三年入庁の一一五三期で同教場の仲間だったらしい。当時の二人がどんな青春時代を過ごしたのか、塩見ら教え子たちは興味津々なのだが、どれだけ酒を飲ませても、教えてくれなかった。

　正門脇の練習交番の前を通り過ぎようとして、スーツ姿の訪問者が目についた。濃紺のスーツに青いストライプのネクタイで、髪を短く刈っている。四十代くらいの男だ。

「本部の島本と言います」

　ピーポ君が印刷された薄っぺらい名刺を出していた。警察外部の人間に出す名刺だ。内部の人間や他の公安機関、省庁の人間に出す名刺はもっと分厚くて、金色の桜の代紋が入っている。男は「甘粕警部補に会いたいのですが」と当番の学生に申し出ていた。

「甘粕教官なら、もう帰られましたよ」

　塩見は声をかけた。島本と名乗った刑事は落胆したふうだ。

「そうでしたか。いや、ありがとうございます」

　深く一礼し、困ったように苦笑いした。八重歯が見えて中年男ながら無邪気に見えた。仕草も警察官ぽくない。ちらりと名刺の肩書を覗《のぞ》き見る。公安部の刑事だった。

　警視庁公安部は、テロリストや国家転覆を狙う暴力集団の内偵や捜査、摘発を行う部署だ。国家を守るという意識が強いエリート集団でもある。市民よりもまず国家と考える連中を、「情報は取っていくのに自分たちの情報は一切教えない、嫌な奴らだ」と悪く言う警察官が多い。島本の警察官然としていない物腰は、公安部という秘密主義の組織にいるせいだろうか。

「甘粕教官の学生さんですか」

島本に学生と間違えられ、塩見はちょっとムッとする。

「僕は甘粕教場の助教官です」

名刺を渡した。学生は巡査だが、塩見は巡査部長だ。

「お若いからてっきり学生さんかと。すみません。僕は公安部の者ですが」

「甘粕教官にどのようなご用ですか？」

「僕は、甘粕警部補の婚約者なんです」

元、ですが——と島本は付け足した。


島本は教官助教連中の誰よりもペースが速かった。

今日の飲み会は十六人という大所帯なので、個室に並べた二つの長テーブルで飲んでいた。いまはみな散り散りになり、好き勝手な場所で飲んでいる。五人くらいは帰った。

「ねえ塩見さん、聞いてますか。僕ってそんなにイケてないですかね」

酔っぱらった島本が塩見に顔を突き出してくる。面倒くさい。高杉のいるテーブルに逃げたいが、上司の親しい人ならばと仕方なく島本の隣で飲んでいるのだ。

「いつもいつも、仁子ちゃんには逃げられちゃうんだよなぁ。今朝もね、新しい警察人生のスタートがんばれってメッセージを送ったんですけどね。既読無視」

島本は酔いからか鼻が真っ赤だ。リアルな公安部の刑事はこんなものだろうか。ときおりのぞく八重歯が子供っぽくも見える。

「元婚約者ということですが、破局の原因はなんだったんですか」

「破局、ねえ。正確には破局とは言わないんだけど」

「じゃ婚約中？」

「婚約には至っていないというか。仁子ちゃんが大けがを負った件があるから。僕はあの現場にいたんですよ」

塩見は驚いた。

「レインボーブリッジの鉄塔から落下したのを見ていたんですか？」

「いや、現場は見ていないんだ。直前まで、お台場のホテルのロビーでデートしてたの」

プライベートのさ中の出来事だったのか。追跡の態勢が取れていなかったのだろう。

「そのころから甘粕教官と婚約していたんですか」

「あれが初対面だったのよ。だからいろいろと複雑なんだ」

互いの上司が勧めるお見合いの場での出来事だったらしい。

「僕は仁子を見て一目ぼれだよ。長い髪を巻いていて、色っぽかった。つやつやのぷるんとした唇に一瞬で恋に落ちちゃったの」

塩見は想像しようとしたが、うまくいかない。いまの仁子は女っ気のひとつもない。警察学校の教官になって見てくれを派手にできないからだろうが、島本の話す仁子とはあまりにかけ離れている。

「だけど仁子は俺のことなんか眼中にない。俺とお見合いしつつも、人の流れを観察していたんだ。よりによって、半グレの堀田光一を見つけちゃったもんだから」

「島本さんも一緒に追跡をしたんですか」

「一応ね。でもあっという間に見失った。お台場の人混みを右往左往しているうちに、捜査員と堀田がアンカレイジの最上階付近から落下したと報告が入ってきた」

アンカレイジとは吊り橋部のワイヤーを納める施設のことらしい。堀田と仁子はアンカレイジから延びるワイヤーにしがみつき、揃《そろ》って落下したらしい。

「堀田は海に落ち、仁子はレインボーブリッジの遊歩道に転がり落ちたんだけど、後頭部を強打して意識不明の重体だよ。僕が次に仁子と対面できたのは、病院のＥＲだった」

急性硬膜下血腫《けっしゅ》ですぐに開頭手術をせねばならない状態だったらしい。

「脳圧がなかなか下がらなくてね。命も危ないと言われた。一生意識が戻らないかも、なんて脅されちゃったし」

「その日が初対面だったんですよね」

島本はテーブルを見つめ、こっくりと頷《うなず》いた。

「家族に連絡してやりたくても、連絡先すら知らない。緊急手術の同意書を見せられても、所詮《しょせん》は他人だからね。サインしてやれないし」

一目ぼれした女性がその日のうちに死線をさまよう――島本も混乱しただろう。

「僕は好意を持っていたけど、仁子ちゃんがどう思っていたかはわからない。そばにいるのも迷惑な話かもしれないから、ご家族が駆け付けるまでと決めていたんだ」

ところが、翌日になっても、家族は誰一人やってこなかったらしい。

「一週間後にようやく父親だという人が来たんです。手術の同意書とか必要な書類だけ書くと、僕を親しい間柄と勘違いして言うんです」

〝意識が戻ったら呼んでください〟

「で、さっさと帰っちゃった」

「ずいぶん冷たい父親ですね」

「お母さんの再婚相手みたいですよ。仁子はお母さんとも仲が悪いみたい」

島本がスマホを出し、画像を見せた。病室で生命維持装置に繫《つな》がれている仁子の画像だった。顔がいまの倍くらいの大きさに膨れ上がっていた。塩見は見ていられない。

「義理の父親が直視できないのも、無理はないです。僕もそりゃ辛《つら》かった。だからこそ、奇跡を見ているみたいでしたよ」

島本が画像をスクロールしていく。病室で寝ている仁子の顔を毎日撮影し、見守り続けていたようだ。

赤黒く腫《は》れあがっていた仁子の顔が少しずつ小さくなっていき、痣《あざ》も薄くなっていく。二週間後には顔の輪郭がくっきりとしてきて、一か月後には痣も引いて血色がよくなった。呼吸器も外れた。奇跡の回復の様子をコマ送りのように見せられると、素顔の仁子の美しさがより際立って見えた。

「僕は毎日、せっせと病院に通いました。残業途中に抜け出して、仁子のお見舞いをしてからまた本部に戻って仕事をした日もありました」

差し入れをしたり、着替えをランドリールームで洗ったり、世話を焼いていたようだ。

「仁子の意識が回復したのは、事故から十日目のことですが、えらく暴れたんですよ。脈を取ろうとする看護師を平手打ちして、注射器を構えた医師に拳《こぶし》を振り上げた。彼女の意識はまだ堀田と格闘している真っ最中だったんでしょうね」

すぐに落ち着いたが、直後にまた仁子は混乱したらしい。

「今度は記憶障害です。自分が直前までなにをしていたのか覚えていない。刑事が聴取に来たのですが、仁子は堀田を追跡中に落下したことすら、記憶にないようでした」

頭部を強打したせいだろうか。

「僕のことも、覚えていなかった」

島本は深いため息を挟んだ。気が付けば、島本と塩見の周りに、教官助教が集まっていた。同じ期の新米教官がどのような人物なのか、みな気になっていたのだろう。

「嘘をついた僕が悪かったんです」

島本が先走り、深いため息をついた。

「ある日、洗濯に行こうとした僕に、仁子が訊《き》いたんですよ。あなたは誰なの、って。僕はつい婚約者だと言っちゃった」

いつの間にか話に入っていた高杉が、島本の首を絞め上げた。

「島本さん、それはずるい。あの美女をそんな風に手に入れようとするのはダメだ！」

高杉は女好きだ。半分笑いながら島本をからかう。

「惚《ほ》れちゃって、どうしようもなかったんですよ」

高杉は飲め飲めと島本に日本酒を注ぐ。

「結局、なんで破局したの」

「まあ、嘘がバレてフラれたということです」

島本は両腕をテーブルについて、顔をうずめてしまった。

「感謝しているけどどうしても無理と言われた僕の気持ち、わかりますか……！」

高杉は冷たい。

「そりゃあんた、婚約者だなんて嘘つくのが悪い」

「ところで、その堀田光一という手配犯はその後どうなったんでしたっけ」

「未《いま》だ行方不明です」

島本がお猪口《ちょこ》をじっと睨《にら》みつける。

「警視庁や海上保安庁が一週間も東京湾を捜索したそうですが、見つからなかった」

堀田は海に落下したあと、逃亡したのか海の藻屑《もくず》と消えたのか、わからないらしい。

「そりゃまた不気味な話だな、おい」

高杉がぼやいたとき、彼のスマホがバイブした。高杉の表情が一変する。

「五味チャンだー！」

子供のようにはしゃぎ、立ち上がる。わざわざ個室の外に通話しに行った。もう二十三時になっている。そろそろお開きだろうと思っているが、高杉はまだ飲む気のようだ。

「早く来い、いつもの『飛び食』だ」と五味を誘っている。

「島本さん、明日も早いでしょう。そろそろ……」

促してみたが、島本はウィスキーをグラスに注ぐ。急にかしこまった。

「なにはともあれ、塩見助教。うちの仁子をどうぞよろしくお願いします」

塩見も一応背筋を伸ばし、頭を下げた。電話を終えた高杉がしょんぼりした様子で戻ってきた。

「五味さん、来られないんですか」

「なんかバタバタしているらしいぞ。ほら先週――」

高杉が塩見と島本の間に強引に割って入る。島本は座布団に根っこが生えたかのように動かないので、仕方なく塩見が脇にズレた。

「警官がけん銃で撃たれて死んだだろ」

高杉が小さな声で言った。

「麻布《あざぶ》署管内でしたね」

組織犯罪対策部の刑事が自宅マンションで倒れているところを発見された。頭部から銃弾が発見されている。島本が嘆いた。

「ヤクザのお礼参りですかね」

高杉は首を傾げる。

「いまどきそんな元気なヤクザがいるかな。どこもかしこも暴対法と暴排条例で首が回んない状況なのに」

「あの件の担当なら、五味さんは自宅に帰れないでしょうね」

塩見が言うと、しょんぼりしていた高杉が大きな手を叩《たた》いた。

「そうだ！　綾乃《あやの》ちゃんを呼ぼう」

スマホをスクロールし瀬山《せやま》綾乃の番号を表示させた。五味の妻で、彼女も刑事だ。

「ダメですよ、五味さんの奥さんは第二子妊娠中です」

「チクショー、どいつもこいつも！　そうだ。結衣《ゆい》を呼ぼう」

塩見は慌てた。

「それはダメ。絶対ダメです」

島本が話に入ってくる。

「さっきから登場人物が全然わからないんですが。五味さんって何者ですか。結衣さんというのは誰です」

「結衣ちゃんは五味さんの娘で――」

「違う！　俺の娘だ！」

高杉が叫んだ。この辺りの人間関係を説明するのはとても難しい。他人の塩見が勝手に話していいとも思えない。

大昔、高杉の元恋人が内緒で娘を産んだ。それが結衣だ。シングルマザーをしていた高杉の元恋人を、五味が娶《めと》ったということらしい。その元恋人、つまり五味の元妻は、ずいぶん前に病気で亡くなっている。高杉は、自分の元恋人が自分の子供を産んでいたとは知らずに、別の女性と結婚している。

「結衣ちゃんは警察官じゃないんですから、この場に呼ぶのはよろしくないでしょう」

「なんでダメなんだ。俺のかわいい娘だぞ！　成人済みだぞ！」

実の娘を自分の職場の飲み会に呼ぼうなんて考える父親はいないだろう。島本も変な顔をしている。高杉は結衣を溺愛《できあい》していて、結衣の言うことなら何でも聞く。

二十三時で飲み会はお開きになった。店の前でバラバラになったが、高杉がもっと飲もうと塩見についてきた。官舎の前で揉《も》めてしまう。

「自宅は汚いので、勘弁してください」

「警察学校で整理整頓《せいとん》をあれだけ教え込んだだろう！　助教にまでなって部屋が汚れている言い訳は通らない」

高杉は強引に言うが、優しく囁《ささや》く。

「俺、コンビニで酒を買ってくるからさ、その間に片付ければいいだろ？」

「しかし明日もありますし……」

高杉が抱き着いてくる。

「お前はどこか五味チャンと似ているからさ、もっと一緒にいたいんだよう。頼むからもうちょっと一緒にいてくれよ」

「五味さんがいなくて寂しいのはわかりますけど、もう終電なくなりますよ」

高杉が急に真顔になった。

「お前、正直に言え。なんで俺に上がられたら困るんだ。女か」

高杉に背中を叩かれた。バイクがぶつかってきたくらいの衝撃に思えた。

「隠す必要ねえだろ。どこの子だよ」

塩見は後頭部をかいて、どう説明すべきか考える。

「ははん。さては身内だな」

その通り、身内だ。最も高杉は〝警察組織内にいる女〟という理解だろう。

「わかったよ。帰るか。ああ、さみしい」

高杉はとぼとぼと駅に向かって歩き出した。あの背中は呼び止めたくなるが、ぐっとこらえて見送る。部屋に帰った。

「圭介君、お帰りッ」

恋人の五味結衣が、塩見の首に抱きついてきた。

# 第二章　アラウド

入校から十日後に警視庁副総監を来賓に入校式が行われる。学生たちの家族もやってくる。入校式までに警察礼服の着こなしから、警察礼式の基本動作、団体行動、行進などを、外部の人間が見ても恥ずかしくないよう教え込まなくてはならない。

入校式までに教場旗も準備しなくてはならない。教場のスローガンとモチーフとなる動物を旗に描くのが恒例だ。甘粕教場のモチーフ動物はダチョウで塩見は度肝を抜かれた。普通はライオンやクマ、虎、鷹《たか》などの力強い動物を学生たちは選ぶ。スローガンは『全部一等』というなんとも子供っぽいものだった。元消防官の柴田場長は最後まで反対したらしく、理由を言いたがらない。副場長の川野が代わりに説明した。

「この教場は運動も勉学も全てにおいて一番を目指そうということになったんです。モチーフのダチョウは二足歩行動物の中で最も俊足ですし、世界一卵の大きい動物もダチョウなのです」

大まじめに川野が説明していたが、仁子は必死に笑いを堪《こら》えている始末だった。

変な教場旗と微妙なスローガンのもと、授業が始まった。塩見は刑法、仁子は刑事捜査の授業を担当している。高杉はこれまでと同じ逮捕術が担当だ。

甘粕教場は、いまのところ大きな問題はないが、塩見は喜島遥翔のことが気になっていた。ストレスからなのか、ニキビが一気に増えてしまった。晴れ舞台である入校式を前にひどくなり、痛々しいほどだ。

入校式前日の夕礼で、仁子が教壇に立ち、明日の流れを説明している。塩見はその脇で学生たちの顔を眺めていく。やはり、喜島の真っ赤になった頬と首にまで広がり始めた吹き出物が気になった。

「明日の入校式に備えて今日は早く眠るように。久々に家族に会えるからといって、はしゃぎすぎないようにね」

仁子は少し口角を上げた。学生たちも表情が少し緩んだが、仁子はすっと無表情になった。柴田を見る。

「号令」

柴田が「起立ッ」と腹から声を出す。十五度の敬礼は、いまやほとんどの学生が角度を間違えないようになったが、顔を上げるタイミングが早すぎる者や遅すぎる者はまだいる。塩見が何人かに指導を入れているうちに、仁子はもう教場を出ていっていた。

塩見は慌てて仁子を追いかける。隣の高杉教場からどっと歓声が聞こえてきた。高杉が陽気な性格なので、隣の高杉教場からは笑い声がよく聞こえてくる。

塩見は仁子に追いつけないまま、教官室に戻った。仁子はすでにデスクに着いていた。

声をかけると、無言で顔をあげる。

「喜島なんですが、だいぶニキビが悪化していますよね」

仁子は思い出す顔になり「確かに」と塩見に向き直った。

「駅前にいい皮膚科があるんで、連れて行こうと思います」

仁子は頷《うなず》き、また書類仕事に戻った。会話が続かない。

スーツに着替え、十六時に喜島を連れて学校を出た。

「入校したときはこんなにニキビはひどくなかったよな」

「ええ。一応、島の診療所でもらってた常備薬を塗ってるんですけど、今回は全然効かないです」

「やっぱりストレスが溜《た》まっているのかな」

「いやあでも、ストレスでニキビがこんなに増えたことはなかったですけどねぇ」

喜島は朴訥《ぼくとつ》とした話し方をする。

駅前の皮膚科は人気なのか大混雑していた。二時間待ちだと言われてしまう。

「しょうがない。どっかで先に夕飯を食っておくか」

入校したての学生と平日の夜に居酒屋に入るのは気が引けた。

「バーミヤンとかすき家《や》とかにするか。日高屋《ひだかや》もあるぞ」

どれも有名なチェーン店だが、喜島はピンと来ない様子だ。喜界島にはないのだろう。

「自分はマックに行きたいです」

「マクドナルドでいいのか？　夕飯だぞ」

「いや実はまだ食べたことないんですよ、マック」

喜島はマクドナルドに入るや大喜びだった。ネットやSNSで見た通りだとはしゃぎ、フライドポテトのおいしさに悶絶《もんぜつ》していた。

「お前、変わっているなぁ。俺は手料理の方がいいけど」

「いやいや、母親の手料理はうんざりです。毎日刺身と、わかめか海のりの味噌汁《みそしる》ですよ。しょんべんまで磯臭くなりますから」

「毎日刺身はうらやましいぞ」

「塩見助教はどちらの出身なんです？」

「俺は大月《おおつき》だよ」

喜島は懐から紙きれを出した。東京都の白地図だ。二十三区と市町村部の境目と名前が青ペンで書き込まれている。所轄書名と管轄範囲は赤ペンで記されていた。緑のペンは路線図を示している。文字情報が多過ぎて眩暈《めまい》がするような紙切れだったが、喜島はそれを大事に持ち歩いて、東京の地理や管轄を覚えようとしているようだ。

「大月は山梨県だ。中央線沿線《ちゆうおう》な」

塩見は白地図の中央線を辿《たど》った。高尾《たかお》駅までしか書いていなかった。塩見は子供のころから中央線に乗ってよく八王子《はちおうじ》あたりまで出ていたので、あまり実感がないが、地方出身者が東京都の複雑な路線図や百以上ある所轄署や管轄範囲を在学中に覚えるのは大変なことだろう。

「甘粕教官はどちらの出身なんでしょうか」

塩見は首を傾げた。共に教場を率いる相棒なのに、出身地すら知らない。

「さあ……今度訊《き》いてみようか」

「別にいいんですけど。やっぱり、男と女だからやりにくいって感じすか」

喜島が窺《うかが》うように訊いてきた。

「甘粕教官と塩見助教、ものすごく距離がありますよね」

自覚はしていたが、学生から見てもそんなふうに見えていたか。

「もしかして――なにか、あったとかですか」

「は？」

「いや、やっぱりほら、男と女だから。どうもよそよそしいふうに見えます」

「何もないし、何かトラブルが起きるほどに親しくもない。お前だって、例えば加山小春。よそよそしいだろ」

「そりゃそうですよ。甘粕教場一の美女。おいそれと話しかけられません」

喜島が「ココだけの話ですよ」と人差し指を立てた。

「僕なんか東京に出てきたばっかりですから、美人だと目が行っちゃうわけです。ま、僕みたいなニキビ面の田舎者、相手にしてもらえないでしょうけどね」

「そんなことはないだろう」

加山小春は恋人がいないと事前面接で話していた。警察学校という特殊な学校なので、近親者や恋人に反社会的勢力の人間や共産党員などがいないか事前面談で確かめる。恋人の素性までは尋ねないが、有無は組織に申告せねばならない。咎《とが》められることはないし、恋人がいるとなれば、週末の外泊なども許可が出やすい。

クリニックに戻り、診察室で待った。ようやく順番が回ってくる。皮膚科医は奄美大島から上京してきたばかりの警察学校の学生と知るや、「水のせいかもねぇ」と言った。

「東京の水はきれいだけど、薬品で清潔にしているから、自然豊かな場所からきた人には刺激が強すぎるのよ。甲州街道の近くだと空気も悪いし」

塗り薬と飲み薬を処方してもらい、学校に戻った。学生棟に喜島が入ったのを見送り、塩見も帰ろうとした。教官室をのぞいたら、仁子がひとりで残業していた。

「甘粕教官」

仁子が振り返る。塩見をじろじろと見る目は迷惑そうだ。心の中でムッとしたが、塩見は報告する。

「喜島を皮膚科に連れていきました」

仁子は思い出した様子で、出入口に立つ塩見の方へ椅子ごと体を向けた。

「そうだったね。どうでした」

「水や空気が合わないせいではないかと」

「それはどうしようもないね」

「とりあえず、塗り薬と飲み薬はもらってきましたが、どうなるか」

「了解。ご苦労様でした」

仁子はデスクに向き直った。甘粕教官と距離があると言った喜島を思い出した。

「甘粕教官。もしよかったら、軽く飯でもいきませんか」

マクドナルドで食べてきたが、塩見には足りない。

「明日は入校式です。大変でしたけど、ひととおりの指導は間に合いました。ちょっと早めのお疲れ様会ということで」

上司を飲みに誘うのに、つらつらと言い訳をしてしまった。仁子の表情が断りの文言を探しているように見えたからだ。

「まあでも無理せずで」

「そうだね。無理せずで」

仁子はデスクに向き直ってしまった。塩見は小さくため息をつき、教官室を出た。


無事に入校式も済み、本格的に授業が始まった。気が付けば四月も下旬になっている。甘粕教場はなんでも一等を目指すというわりに座学も術科もそこそこで、テストやスポーツ大会でも一等になったことはない。

高杉教場で刑法の授業を終えて、塩見は廊下に出た。もう昼休みだ。学生たちは学生棟の食堂に向かうところだが、甘粕教場から「殺人！」「強盗！」など、不謹慎な掛け声が聞こえてきた。なにごとかと教室の中をのぞく。

川野と喜島だ。川野が数字を言うと、喜島が罪名を答えている。クイズを出しあっているふうだった。

「05！」

「公務執行妨害！」

「08！」

「覚せい剤！」

警察無線の通話コードを暗記しているのだろう。職務質問などの際に犯歴照会センターを利用する。前科があったら、このコード番号で犯罪の種類を伝えてくる。事案が発生し警察署に報告を上げる際も、罪名をコードで伝えることが多い。

例えば路上での強盗発生を視認した場合、無線機で報告を上げることになるが、人だかりのなかで「強盗事件発生」とは言わない。コードで「02事案発生」と伝える。

川野が数字を叫ぶ。

「01！」

「さあつじーん！」

喜島はふざけて、ベロを出して喉《のど》から変な声を出した。殺された人を表現しているのだろうか。

「06！」

「暴行！」

喜島が、川野をボコボコに殴るフリをする。

「08！」

「覚せい剤！」

喜島は白目をむいて、注射を腕に打つふりをした。通りすがりの真下美羽はクスクス笑って眺めている。加山小春は白けていた。

「09！」

「凶器集合準備罪！」

喜島が筆箱を振り上げる。凶器のつもりらしい。塩見は教場の中に入り、喜島の腕をつかんだ。

「違う、凶器準備集合罪だ」

デスクに座っていた川野がゲラゲラ笑っている。

「どうしたの」

仁子もやってきた。途端に川野はデスクから下りて直立不動になった。喜島も背筋をピンと伸ばして、教官に向き直る。

「警察無線のコードを暗記していました。午後、無線の授業でテストなので」

川野が説明した。仁子は黙って塩見を見た。塩見は、仁子が何を求めているのか察した。学生二人に言う。

「喜島、お前はいちいちそうやって被害者や加害者の真似をしないと、コードを覚えられないのか？」

　喜島はきょとんとしている。なにが悪かったのか、わかっていない。

「地方から出てきて、市区町村名や路線図を覚えるのも大変だろう。例えば、渋谷《しぶや》と言いながらハチ公の真似をするとか、新橋と言いながら酔っ払いのサラリーマンのふりをするのはいいだろう。だが罪を仕草で表現するのは不謹慎だ」

　なにを咎められているのかやっと気が付いた様子で、喜島はしゅんとした。

「我々警察官は、実際に被害に遭った人や加害者とも直接対峙《たいじ》する」

　川野もまた肩を落とす。

「首を絞められて亡くなった被害者を前に、ベロを出してうへぇと言うとか、薬物をやめられず苦しんでいる人を前に、白目をむいて注射器を刺すような仕草ができるか」

「いえ、できません。もうしません」

　塩見は仁子を見た。学生を叱ったあとは、それ相当のペナルティを与える。だいたいは腕立て伏せとか、グラウンドを何周か走らせる。ひどい場合には始末書だ。仁子は肩をすくめただけだった。ペナルティを与えるほどではないと考えているのだろう。教場を出ていく。塩見も後に続いた。

　扉を閉めたとき、場長の柴田が咎める声がした。

「お前たち、調子に乗るなよ！」

元消防士の場長の方が厳しい。教官室に戻る廊下で、仁子はちらりと塩見を振り返る。

「ついこないだまで、高校生だもんね」

あれくらいふざけるのはしょうがないと仁子は思っているようだ。それにしても、と塩見はため息をつく。

「甘粕教官が教室に入ると空気が変わりますね」

「どういう意味？」

「僕は一応、怒っているというオーラを出して教場に入ったのですが、喜島はぽかんとしているし、川野はデスクに座ったままでした」

塩見が学生のころは、教場に助教が入ってきたら背筋を伸ばして命令を待った。ここは上官の命令は絶対だという縦意識を植え付ける場でもある。助教だろうが、指導官が視界の中に入ったらまずは背筋を伸ばし、身なりを整えるのが普通だった。

「まだまだ高校生気分が抜けていないのよ。ピンと来ないのかも」

「でも甘粕教官が入ってきたら、川野はすぐさまデスクから飛び降りて、喜島も背筋を伸ばしていました」

仁子の方が階級は上とは言え、塩見は舐《な》められたものだった。

「僕は貫禄《かんろく》がないんですよね。舐められちゃう。一応これでも、学生を持つのは三期目なんですがね」

仁子は初めての教場なのに、貫禄がある。

「なにか秘訣《ひけつ》はあるんですか？」

「別にないよ」

それより、と仁子が珍しくまっすぐに塩見を見つめた。こうやって立ち話をしていると、意外と仁子は小さいと気が付く。身長は百六十センチないのではないだろうか。

「代わりに注意してくれてありがとう。私が言わんとしたこと、目配《めくば》せしただけでわかってくれた」

塩見はつい微笑んだ。

「目配せしてくれるだけでいいですよ。直接の指導は僕が行います」

「それだよ」

「え？」

「塩見助教が言ってくれるから、私は言わずに済む。言わないから、貫禄があるように見えるのよ。塩見助教のおかげ」

それも一理あるか。

「いつもありがとう」

仁子がちょこんと頭を下げた。先に教官室へ降りて行く。塩見は廊下に呆然《ぼうぜん》と佇《たたず》んでしまった。傍らに姿見がある。耳が真っ赤になっていた。

学生棟の食堂で昼食を摂《と》った。本部にいたときも早飯だったが、今日も塩見は十分で定食をたいらげて、教官室に戻った。仕事が山ほどあるのだ。

仁子は教官室のデスクでコンビニのおにぎりをかじりながら、読書していた。

「甘粕教官は食堂では食べないんですか？」

仁子が学生棟の食堂で食べているのを見たことがなかった。ご飯やみそ汁はおかわり自由だし、おかずを二種類から選べる。なによりも格安でおいしいので、教官連中も食堂で済ます人は多い。

「人が多すぎて、ちょっと」

飲み会にも来ないし、ひとりで静かに過ごす方が好きなのかもしれない。

「それじゃ、見当たり捜査員時代は大変だったんじゃないですか」

仁子の表情が途端に硬くなった。レインボーブリッジ転落事件に繋《つな》がるから、見当たり捜査員時代のことは、思い出したくないのかもしれない。塩見は話題を変えた。

「学生たちの練交当番がそろそろ始まりますね。模擬爆弾を準備しなくちゃいけませんね」

仁子の表情がぱっと明るくなった。

「そうだ。模擬爆弾。なつかしいなー」

「甘粕教官も、模擬爆弾で苦しめられた口ですか？」

模擬爆弾は、教官が段ボールで作ったただの箱だ。警察学校の敷地内に隠す。当番の間に見つけられなかったらペナルティを食らう。毎日どこかに模擬爆弾が隠されているわけではなく、教官が置かない日もある。練交当番の学生は、あるかないかもわからない模擬爆弾を、血眼になって捜すのだ。

「私のときはね、担当教官がいつまでたっても模擬爆弾を用意しないのよ。みんな、今日こそはと毎日必死になって捜したのに。それでとうとう、卒業になっちゃったの」

仁子は突然、塩見の肩を叩《たた》いて大笑いした。なにが面白いのかよくわからない。

「結局、一度も模擬爆弾を置かずじまいだったんですか？　見つけられなかったんじゃなくて」

「そうなのよ。どういう意図で模擬爆弾を置かなかったのか、卒業式の日に教官に尋ねたら、なんて答えたと思う⁉」

仁子が楽しそうに顔を近づけてきた。目がきらきらと輝いている。

「あ、忘れてた。だって！」

また思い切り肩を叩かれた。仁子は腹を抱えて笑っている。塩見には衝撃的だった。

こんなふうに笑う人だったのか。どうしてこれまであんなに張り詰めていたのだろう。大怪我からの仕事復帰で緊張していただけか。本当はこんなに笑い上戸の、明るい人だったのか。

「それなら今日あたり、模擬爆弾の準備もかねて、事前打ち合わせといきましょう。夕飯を食堂で一緒に食いませんか？」

仁子はちょっと不安そうな顔をした。

「私、食堂のシステムを忘れちゃって……」

「俺が教えますから、大丈夫ですよ」

仁子は微笑むにとどめた。

午後の授業を終え、塩見は敷地の中にある資源ごみ置き場に向かった。仁子と模擬爆弾を作るのだ。段ボールの側面に『模擬爆弾』と書くだけだが、かつての五味教場の模擬爆弾には爆弾の絵が描いてあった。赤いペンで火花が書いてあり、反対側にはガイコツの絵まであった。五味が作っているのを見て、高杉が落書きした。二人とも笑い合っていた。

ようやく教官と助教の距離が縮まってきた。塩見は隠しやすい小さめの段ボール箱を探し出した。小脇に抱えて教官室に戻る。

仁子はいなかった。デスクはすっかり片付いている。帰ってしまったようだ。

ゴールデンウィークが終わり、警察学校のけやきの木が青々と茂る。ジャケットを着ていると暑くなる日もでてきた。もうすぐ夏服へ衣替えだ。

校舎の外に一歩出ればさわやかな空気に触れられるが、塩見はもやもやしていた。

十六時に授業が終わり、夕礼を終える。教場に残って学生の相談に乗ったり、心配な学生に声をかけたりする。五月末には体育祭が行われるので、最近はその準備もあって大忙しだった。

いつも十七時過ぎに教官室に戻る。仁子はたいてい帰っている。

ワークライフバランスという言葉が流行《はや》っている。仁子はそれを地でいっているだけだろう。これからは、ああいう教官が当たり前なのだ。塩見も学校にいないで、さっさと帰ればいい。だが学生たちはここに住んでいる。できるだけ長く学校に残り、なにかあったときにすぐ対処できるようにしたい。

塩見はいまだに、仁子がどこに住んでいるのか知らない。塩見のデスクの足元には、いつだったか話していた模擬爆弾を作る段ボール箱が置きっぱなしになっている。甘粕教場の学生たちは練交当番が始まっている。いつ模擬爆弾を作るのか、誰の当番のときに設置するのか。その話すら、まだ仁子とできていなかった。

塩見はちらりと仁子の空席を見た。

——避けられているのかもしれないな。

自分の何が嫌なのだろう。もしかしたら前のめりすぎて、煩わしいのだろうか。確かに自分にとって最後の助教だから熱は入っている。悪いことだろうか。

十八時、塩見は抜き打ち検査をするため、学生棟に向かった。この時間は殆《ほとん》どの学生が食堂で夕食を摂っている。チェック表を携えて学生棟へ向かいながら、塩見は悶々《もんもん》と考えてしまう。

塩見のお手本は53教場だった。五味と高杉以上に理想的なコンビを塩見は知らない。

去年の教官は三十代後半の厳しい教官だったが、よく飲みにいって朝まで教育について語り合った。次の教官は、仁子と同じ女性教官だった。彼女は小学生になる子供がいたが、毎日残業していた。学生の面談が長引いて、塩見が教官の代わりに学童に預けられた子供を迎えにいったことすらある。その子供に「お母さんは立派な女性教官なんだよ」と伝えたものだ。

教官と助教は、家族であるべきだ。学生たちは愛情を惜しみなく注ぐべき子供なのだ。それなのに――。

本館と学生棟をつなぐ通路に出たところで、正門の練習交番にやってきた訪問者と当番がもめている声が聞こえてきた。今日の当番は、甘粕教場の川野だ。来客者に「警察手帳を示してください」と迫っていた。

相手は島本だ。今日も青と黒のストライプの地味なネクタイをしている。塩見は島本に頭を下げて、なにがあったのか川野に尋ねた。川野は塩見と島本を見比べた。

「すみません。塩見助教のお知り合いでしたか」

「だから、警察官だって言ってるじゃないですか」

島本は以前も交番に出していた名刺を、川野に突き出した。川野は受け取り、出入票に書き込んでいる。島本が塩見に説明する。

「名刺じゃだめだというんですよ。警察官なら警察手帳を出せと。持っていないと言ったら怪しまれてしまいました」

塩見は川野に教える。

「業務終了後まで警察手帳を持ち歩く人はあまりいないんだ」

「うちの父親は肌身離さず持っていましたよ」

人それぞれだ、と島本が苦笑いする。

「基本は業務終了後に、ロッカーや鍵《かぎ》付きのデスクの引き出しにしまっておく。紛失やトラブル防止のためだ」

川野はまだ警察手帳を持っていない。所轄署での実務修習をやり遂げないと、警察手帳は貸与されない。

「貸与時に改めてその取り扱いは説明するが、外出するときは持ち歩かず、鍵付きの引き出しにしまっておくものだ」

川野が「でも父は」と繰り返そうとした。塩見は遮る。

「警察手帳を二十四時間大事に持ち歩く人もいるが、警察組織は、警察官ひとりひとりに、二十四時間警察官でいろとは命令しない」

川野はわかったようなわからないような顔だ。島本がフォローした。

「二十四時間警察官でいようとすると、疲れちゃうでしょう」

「父が珍しい例なのはわかりました。しかし、場長の柴田巡査は、プライベートの時間こそ警察官らしく振る舞えと皆に言っていますよ」

いつだったかも、警察無線コードをふざけながら暗記していた川野と喜島を、柴田が厳しく叱責《しっせき》していた。

元消防官の柴田は『もう一人の助教官』と言われ始めている。柴田のことをふざけて『柴田助教』と呼ぶ巡査までいた。もっとも柴田はそのあだ名にすら激怒し、「塩見助教に大変失礼だッ」と年下の同期を叱っていた。

塩見は島本を中に誘い入れた。

「甘粕教官はとっくに帰りましたよ」

本館に向かいかけていた島本の足が止まる。

「残業していると言うから来たのに。全く」

頭をかく島本を見ていると、塩見は自分を見ているような気持ちになった。

「せっかくですから、一杯やっていきます？」

島本の表情がパッと明るくなる。

「これから学生棟の抜き打ちチェックに行くんで、少し待たせちゃいますけど」

「大丈夫です。売店で暇つぶしをしていますよ」

島本と学生棟のロビーで別れて、塩見は『男警立入厳禁！』の垂れ幕がかかった、女子寮へ入っていった。

男子学生や来客者は入れないが、抜き打ちチェックや夜間の見回りがあるから教官助教は別だ。塩見は食堂に下りていく女警たちとすれ違いながら、甘粕教場の女警六人が入居している、四階のフロアへ向かった。

学習室と個室が並ぶ廊下を歩く。部屋は引き戸になっているが、ストッパーで開けっ放しにしておく。教官がいつでも抜き打ち検査ができるようにするためで、夜間も完全には閉めない。

真下美羽の部屋に入る。ベランダに干していた洗濯物をベッドの上に放置していた。ペナルティだ。

次に加山小春の個室に入った。布団の畳み方に問題はないが、枕カバーを裏返しにつけていた。ほほえましい間違いだ。減点はする。警察制服は所定のハンガーにかけられている。デスクの上には規定通り、なにも置いておらず、本棚も整理整頓《せいとん》されていた。合鍵で鍵付きの引き出しを開ける。財布と寮の出入りを管理するPAカードが置いてあったが、スマホがない。

スマホは自由時間以外は使用禁止だ。授業が始まる前に教場で段ボール箱の中に入れて、鍵付きのロッカーに保管し、夕礼の時に返却する。使用が許可されているのは談話室と個室のみだ。使用時以外は、鍵付きの引き出しに保管するルールだ。

塩見はフロアの突き当りにある談話室をのぞいたが、誰もいなかった。みな食堂に行っている時間だ。

――さては食堂にスマホを持っていっているな。

他の四人の女警の部屋の点検を終えて、塩見は食堂に下りた。おかずを受け取るレーンを抜けて、五百人が収容できる広々とした食堂に入った。ジャージやティーシャツ姿の学生たちが食事を摂《と》っている。のんびりおしゃべりしながら食べている学生は少ない。

宿題やテスト勉強、クラブ活動や当番の他、係の仕事もあるので学生は夜も大忙しなのだ。

甘粕教場の女警五人は、窓辺の六人席に陣取っていた。同じ班のはずだが、加山小春の姿だけがない。美羽が塩見に気づいた。

女警たちは一斉に立ち上がり、塩見に十五度の敬礼をした。

「加山巡査は？」

「トイレです。すぐに戻ってくると思います」

塩見は寮の部屋の抜き打ちチェックをしたことを告げる。「今日に限って洗濯物を残してきちゃった」と美羽が呟《つぶや》いた。

「その通り、減点だ。ペナルティな。マラソン十周」

他、こまごまと減点内容を指導した。美羽の表情がせわしなく動いている。塩見の背中の向こうにいる誰かに、何かを伝えようとしているらしい。

塩見は振り返った。加山小春が戻ってきた。ジャージの袖《そで》を指先まで引っ張っていて、スマホを隠すように持っていた。スマホに夢中で、全く塩見に気が付かない。

「加山」

ようやく小春は顔を上げた。塩見を見て顔が引きつる。咄嗟《とっさ》にスマホを隠そうとしたので、取り上げた。

「食堂でスマホは使用禁止だ。しかもこれだけ混雑している中を歩きスマホとは、非常識だぞ。お盆を持った学生とぶつかったらどうするんだ」

「すみません……」

塩見はスマホの画面を見た。メッセージアプリのトーク画面が開かれていた。

『まじでー！　顔だけでも見たいッ』

『小春ちゃん、ちょっと待っててね。バレたらやばいから』

『マジ嬉《うれ》しい。大好き大好き』

『一階のトイレに来れる？』

小春はハートマーク付きのメッセージを送っていた。最後の送信は十五分前だ。

「恋人とやり取りか？」

小春は更に俯《うつむ》く。入校前の事前面談で、恋人はいないと話していた。

「内容からするに、校内に恋人がいるようだが……」

警察学校は男女交際禁止だ。最もこんなものは建前で、五年後、十年後に「実はつきあっていました」「結婚します」とのたまう警察官カップルは少なくない。

スマホをもう一度見ようとしたが、画面のロックがかかってしまっていた。小春にロックを解除させてまで、トークの内容をチェックするのは気が引けた。

「スマホは没収だ。甘粕教官宛《あて》に始末書を書け。教官の許可が出たら返す」

小春は肩を落とし、ずっと耳の上を触っている。

塩見は島本といつもの『飛び食』で一杯だけ引っ掛けることにした。警察学校の恋愛禁止ルールについての話になる。

「いまどきの若いのは本当に恋愛しませんからね。その上に禁止までしたら、少子化がますます進んじゃうような気がします」

島本が意見したそばから、自戒する。

「四十で独身の俺が言うのもなんですけどね。そういえば、塩見さんって恋人はいらっしゃるんですか」

「ええ。いますよ」

「でしょうね。かっこよくて真面目な公務員。恋人がいなかった期間なんか物心ついたころからない系でしょう」

「どんな系統ですか、それ。そんなことないですから。失敗ばかりですよ」

「うっそだー」

塩見はついムキになった。

「俺は警察学校時代に、ボイコット騒動起こしましたからね」

島本が目を丸くした。詳細を訊《き》かれる。

「担当教官が強烈なパワハラ野郎だったんです。その教官とはもう和解していますが」

当時は退職者が続出していて、教場は荒《すさ》んでいた。

「僕は場長として、耐えられなかった」

塩見は学生たちを扇動し、その担当教官の授業をボイコットした。立てこもりなどはせず、抗議の証《あかし》として、警察学校の周りを走り続けた。

止めてくれたのは、五味と高杉だった。扇動した塩見を叱らず、受け止めてくれた。当時のことを思い出すだけで涙がこみ上げてくる。言葉にすると泣いてしまうので、塩見は自分の話を打ち切った。

「島本さんはどうなんですか。若いころは結構、やんちゃしてたタイプじゃないんですか」

公安という堅い秘密主義の部署でひっそりとしていられるのは、すでに飽きるほど遊び回ってきたから、と勝手に考えていたら、島本はまんざらでもなさそうに言う。

「そうだなぁ……。若いころ、殺人と強姦《ごうかん》以外はなんでもやったからなぁ」

塩見は酒を噴いて大笑いしてしまった。

「罪には問われなかったんですか」

「俺は公安ですよ。なんでも隠蔽《いんぺい》できちゃいますから」

塩見は爆笑した。お互いに酒のペースが速くなる。結局は仁子の話になった。

「とにかく、僕は甘粕教官がわからないです。ものすごく冷たい人のような気がするんですが、無邪気なところもありますよね」

「あるある。すごく素直だし、かわいいよ仁子は」

「わかります。かわいいですよね。上目遣いにお礼を言われたときはドキッとしたし」

もっと仁子の話をしたかったが、島本が明日を気にしたので、一時間ほどでお勘定にした。店の前で別れようとした。突然後ろから首に腕を回されて、締めあげられた。

「俺の仁子に手を出したら承知しないからな！」

島本は笑っているようにも見えるが、嘲笑《ちょうしょう》しているようにも見える。塩見はぞっとした。酔っぱらってふざけてやっているのか、本気なのかわからない。解放され、背中をポンポンと叩《たた》かれる。

「では、また飲みましょう」

島本は飛田給駅の方へ歩き出した。変な人だった。

翌朝は駆け足訓練があるので、七時に出勤した。教官助教が学生と共にグラウンドを十周する。仁子が既にジャージ姿で準備していた。塩見は加山小春のスマホを見せ、仁子に事情を説明した。

「加山巡査……恋人がいるって申告していないよね。学校に入ってからの恋人か、もしくは好きな人ができたのかな」

「そのように見えますが、申告していなかった可能性もあります」

十九歳の少女にとっては小さな嘘かもしれないが、警察組織に虚偽の報告をしたことになるので、始末書案件だ。

「どうしますか。指導を入れますか」

仁子は眉《まゆ》をひそめて、首を傾げる。

「校内でいちゃついていたわけじゃないし、スマホを返却するときにちょっと面談する程度でいいんじゃないかな」

仁子は、小春は虚偽申告はしていないという前提で話をしている。学生のことを信じているのか、面倒なだけか。

「了解しました。ところで昨夜、教官の恋人もこちらにいらっしゃってましたよ」

「島本さんのこと？」

仁子はあっさり否定する。

「あの人は恋人じゃないよ」

確かに、島本も自分のことを「元婚約者」と言っている。正確には、二人は恋人同士ではないのだ。

「飲んでいたらヘッドロックされちゃいましたよ」

仁子は塩見をまじまじと見た。

「島本さんは酔っぱらっていたからでしょうし、助教として四六時中甘粕教官といる僕に嫉妬《しっと》しちゃっただけかもしれませんが」

「待って。島本さんと飲みに行く仲なの？」

「島本さんが甘粕教官に会いに警察学校に来るのは、もう五度目ですよ」

入校初日から一三三〇期の指導教官たちの飲み会に飛び入り参加して、すっかり打ち解けていることを話した。仁子は全く知らなかったようだ。とても嫌そうな顔をした。

「あの人、私が入院中の話とかしていた？　怪我をしたときの事件の話とか」

塩見は言葉に詰まった。仁子が大きくため息をつく。

「いや、島本さんは勝手にぺらぺらしゃべったわけではないです。俺もそうですけど、みんな甘粕教官のことを心配しているんです。死線をさまようほどの怪我をして、復帰が警察学校ですから。ここも激務です。心身ともに――」

「もうしないで」

塩見は口を閉ざした。

「レインボーブリッジの件は、島本さんとも話してほしくないし、この場でもしないで」


夜の八時過ぎに自宅官舎に帰ってきた。キッチンの窓が少し開いていて、カレーライスのいいにおいが漂っていた。

「おかえり～」

結衣がエプロンをしてカレーを混ぜていた。うまそう、と塩見は結衣を後ろから抱きしめた。

「私、いい奥さんになるよね～」

自分で言うところが結衣らしいが、結婚したがる様子はない。まだ二十一歳の大学生だ。遊びたい盛りだろう。サークルの飲み会や合宿なんかにも積極的に出ている。五味と高杉に塩見との恋人関係を隠したがっていることもあり、自分はただの通過点だろうな、と塩見は思うこともある。

あっという間に一杯目のカレーを平らげて、二杯目をお代わりした。

「そういえば五味さんは元気？」

「もう一週間帰ってこない。またブーちゃんに誰この人って泣かれるのがオチだよ」

ブーちゃんとは、再婚した綾乃との間にできた五味の二歳になる娘のことだ。歯が生え始めのころにブーブーと唇を鳴らし唾《つば》を飛ばす仕草があまりにかわいらしく、五味の自宅に遊びに来た卒業生たちが「ブーちゃん」と呼び始めるようになった。

「五味さんは係長だから、いろんな帳場を見てるんじゃないの」

「京介君はいま専従らしいよ。マル暴の刑事がけん銃で撃たれて死んだやつ」

一三三〇期が入校したころの事件だ。塩見は新聞の報道で、自殺だったと目にしている。使用されたけん銃が、日本警察にしか支給されない、SAKURAというリボルバーだったのだ。

「そんなに長く捜査がされているってことは、自殺じゃなかったの？」

「それがよくわかんないの。別件逮捕であげて京介君が絞っているとか、なんとか」

犯人がいるのなら殺人だったのか。五味は難しい事件を担当しているようだ。

「ていうか、圭介君とこの教官、京介君の後輩だったんでしょ？」

警視庁警察官は四万人いる。かつての教え子が後輩とコンビを組んで教場運営していると聞いて、五味も驚いたのかもしれない。

「塩見は大丈夫か、って笑ってたよ」

「俺のなにが心配なの」

「甘粕さんって人、すーっごい可愛くて社交的で、捜査一課にいたころはモテモテだったんだって。みんな甘粕さんが大好きだったらしいよ」

どこがと言いたくなったが、カレーが熱くてすぐに言葉が出ない。

「つやつやのロングヘアを巻いてて、メイクも派手で服装も華やかだったらしいよ。しかも元気はつらつとして素直で、男はみんなメロメロだったって」

塩見はひとつひとつ否定していった。

「まず髪はショートカットでつやつやもしていない。ノーメイク。警察制服かスーツかジャージ姿しか見てないし、社交的でもない。飲み会にも来たことがないんだから」

「え、全然違う人じゃん」

塩見は三杯目のカレーを食べながら、スマホでレインボーブリッジの事件を検索してみた。捜査本部が公開した、逃走中の堀田光一と追跡中の仁子をとらえたレインボーブリッジの監視カメラ映像が、ニュース動画一覧の中に残っていた。

レインボーブリッジの遊歩道を、後ろを気にしながら走る堀田と、必死に追いかける仁子がうつっている。仁子は靴を履いていない。塩見はその動画を、結衣に見せた。

「この人だよ。この五分後に、高さ百メートルの場所から犯人ともみ合って落下して、大けがを負った」

結衣は悲痛そうに顔をひきつらせた。

「犯人ともみ合いながら落下って、怖すぎるよ。女の子なのにトラウマ級だよ」

「刑事に復帰は厳しいから、警察学校を選んだんだろうけどね。すごく冷めてる人で、正直、なにを考えているのかよくわかんないんだ」

「え、助教官なのに？」

焚《た》きつけられたわけでもないのに、塩見はその言葉に過剰反応してしまう。

「心を開いてくれないんだよ。飲み会に誘っても絶対来ないし、ランチもいつも一人」

ため息が漏れた。

「学生とも積極的に関わらないし、恋人のように献身的に支えた人も遠ざけている。あの人が何を考えているのか、理解しようがないよ」

「京介君と高杉さんは53教場時代、めっちゃ密に連携して学生と向き合っていたよ」

結衣に悪気はないのだろうが、ちくちくと塩見の心が痛くなる。

「こっちが呆《あき》れるほど、朝から晩まで一緒にいたけどね。朝だって、飛田給の駅で待ち合わせして、一緒に警察学校に出勤してた。週に三度は『飛び食』で飲んでた。週末は高杉さんがうちに入り浸ってたし」

「それ、一緒にいすぎじゃないの」

「一緒にいすぎでも足りないくらいに見えたよ。ずーっと学生の話をしてた」

翌日の放課後、小春と面談をするため、仁子と二人で面談室に入った。面談室の窓からはグラウンドがよく見えた。鉄棒で懸垂の練習をしている男子学生や、ペナルティのマラソンをしている学生などがいる中、柴田ら三人が騎馬を組んでいるのが見えた。

「早速やっていますね、騎馬戦の練習」

体育祭は二週間後だ。警察学校の体育祭は最も盛り上がる行事だ。恒例の教場対抗リレーでは、教官と助教も学生たちと共に走り、二千人いる学生たちの大歓声があふれる。

小春がやってくるのをじっと待っている仁子に、塩見は尋ねる。

「甘粕教官、学生時代の体育祭はどうでした？」

仁子は思い出す顔になった。表情が緩んでくる。

「私は場長だったから、教場対抗リレーも騎馬戦も出たよ。リレーはさすがに男子学生に負けたけど、騎馬戦は楽勝だった」

塩見は驚いた。

「え、騎馬戦に出ていたんですか？」

「場長だから大将だよ。警視庁警察学校の騎馬戦で女警の大将は史上初だったんじゃないかな」

えらくりりしい女子学生だったんだなと塩見は想像してみた。

「みんな私が女だから遠慮しちゃってさ。だから隙をついてさっとね」

ハチマキを奪うそぶりをしてみせる。楽しそうな顔だった。

「確かに、相手が女性だと遠慮はしちゃいますね」

塩見も場長だったから、学生のときの体育祭では騎馬戦の大将だった。53教場の場長と激しくせめぎ合い、流血するほどだった。いま、柴田も張り切って練習している。仁子が突然、窓を開けた。「がんばれー！」と手を振る。こういうことをするタイプだったのかと塩見は驚いた。当の柴田もびっくりしたのか、騎馬から落ちていた。

小春が始末書を持って面談室にやってきた。緊張した面持ちだ。まず塩見が始末書をチェックした。

「始末書は他の書類と同じ、公的な文書として保管される。エンピツで下書きしたなら、もっときれいにエンピツの痕《あと》を消さないとだめだ」

「はい、わかりました。すみません」

小春は仁子の手元にあるスマホをちらちらと見ている。早く返してほしいのだろう。

「それじゃ、これでスマホは返すけど——」

仁子が小春に確認する。

「恋人ができたのか、そもそも最初からいたのか。それは教えてくれる？」

小春は両手を膝《ひざ》の間にやって、肩をすぼめた。

「できたような、できていないような……」

まだまだ発展中といったところか。塩見は釘《くぎ》をさす。

「警察学校は男女交際禁止だ」

「学校の人じゃ、ありません」

どこで知り合ったのだろう。まだ入校して一か月半、外部の人間と知り合えるのは、外出が許される週末だけだ。たいていの学生は調布駅や府中駅まで出て、買い物や外食を楽しむ程度だ。都心にまで出る学生は殆《ほとん》どいない。そんな時間はないからだ。

「どこで知り合った？」

塩見は尋ねたが、仁子がやんわりと止めた。そこまでは聞かなくていい、と目で訴えてくる。塩見は黙って引っ込んだ。教官が若い学生たちの恋愛を強く禁止するつもりがないのなら、助教はそれに従うまでだ。仁子は小春にスマホを返した。小春は深く一礼して、逃げるように面談室を出て行った。

「一件落着ね」

仁子が書類箱を片付け、さっさと廊下に出ようとした。塩見は慌てて腕を引いた。

「ちょっといいですか」

塩見が摑《つか》んだ腕を、仁子は咎《とが》めるように見た。塩見は手を離したが、直球で伝えた。

「入校から一か月半、そろそろ落ち着いてきましたし、一度、ゆっくり酒でも飲みながら話しませんか？　教官の騎馬戦の武勇伝も聞きたいし」

「いま話したよ」

仁子はそっけない。

「話し合いたいことがあるなら、ここで言って。わざわざプライベートの時間を割く必要はない。酒が片手にないとダメなの？」

今日は頑張って反論する。

「俺と腹を割って話すのがそんなにいやですか」

「そうじゃなくて、いまどき、業務終了後の飲食を同僚に強いるなんてパワハラだよ。私は上官だから断れるけど、後輩は断れない。やらないほうがいいよ」

塩見は落胆を通り越して、頭にきた。

「正直、僕はがっかりです」

「それはすみませんでした。でも無理に誘いに乗らなきゃいけない道理はない」

「いやならいやでいいです。僕が心底がっかりしたのは、甘粕教官が業務後の飲食をハラスメントととらえたことです」

仁子が黙り込んだ。

「あのレインボーブリッジの件でも、休日でデート中だったのに犯人を追った。それほどの熱血刑事だったんですよね」

今度、仁子は目を逸《そ》らした。塩見は間違ったことは言っていないのだ。

「それなのに、警察学校の教官になった途端に、どうしてそんな冷めた態度になるんですか。助教は教官の女房役、いうなれば僕らは学生たちにとって両親なんですよ。学生たちは、日本全国のどこかの家庭で生まれた、誰かにとっての大切な子供たちです」

仁子がじっと塩見を見上げる。こんなに強く見つめられたのは、初めてだ。

「僕らは全寮制の警察学校の教官として、大切なお子さんを預かり、教育し、一人前の警察官として送り出すのが職務です。教官助教もプライベートは大切ですが、全身全霊で学生とぶつかるべきです。そのためにも僕らはもっと連携するべきだと思うんです。僕のその気持ちをパワハラのひとことで片付けられるのは、我慢できませんッ」

反論されると思っていたが、仁子の目が赤くなってきた。みるみる両目に涙がたまっていく。塩見は慌ててしまった。

「ごめんなさい、強く言い過ぎました。あの、泣かないで」

おろおろしている間に、扉がノックされた。塩見はポケットからハンカチを出して仁子に渡しながら、扉の外に返事をする。

「一三三〇期甘粕教場、場長の柴田巡査です！」

さっきまでグラウンドにいたはずだが、何をしに来たのか。塩見は泣いてしまった仁子の姿を隠しながら、扉を少しだけ開けた。廊下に出て柴田に用件を問う。

「教官助教に相談があります。このまま面談をしてもらえませんか」

「長い話か？」

「長くなるやもしれません。喜島巡査のことです」

ニキビ面の喜島か。皮膚科でもらった薬は全く効いていない。

「喜島巡査は自治係ですが、彼では教場の自治を守ることはできないと思います」

面談を許可もしていないのに、柴田は一方的に告げてくる。

「なにかトラブルがあったのか？」

「昨夜、喜島巡査は就寝時間後に学生棟をこっそり抜け出していました。周囲をキョロキョロ見ながら個室の外に出たのを、僕は見ました」

しかも、と柴田は強調する。

「喜島巡査の部屋に白い粉が落ちていました。薬物をやっているのかもしれません」

夜間に警察学校を脱走したとなれば、教官宛《あて》ではなく、統括係長か、下手をすれば学校長宛の始末書を書かせることになる。

始末書は、誰に出すものかによってその重さが違う。階級が警部である統括係長あてまでならよくあるが、警視である学校長宛の始末書を学生時代に書くことになった学生は、懲罰を食らったも同然だ。それが定年まで経歴に残ってしまう。ましてや薬物摂取は犯罪だから即退学だ。

塩見は学生棟に行き、甘粕教場の学生を探した。喜島に面談室に来るように伝えてもらおうと思ったが、とうの喜島本人がロビーにいた。『甘粕教場』と書かれたファイルを開いて、記入している。週末の外泊申請書類だ。

「喜島、面談だ。三十分後に本館の面談室に来い。どうして教官助教と面談をせねばならないのか、わかるな」

　夜間脱走したことを自白させようとする。喜島はきょとんしている。

「皮膚科のことですか。ニキビの……」

「ニキビのことで面談なんかするはずないだろう」

　とにかく後で来いと塩見は厳しく喜島に伝えた。ちらりと外泊申請書を見た。喜島は今週末に外泊したいようだ。行き先に「海」と書いていた。ため息が漏れる。警察学校で取り扱われる書類は全て公文書だ。この件も含めて、厳しく指導せねばならない。


　先に柴田と面談していた仁子が、脱走の件について時系列表にまとめていた。さっきまで仁子は涙ぐんでいたが、学生の手前か教官の顔に戻っている。

「柴田巡査が確認したところによると、脱走は〇〇四七《マルマルヨンナナ》」

深夜一時前か。点呼は二十二時、消灯は二十二時半だ。当直教官はだいたい、一時半と三時に巡回をする。巡回記録表を見たが『特異動向なし』としか書いていない。

「柴田によると、喜島が部屋に戻ってきたのは、〇一二七《マルヒトフタナナ》」

　巡回が来るギリギリの時間だ。

「そう遠くまでは行っていないようですね」

　本人に訊《き》くのが早い。喜島がきょろきょろしながら、面談室にやってきた。扉を開けて「こっちだ」と促し、座らせた。外泊申請のことから切り出した。仁子にはまだ話していなかったので、申請書類を見て驚いている。

「海って、どういうこと？」

「東京湾のどこかへ、軽くざぶんと海水浴に行きたいな、と思って」

地方出身者だからか、東京の地理のことを全くわかっていない。

「東京湾といっても東京都から千葉、神奈川にまでまたがっていて、海水浴場もたくさんある。そもそもまだ五月末で海開きはしていないぞ」

「しかし、砂浜を走りたいのもあるんです。足腰を鍛えるよい特訓になります。僕は体育祭でリレーの第一走者に選ばれていますんで。それに海開きをしていなくても海に入るのは勝手ですよね」

「そうだが――どうしてそんなに海に入りたいんだ」

喜島がニキビだらけで赤くなった頰に触れた。

「こんなにニキビが悪化しちゃうのは、海水に触れていないせいかなと思ったんです」

仁子がぽかんとしている。

「僕は島育ちで夏は毎日海水浴びてましたし、冬場でも潮風に吹かれていたわけで、僕の皮膚は塩分不足なんじゃないかと思ったんです」

塩見も開いた口が塞《ふさ》がらない。喜島は大まじめに続けた。

「実家の母に頼んで、喜界島の粗塩を送ってもらったんです。その塩を溶かした水で洗顔したところ、少しニキビが改善しました」

柴田が話していた白い粉というのは、喜界島の粗塩のことか。確かに塩を少し床にこぼしてしまったと喜島は話す。

確認に行こうと仁子は立ち上がった。三人で面談室を出て、学生棟へ向かう。

東側にある男子寮の四階に上がった。甘粕教場にいる三十四名の男子学生たちは、四階と五階に個室があてがわれている。

喜島の個室に入る。隣は柴田の部屋だ。教官助教がやって来たので、廊下にいた学生たちが脇によけて大きな声であいさつをした。

喜島を廊下に待たせて、仁子と塩見だけで喜島の部屋に入った。仁子はデスクの下に散らばった白い粉に目をやっている。粉というよりは粒に近いか。仁子は指先に取るなり、ぺろりと舐《な》めた。

「えっ。いきなり舐めちゃうんですか」

「薬物検査なんか仰々しすぎるでしょ。確かに粗塩だね。薬物疑惑はシロ」

喜島を部屋の中に呼んだ。塩見は注意する。

「こういうのは、すぐに掃除をしないとダメじゃないか」

「すみません。でも、白い粉が落ちていたなんて、誰がチクったんですか」

仁子は答えず、夜間に個室を出たことについて尋ねた。喜島は表情が一変した。嘘をつく様子はなく、素直に頭を下げた。

「それはすみません。確かに深夜に部屋を出ましたが……」

口ごもる。仁子は手元の時系列を見ながら確かめる。

「いつ、何時何分ごろ、寮の部屋を抜け出してどこへ行っていたの？」

「ええと、昨夜の午前一時前に部屋を出て、学生棟の屋上に行きました」

鍵《かぎ》はどうしたのか塩見はすかさず質問したが、喜島が昨夜は寮務当番だったことを思い出す。掃除用具入れや浴場、ゴミ捨て場の鍵などがまとめてある鍵束を持っている。屋上の扉の鍵も含まれているはずだ。

学生棟の屋上へ出る扉は、昼間は鍵がかかっていない。自由時間に屋上で気晴らしをする者もいるし、洗濯物を干す人もいる。消灯前に寮務当番が鍵をかけて回るのだ。

「深夜一時に屋上へ上がって、なにをしていた」

喜島は顔を歪《ゆが》ませた。目からぽろぽろと涙が溢《あふ》れた。

「僕は——僕は」

塩見は喜島をベッドに座らせて、自分も隣に腰掛けた。仁子は向かい側にあるデスクの椅子に腰かけて、喜島の言い分を聞いた。

「昨日の夕方、へとへとになってグラウンドを走っているとき、夕方の空に金星を見つけたんです。それを見たら、両親のことを思い出しました」

喜島は腕で目元をこする。

「五月になると、奄美の方では金星食を見ることができるんです」

月が金星に飲み込まれる金星食は、鹿児島以南でしか見られない。

「毎年、金星食は家族で海岸まで出てバーベキューしながら眺めるのが恒例でした。だけど今年は無理です。来年も再来年も金星食は見られないし、ずっとひとりなんだなぁって思って……」

「それで深夜に屋上に出て、ひとりで星を見上げていたのか」

「はい、すみません」

どうやらホームシックのようだ。

「僕はなかなか勉強についていくのも大変ですし、術科も全然だめで、柴田場長に怒れてばかりです。週末も外出すらできないし、頭がおかしくなりそうだったんです。それもあってニキビがひどくなるんです。薬も効かないし」

仁子は外出申請書類のファイルを捲《めく》っている。過去、学生たちが週末やゴールデンウィークにどこへ出かけるのかを申請した書類が全てファイルに挟まっている。

「喜島巡査は四月に入校して以来、最初の週末に調布駅に出ただけで、どこにも出かけていないね」

学校が閉鎖していた連休中は、交通費がもったいないからと学校のすぐ近くのホテルに泊まっていた。東京を案内してくれる友人知人も親戚《しんせき》もおらず、電車の乗り方すら自信がないようで、連休中もどこにも出かけていないらしかった。

「唯一の遠出は、塩見助教が連れて行ってくれたマックです」

塩見は驚愕《きょうがく》した。

「マックなんか遠出のうちに入らないじゃないか。すぐそこだ」

「そうは言われても、僕にとっては遠出です。入校してすぐのころ、班のみんなで調布駅まで冒険には出かけましたが」

京王《けいおう》線の各駅停車に乗って二つ目の駅にいくことが、冒険か。

「そんな状況で今週末に東京湾まで出るのは、無謀すぎないか」

「でも限界なんですッ。潮風を浴びないと僕の肌も心も死んじゃいます」

生まれて初めて島を出て東京にやってきたのだから、外出の塩梅《あんばい》がよくわからないのは当然か。

「毎週末に近場で息抜きをしたらどうだ。府中に行って映画を見るとか、調布で買い物をするとか」

喜島が首を細かく横に振る。

「柴田君が許してくれないんです」

柴田は場長だが、喜島のいる一班の班長でもある。警察学校の学生は班行動が規則だ。班は五人から六人で構成される。勉強も班員たちと一緒に行うし、週末の外出や買い物も班行動だ。班長の柴田が「外出しない」と言ったら、班員も学校の外へ出られない。

「柴田はどうして外出を禁止しているんだ？」

「僕を連れて外出するとどんなトラブルになるかわからないと言うんです。正直、僕も柴田といると息が詰まります」

屋上で息抜きをしたくなったのは、柴田との関係の悪さも一因だろうか。

「これまでトラブルはあったのか。外出は四月の第一週の週末だけのようだが」

「柴田君は外出先で名前を呼ぶだけで、激怒するんです」

大声で個人名を叫ぶな、ということらしい。

「僕らはリクルートスーツの団体で、髪型もダサい五分刈りですから、調布や府中界隈《かいわい》の人たちは、警察学校の人間だとわかるからとか、なんとか」

確かに近隣住民はすぐに気が付くだろう。

「そんな状態で、おーい柴田、なんて呼ぼうものなら、自分は警察官の柴田だとバレて、トラブルに巻き込まれるというんです」

元消防士で神経質な柴田と、島育ちでおおらかな喜島は、性格が合わないようだ。

塩見は仁子と共に喜島の個室を出て、隣の柴田の個室に顔をのぞかせた。

「柴田。入るぞ」

まず、白い粉は喜島の故郷の粗塩だということを伝えた。部屋を深夜に抜け出したのは屋上に行っていただけで、ルール違反ではあるが脱走ではないことも話した。

柴田は、わざとらしいため息をついた。入校して一か月半が経ち、疲れが見え始めた仲間たちを思いやっているようには見えない。消防士だった柴田には、毎日の勉強も体力づくりも、できて当たり前のことなのだろう。

「柴田、ちょっと喜島に強く当たりすぎていないか」

柴田は瞬《まばた》きを多くして、塩見を見返す。

「そもそも四月の第一週に外出して以来、週末はどこにも出かけていないようだが」

柴田はなんでもなさそうに頷《うなず》いた。

「毎日、学生たちは勉強に当番に体力づくりにと疲れ切っている。週末くらい気晴らしをしたらいいじゃないか」

「それならば、班員を替えて下さい」

柴田も喜島と同班はいやだという。

「僕は同じ班に喜島がいる限り、どこにも出かけたくありません。トラブルに巻き込まれるだけです」

「すでにトラブルに巻き込まれたような言い草だが」

柴田は初めて外出した日の話を始めた。

「回転ずしでもいこうかということになったんです。喜島は特に大喜びでした」

人生初の回転ずしだったらしい。

「そこで僕は驚嘆しました。喜島のやつ、食った皿をレーンに戻したんですよ」

仁子が言う。

「回転ずしのルールをよく知らなかったんでしょう。教えてやったらいいじゃない」

「勿論《もちろん》教えましたが、喜島ははしゃいでいて、奥のテーブルの人がオーダーした皿まで取ろうとしたんです」

オーダーした皿は別のレーンで運ばれる仕組みになっていたようだ。喜島は二つのレーンの違いがよくわかっていなくて、間違えて取ってしまったのだろう。

「こんなのは回転ずし店での迷惑行為と取られてもおかしくないです」

大袈裟《おおげさ》なと仁子が嘆息した。柴田が目を吊《つ》り上げる。

「万が一これを動画に取られてネット上で流されたら、いまの時代は大炎上ですよ」

「そもそもわざとじゃないし、誰が動画を撮るっていうのよ」

「誰か盗撮しているかもしれません。僕たちは外出時も私服が認められていません。団体行動でリクルートスーツ姿、頭も五分刈りで、一目で警察学校の学生とわかります。嫌がらせしてやろうと、撮影している人がいるかもしれないじゃないですか」

とんだ被害妄想だ。公務員たるもの、他人の目を気にして正しく生活しようとすることは悪いことではないが、神経質すぎる。

「喜島は東京の生活に慣れていないんだ。もっと週末に外出して、いろいろ教えてやってくれ。お前も週末くらい羽を伸ばしたらどうだ。外で名前を呼ばれるくらいでカリカリするな」

柴田は口を閉ざし、背筋を伸ばした。仁子や塩見の先にある窓辺のカーテンをじっと見つめて、謝罪した。

「申し訳ありません。以後、気を付けます」

寮の階段を下りながら、「あれは全く反省していないね」と仁子が言った。

「初めての回転ずしで失敗したくらいで、普通はあんなに怒らないですよね」

塩見は大きなため息をついた。

「柴田が消防を辞めたのは、あの四角四面の性格のせいかもしれませんね」

警察学校で直してやれるだろうか。中途採用の学生ほど指導は難しい。最初に就職した先である程度の価値観を持った状態でやってくる。それが警察組織に合っていれば問題ないが、そうでない場合、一度価値観を壊してから再構築させないといけない。まっさらな状態の高卒の少年少女を指導するよりも、骨が折れることだ。

「なにはともあれ、これで解決かな」

仁子がさらりと言ったので、塩見は驚いてしまう。

「あれのどこか解決ですか」

「喜島は薬物を使用していないし、脱走もしていなかったんだよ」

「そうですが、喜島と柴田はこの先も同じ班で大丈夫でしょうか」

「柴田は了承していたじゃない。謝罪した」

「カーテンを見て謝罪していました。全く反省していないといま言いましたよね」

「そんなもんよ。消防ボーイを一度の叱責《しっせき》で変えるのは無理だわ」

仁子がロビーに出ようとしたので、塩見は慌てて呼び留める。

「甘粕教官は見当たり捜査員だったんですよね。柴田や喜島の表情や反応で、おかしいと思ったところとか、嘘だと見抜けたことはないんですか？」

「塩見助教は、あの二人がなにか嘘をついているかもしれないと思っているの？」

「思っていません。というより、僕にはわかりません。しかし甘粕教官なら——」

あのねぇ、と仁子は腰に手をやった。

「塩見助教。私はもう見当たり捜査員じゃない。警察学校の教官です。私を優秀な熱血漢と思い込んで勝手に期待して勝手に失望するの、やめてもらえませんか」

厳しい口調だった上に、敬語だ。今まで以上に強く反発されているのがわかる。

「いい加減、迷惑です」

塩見は悲しくなってきた。反論する。

「教官に期待しちゃいけませんか」

「だから——」

「大切な学生たちを預かる助教として、教官に期待し、信頼し、共に悩みたいと思うのは、いけないことですか！」

さっきは仁子が涙を流していたが、いまは塩見こそ涙があふれそうだった。わかってほしいのだ。このまま甘粕教場の助教官として、こんなものかと手を抜きながら業務するのは、いやなのだ。

「僕は助教としてはこれが最後の教場なんです。精一杯、後悔なくやりたい。甘粕教官にとってはこの先も続くであろう教官人生のひとつにすぎないかもしれませんが、僕にとっては違うし、そもそも学生たちにとっても絶対に違う」

「………」

「彼らにとっては僕と甘粕教官が、最初で最後の指導官なんですよ！」

仁子は目を逸《そ》らした。ずいぶんと長いため息をついた。

「わかったよ。今晩、あいてる？」

「えっ」

「飲みに行こう。どこか予約しておいて。美味《おい》しいところじゃないと怒るからね」

仁子が塩見の胸をグーで軽くパンチし、立ち去った。

塩見は急いで高杉を捜した。調布や府中界隈の美味しいお店がわからない。結衣とは自宅デートが多く、外食は都心に出たときだけだ。警察学校の勤務歴が長い高杉なら、詳しいはずだ。

今夜が当番の高杉は、術科棟の五階にある風呂《ふろ》に入っていた。塩見は高杉が出てくるのを待とうと思ったが、自分もシャワーを浴びることにした。これから仁子と飲みに行くのだ。汗臭いと思われたらいやだ。

「高杉教官！」

塩見はタオルで前を隠しながら、湯船で両腕を広げてくつろいでいる高杉の横に入った。高杉と共に浴場で汗を流すのは初めてではないが、いつ見ても、高杉の裸体にはびっくりする。WWEのプロレスラーみたいだ。

「ちょっと聞きたいんですけど、この界隈《かいわい》で女性が喜びそうな美味しいお店、ありませんかね」

イタリアンとかフレンチか、と付け足して塩見は尋ねた。高杉はにやけた。

「なんだよいきなり。デートか？」

「違いますよ。甘粕教官がようやく心を開いてくれたんです」

教官助教の飲み会には絶対に来ないし、ランチすらひとりで食べているのを、高杉も妙に思っていたはずだ。

「入校から一か月半、うちの教場もぽろぽろと問題が出てきました。もっともっと甘粕教官との仲を深めて連携しないと……」

高杉は肩を揺らして笑った。

「仲を深めるってお前、男と女だろ。あんまり深まっちゃうとまずいんじゃないの」

塩見は大まじめに反論した。

「そういう下心を持って話しているんじゃないです」

「食事に一緒に行くくらいでなにをはしゃいでいるんだよ。浮わつきやがって」

高杉は大股《おおまた》で浴槽を出た。大波がきて、塩見は溺《おぼ》れそうだ。

「早く上がれよ、いい店を教えてやる」

仁子と一緒に、十九時半ごろ警察学校を出た。今日の練習交番の当番は、副場長の真下美羽だった。帰路につく職員たちひとりひとりに挙手の敬礼をしている。

仁子と塩見が連れ立っているのを見て、驚いたふうだ。

「珍しいですね。今日は教官助教で一緒に帰るんですか」

塩見は言葉遣いを正した。口うるさいかもしれないが、敬語をきちんと話せないと、現場で苦労するのは本人だ。美羽は咳払《せきばら》いし、言い直した。

「本日は、教官助教共に帰られるのですね」

仁子が思い出したように手を叩《たた》いた。

「そうだ。模擬爆弾なんだけど」

美羽の表情が緊迫する。

「わかっています！　見つけられなかったらペナルティですよね」

「がんばって発見してねー」

手をひらひら振って正門を出た仁子を見て、塩見は笑いをこらえた。模擬爆弾はまだ作っていない。正門を出たところで、ひっそり仁子に尋ねる。

「もしや、最後まで準備を失念していた恩師の真似ですか」

「ないかもしれないものを捜して警戒するのも、警察官の仕事だからね。最後まで置かないのもありよ」

仁子はいたずらっ子みたいな無邪気な表情になった。

京王線の下り電車に乗り、東府中《ひがしふちゅう》駅で下車する。高杉が書いてくれた地図を片手に、仁子を連れて歩く。

「アラウドという店です。隠れ家的な店らしいので、ネットにも出てこないし、予約もできないとか。看板は出てないかもしれませんね」

「アラウド。叫ぶってこと？　隠れ家なのに」

路地を曲がって目的地に辿《たど》り着き、塩見は真っ青になった。

細長いビルが建っている。ピンク色のネオンの装飾がされていて、『アラウド』とでかでかと看板が出ている。出入口は狭くて暗い。仁子が入口わきに留められた料金表を読み上げた。

「休憩二時間で九千円。宿泊で二万円だって」

この店はラブホテルだ。塩見は高杉が書いたメモを握りつぶす。

「す、すみません！　すぐに別の店を探します」

心の中で、高杉め、と叫ぶ。

「確かに隠れ家だね。ここでいいんじゃない」

塩見は呆気《あっけ》にとられた。

「平気よ、イマドキのラブホテルは女子会とかできちゃうし。それにむかつくじゃん」

高杉の名前を忌々しそうに言う。

「どうだったか聞かれたら、楽しんできましたよと答えて、高杉さんをびっくりさせてやればいいの」

行こう、と仁子はさっさと中へ入ってしまった。


仁子は二時間の休憩で、最上階にあるスイートルームを選んだ。超大型モニターで映画を見られて、カラオケの設備もある部屋だった。小さなバーカウンターまでついている。薄暗い部屋に入るなり、仁子は大型モニターの前にあるマッサージチェアに座った。あれこれスイッチをいじっている。ソファセットは籐椅子《とういす》でできていた。バリ島のリゾートふうの部屋だ。ダブルベッドやガラス張りのジャグジーさえ目に入らないようにすれば、すけべな感じはしなかった。

塩見はどこに荷物を置こうかいちいち迷いながら、籐椅子に腰掛けた。ガラステーブルの上に、料理のメニューが置いてあった。

「とりあえずビール？」

仁子がマッサージチェアのリモコンを押しながら言った。

「バーカウンターがついているので、飲み物はセルフですかね。料理を頼んじゃいましょう。適当につまみでいいでしょうか」

サラダやカルパッチョ、生春巻きなどを頼んだ。マッサージチェアが動かないからか、仁子はあちこちバンバンと叩き始めた。塩見がリモコンを動かすと、電動マッサージ機はなんなく稼働し始めた。

「どこ押したの」

「自動運転ボタンを押しただけですけど」

仁子は笑っているが、途端に眉《まゆ》をひそめて悩ましい顔つきになった。かなりきつく腰を揉《も》まれているらしかった。

「テレビつけますか」

「任せる。機械全般苦手なのよ。どこ押していいのかわからない」

テレビは百インチ以上の大きさがありそうだ。バラエティ番組に回したら「目がくらくらする」と仁子からクレームが入った。

「映画でも見ますか」

「映画ねぇ、あんまり見ないの」

「テレビを消して有線でも流しますか」

仁子はけらけら笑い出した。

「そんなに私に気を遣わないで。好きにしてたら。シャワーでも浴びてくるとか」

冗談だろうが、浴びに行くわけがないと塩見はムキになって反論した。

「だいたい、こんなところを学生に見られたら大騒ぎになりますよ」

「高杉教官のせいにすればいい」

思ったよりも早く食べ物が届いた。

「乾杯しますか」

塩見はバーカウンターに入った。ウィスキーやワインが一通り並んでいて、グラスもきれいに磨かれていた。冷蔵庫を開ける。缶ビールやチューハイが揃っていた。改めて籐椅子に座り、二人で乾杯した。

「一か月半経って、ぽろぽろと問題が出てきましたね」

小春の恋人関係や喜島と柴田のトラブルについて、もう一度話をする。

「確かに注意しておくべきだけど、あの子たちはもう子供じゃないから、見守っているだけでいいと思うよ。自分たちで何とかしようと考えてもらわなきゃ困るし」

「もう子供じゃないと言いますけど、子供でしょう」

「大人だよ。子供は大人が思っている以上に成熟しているもんだよ」

仁子はそういう子供だったのかな、と塩見は察する。島本の話から察するに、両親の離婚と再婚で仁子は苦労したはずだ。

「甘粕教官は、出身はどちらですか」

「あちこち転々としていたから……。生まれは杉並区《すぎなみ》だよ。久我山《くがやま》。塩見助教は？」

「僕は大月です。山梨県の」

仁子の表情が緩んだ。

「いいね、大月。富士山《ふじさん》が見えるわよね」

「ええ。晴れた日はきれいに見えますよ」

「人も良かった記憶があるわ」

「来たことがあるんですか？」

「いまの官舎に越してきてばっかりのころ、寝過ごして大月まで行っちゃったの」

中央線は大月行きの電車がある。吉祥寺《きちじょうじ》駅が最寄りらしいが、大月駅までは吉祥寺駅から二時間近くかかる。どれだけ熟睡していたのかと塩見は笑ってしまった。

「確かに、大月まで乗り過ごして途方に暮れる中央線民が、終電後にうろついている町ではありますね」

さすがに最近はなくなったが、父親は若いころ、路上で寝ようとしている人を見かねて、自宅に連れて帰ってきて寝床を提供していた。

「お父さんすごくいい人ね。でもちょっと危ないよ」

「自宅に入れるわけじゃないですよ。うち、町工場やってるんです。工場に従業員用の仮眠室があるんで、そこに案内してました」

「なにを作っている工場なの？」

「車の整備販売会社兼工場です。工場は事故車両だらけで、わりと生々しいですよ」

父は毎日、中古車のオークション会場に行き、廃車寸前の車や修繕不可能の事故車両を安く買い取ってきた。工場でばらして使える部品を取り出し、整備して販売する。車好きの個人から大手の中古車ディーラーまで顧客は多く、工場はメカニックとカーマニアでいつもにぎやかだった。

「酒のテーブルの上に、ぽんとネジを出して、これはどこのメーカーのなんの車種で年式はなんだ、というクイズを出しっこして盛り上がるんですよ」

「お父さん、すごい車マニアなんだね。塩見助教は、車は？」

「俺は全然、興味ないです。持ってないですし」

だろうね、と仁子は笑う。興味があったら家業を継いでいると思うだろう。

「俺は工場が本当に嫌いでした。小さいころは、作業場にぽつんと置かれた事故車両が怖かったですし」

運転席が潰《つぶ》れている車や、血がべったり残っている車もあった。

「何か月か前まで、この車には持ち主がいて、生活の一部として使われていて、でもある日その車の中で人が死んだのだと思うと、やりきれないですよ」

塩見はため息をはさんだ。

「いまでこそ、なんでも分解して丁寧に手入れし蘇《よみがえ》らせる父の仕事は素晴らしいと思いますけど、当時は嫌で嫌で仕方なかった。僕は、事故車両で儲《もう》けるんじゃなくて、事故を防ぐ仕事をしたいなと思ったんです」

「なるほど。それで警察官になったのね」

「交通課には行きませんでしたけど」

当初は交通課を希望していたが、五味の影響で、刑事課に志望を変えたのだ。

「甘粕教官は、なぜ警察官になろうと思ったんですか？」

「安定した仕事につきたかっただけよ。親が滅茶苦茶だったから」

仁子の実父は大手メーカーのサラリーマンで、比較的裕福だったそうだ。

「小1のときに離婚して、母親に引き取られたんだけど、その日から貧乏暮らしよ。薄情な父親が養育費をさっぱり入れてくれなかった。会いにきてくれたこともない」

小5の時に母親が再婚した。新しい父親は一軒家を持っていたらしい。

「ようやく貧乏から脱出だと思ったのに、再婚した途端に、義父の店がうまくいかなくなっちゃった」

三鷹《みたか》でイタリアンレストランを経営していたと話す。

「店も家も競売にかけられちゃって、また路頭に迷った」

その後も義父は、ラーメン店やフレンチレストランなどを出店しては潰す、というのを繰り返しているらしい。

「最近だと、タピオカとか高級食パンとかに手を出してる。節操がないわよ。資金繰りに困ると私のところに来る。やんなるわ」

義父は仁子が意識不明の重体のときも、労災がいくら入るのかを気にしていたという。訊《き》いているだけで腸《はらわた》が煮えくり返る話だ。仁子がはっと我に返った。

「やだ。なんでこんな話をしているのかしら。もうちょっとなにか食べよう」

仁子がサイコロステーキを電話でオーダーした。そのままバーカウンターに入る。

「塩見君は次、なに飲む？」

初めて君づけで呼ばれた。

「俺はビールで」

グラスに氷を入れる音がする。仁子はウィスキーの水割りを作っていた。

「見当たり捜査員最後の日も、ウィスキーの水割りを飲んでたんだ」

かつては言うなと言ったのに、自ら切り出した。仁子はすでに酔っているのだろうか。

両手に飲み物を持って戻ってきた。

「私、見当たり捜査員の才能ないんだよね。あの日も功を焦っていたから、あんな無茶な追跡をして事故を起こしてしまったんだと思う。私の人生、詰んだわ」

仁子はもう水割りを飲み干していた。

「私はもう二度と見当たり捜査員には戻れないし、捜査一課にも戻れない。刑事にも戻れない。今期は責任を持って送り出すけど、教官を続けられる自信もないし」

塩見はフォローしようとしたが、拒絶するように仁子は立ち上がり、バーカウンターからウィスキーのミニボトルをありったけ持ってきた。今度はロックで飲み始める。

「教官、ペース速すぎですよ」

「ほっといて。あのね、だから嫌だったの。酔っぱらって前後不覚になるから、誘われても飲みに行かなかった。塩見君はしつこい。こんなラブホテルにまで連れ込んで」

「ここでいいと言ったのは教官の方でしょう」

仁子は突然、膝《ひざ》を叩《たた》いて大爆笑した。両足を浮かせて腹を抱え、笑いが止まらない。すっかり酔っ払いだ。料理がきたのか、インターホンが鳴った。塩見は立ち上がる。

「たくさん食べてください、酔いが回るのが早すぎですから」

笑い転げている仁子の前を通り過ぎようとしたら、思い切り尻《しり》を叩かれた。

「えっ！」

仁子はゲラゲラ笑っている。塩見も気が大きくなった。仁子の頬を優しくつねる。軽くおしおきのつもりだった。仁子は顔を両手で押さえて、少女みたいな声を出した。

料理を載せたカートごと受け取り、部屋の中に戻った。塩見のその姿を見て、仁子はまた腹を抱えて笑う。

「笑い上戸の天真爛漫《てんしんらんまん》なお嬢様にディナーを運んでいる執事みたいな気分ですよ」

「まさにそれ。いま私が言おうとした。塩見君、敏腕執事みたい」

「助教ですから。何でも言ってください、教官殿」

料理をテーブルに出した。小皿に取り分けてやる。仁子はもう笑っていなかった。顔を見ると、思いつめたような表情だ。酒を飲んで意味もなく笑い出す人は、たいていその後、泣くものだ。案の定、仁子は肉をはみながらぽろぽろと涙を流した。

「まだ復帰したばかりなんです」

涙の意味を汲《く》んで、塩見は慰めた。

「あれだけの大けがだったんですから、ゆっくりでいいですよ。うまくできないことの方が多いのは、当然です」

仁子は鼻をぐずぐずさせながらも、しっかり肉は咀嚼《そしやく》していた。

「僕は助教ですから、全力でサポートしますよ」

「なんか、むかつく。塩見君はやさしくて誠実すぎて胡散臭《うさんくさ》い。島本さんみたい」

どうとでも思えばいいと、塩見もウィスキーをロックで飲み干した。

「映画でも見ますか。せっかく設備があるんだし」

塩見は大型モニターの電源を入れた。オンデマンドで映画を見放題だった。去年、話題になっていたサスペンス映画が目に留まった。ロンドン警視庁が舞台だ。

「犯人が誰だか当てっこしませんか。お互いに刑事部の刑事だったんですし」

「だから言ったでしょ、私は才能がないって」

「才能がないと、そもそも見当たり捜査員に抜擢《ばってき》されませんから」

「才能があるように見えたのは、指導係が五味さんだったからよ」

仁子は少女のように膝を抱えていた。

「五味さんがバンバン事件を解決していく。私はその後ろにちょこまかついて回っていただけなのに、警視総監賞をおこぼれでたくさんもらっちゃった」

膝を抱えた恰好《かっこう》なのに、ロックは豪快に飲み干した。じれったそうにボトルの蓋《ふた》を開けて、注ぐ。塩見の方にもボトルの口をふってくる。仕方なく、塩見はグラスを空にした。自分も今日はかなりペースが速い。

映画は死体発見のシーンから始まった。ロンドンの路上で若い女性が口をナイフで裂かれた惨殺死体で見つかる。指の小指が一本ない。猟奇的な事件だ。切り裂きジャックの再来かと主人公の刑事たちが話していた。

映画開始三十分で、仁子は話についていけなくなったようだ。登場人物が多すぎると文句を言っている。「なんでさっき死んだ人に聴取しているの」と素っ頓狂《すっとんきょう》な質問をした。サスペンスだから登場人物が多い上、イギリス映画なので、見慣れない俳優ばかりだ。人の区別がつかないのだろう。塩見は仁子から疑問が出るたびに説明していたが、大事なセリフを聞き逃してしまう。

「ちょっといま黙っててください、大事なとこなんで」

仁子はタコみたいに口をとがらせたが、やがてうとうとし始めた。テーブルの下に置いてあったブランケットをかけてやる。ひざ掛けかと思ったらそれはやたら大きくて、塩見はグラスを倒してしまった。

映画が始まって一時間半が経過した。犯人はつかまるどころか目星もつかず、しかも主人公の相棒刑事が惨殺されてしまった。

「やっべー、どうなるんだ、この映画！」

塩見は思わず叫んでしまった。寝ていた仁子を揺さぶった。酔いまかせに馴《な》れ馴れしい口調になった。

「教官、寝てる場合じゃないって。殺されちゃったよ、ジョニーが！」

「うるさいな、塩タレ」

「塩タレ？」

「塩見のバカタレの略」

「ひどい。焼き肉のタレみたいな呼び方をされたのは初めてですよ」

仁子は腹を抱えて笑ったが、眉間《みけん》に深い皺《しわ》を寄せて、頭が痛そうにしている。ブランケットにくるまり、塩見の腰のすぐ脇で丸くなった。「塩タレ、塩タレ」と言いながら、甘えてきた。

「そっちは甘タレじゃないすか」

休憩の二時間はとっくに過ぎているはずなのに、フロントからはなにも連絡がない。二時間が過ぎたら自動で宿泊に切り替わるのだろうか。

塩見は仁子の首の後ろに手術痕《こん》を見つけた。うなじから後頭部の髪を丁寧にかきわけて、傷を追う。それは頭頂部まで続いていた。大変な怪我と手術を乗り越えて彼女は生還し、いまここにいるのだと思うと、奇跡のような輝きを感じた。塩見は思わず仁子の体を抱き寄せた。

仁子は魅力的で、みんな彼女が好きになる――と五味は言っていたらしい。わかる気がした。彼女は警察学校の教官になってから、どうしてかその魅力を隠すような恰好をしたり、ふるまいをしたりしていた。塩見は意図せず仁子が下ろしたシャッターをこじ開けてしまった。本当は、こじ開けるべきではなかった。一線を越えてはいないが、こんな風に身を寄せ合ってラブホテルにいると知ったら、結衣は失望し悲しむだろう。

仁子が塩見の顔を触り始めた。左手で探るように、塩見の眉毛《まゆげ》をなぞっている。やがて瞼《まぶた》にふれる。塩見は目を閉じて、されるがままになった。仁子の手つきは、盲目の人が親しい人の顔のつくりを確かめるようだった。鼻を触り、やがて指は唇に届く。性的な触り方ではなかった。なにかを探しているふうだ。

「なにしてるの」

塩見は尋ねた。

「わからない」

仁子のスマホの着信音が鳴った。塩見のスマホもバイブしている。仁子が塩見の体から離れ、グラスや空き缶だらけのガラステーブルをさらってスマホを取った。画面を見て呟《つぶや》く。

「なにごと。五味さんからよ」

塩見もジャケットのポケットからスマホを出した。高杉からの電話だった。

「俺は高杉教官からですけど」

時刻は零時を回ろうかというころだ。こんな時間にかかってくるのは緊急事態に違いなかった。塩見は高杉からの電話に出た。

「すぐに警察学校に戻れ。大至急だ」

「どうしたんですか」

「事件だ。来ればわかる」

電話は切れた。仁子も電話を終えて、茫然《ぼうぜん》としていた。

「学校でなにかあったみたいですね」

言いながら塩見は急いで帰宅の準備をした。

「脚が見つかったって。バラバラの……。まさか、ねえ」

仁子は五味からそう報告を受けたのだろうが、自分で口にしながら信じられないといった様子だった。塩見も頭の切り替えがうまくできない。

東府中駅前でタクシーを拾い、共に警察学校に向かった。甲州街道はすいていた。零時半には、タクシーは警察学校の前に到着した。

正門の前に大量のパトカーや捜査車両が止まっていた。規制線まで張られていた。現場は正門付近ということなのだろうか。

塩見はタクシーを降りた。規制線の中にいたスーツの男がこちらを見ていることに気が付いた。鑑識車両の投光器に照らされているので、誰だかすぐにわかった。『捜査一課』のえんじ色の腕章を腕につけている。

五味京介だ。

# 第三章　脚

日付は変わっているが、塩見は昨日の延長線上にいる。あまりにも長い一日だ。顔に、仁子に触れられていた指の感触が残っている。

そんな状況下で、塩見はブルーシートの上に乗った人の体の部位を見せられている。アルコールを大量に摂取していたこともあり、胃からせりあがるものがある。捜査一課の刑事だったから死体は見慣れているが、バラバラ死体は初めてだった。

ブルーシートの上に、すね毛の生えたやせ細った誰かの脚が、置いてある。

隣にいた仁子が、すぐさま身をひるがえした。五味にぶつかりながら本館の方へかけこんでいった。吐きにいったのだろう。

「甘粕が嘔吐《おうと》とは珍しい」

五味がその背中を見送りながら、首を傾げた。

「今日はだいぶ飲んでいたのか？」

二人で飲んでいたと察している様子で、五味が尋ねた。塩見は言葉が多くなる。

「担当教場が入校して一か月半、ぼちぼちとトラブルが出てきたものですから、甘粕教官と食事しながら、諸々《もろもろ》、対策を練っていました」

「こんな時間まで？　何軒梯子《はしご》したんだよ」

一軒だけなので、正直に答えた。開始時刻が遅かったのだと、五味は誤解してくれた。

「甘粕は酒に弱い。やけ酒するほど教場運営がうまくいっていなかったのか？」

「そういうわけでもないですが……甘粕教官も初めての教場で、緊張しっぱなしだったはずです。僕もちょっと飲みすぎました」

五味は無言で塩見を見つめてくる。仁子とは一線を越えていないが、どこでどんなふうに過ごしていたのかは知られたくない。その気持ちを五味に見透かされそうだった。

「これを見てくれ」

五味がブルーシートの上を指さした。切断された左脚の脇に、段ボール箱が置いてあった。側面に『甘粕教場』と記されていた。

「え⁉」

思わず声をあげてしまう。五味が白い手袋をはめた手で、段ボール箱をくるりと回した。反対側の側面には『模擬爆弾』と記されていた。

「左脚はこの段ボール箱の中に入っていた」

「うちの教場の模擬爆弾ではありません」

「お前たちが用意したものと違うのか？」

「そもそもまだ準備していないんです」

塩見は左脚を観察した。大腿《だいたい》の中途あたりから刃物のようなもので切断されている。血は乾いてはいたが、腐ってはいない。切断されてから何日も経っていないように見えた。かすかに腐臭はした。

「どこで見つかったんですか」

「警察学校の正門の脇に置かれていた。第一発見者は当番の真下美羽。お前の教場の学生だな」

こんなものを発見してしまうなんて、塩見は心が痛くなった。

「初めての練交当番の日で、模擬爆弾を捜さなきゃと、張り切っていました」

「教官助教が準備すらしていないのに？」

「ないものを捜すのも訓練でしょう」

美羽が心配だ。塩見は立ち上がった。

「真下巡査はどこにいますか」

「練交の中で聴取している。高杉がついている」

五味は仁子から話を聞くため、本館へ向かった。塩見は練習交番に入る。入口はひとだかりができている。所轄署の腕章をつけた刑事や、鑑識の人間もいた。

美羽は制帽をデスクに置き、両手の拳《こぶし》を握って膝《ひざ》の上に置いていた。スーツの刑事から聴取を受けている。隣の椅子には高杉が座っていた。塩見の顔を見た途端、顔を真っ赤にして泣き出した。

塩見は隣に座り、肩に手を置いた。

「大丈夫だ。甘粕教官も来ている。安心して、見たことを話せ」

美羽は「はい、すみません」と涙声で絞り出した。

府中警察署の刑事組織犯罪対策課の刑事と、塩見は名刺交換した。

「では、担当教官が駆け付けたところですし、もう一度、発見に至るまでの経緯を話してもらえますか」

美羽はティッシュで涙をぬぐうと、経緯を説明する。

「二当についたのが、一七〇〇《ヒトナナマルマル》でした」

二当とは第二当番、夜勤のことだ。

「一回目の巡回は、二一〇〇《フタヒトマルマル》です。その時は特にこれといった異変はありませんでした。二二〇〇《フタフタマルマル》より、休憩に入らせてもらっています」

二当の学生はもう一人いる。初任補習科の学生だ。初任補習科は、学校を卒業して半年ほど交番勤務をして、また戻ってきた学生だ。美羽ら初任科の学生に比べてずっと頼りがいがある。

交番前の立番を初任補習科の学生に任せ、美羽は交番内の休憩室で遅い夕食を摂《と》り、一時間後に交代した。初任補習科の学生は二十三時から二時間ほど仮眠休憩に入っている。

「私は二十三時半まで立番をしていました」

デスクの上に日誌が広げられている。特異動向なしと記されていた。

「通行人はいませんでした。車は何台か通りすぎた程度です」

警察学校の向かいには、二十四時間営業のドラッグストアとコンビニがあり、コインランドリーもある。ここは無人だが二十四時間営業だ。防犯カメラはたくさんあるので、犯人の姿をとらえているはずだ。

「二三三〇《フタサンサンマル》、巡回中の看板をかけて、練交を出ました。立番がいなくなるので、早く戻るべきと思い、自転車で行くことにしました」

交番と正門の間にある自転車置き場から自転車を出そうとして、正門の外側に不審な段ボール箱があることに気がついた。

「正門と言っても広い。具体的にどこだ？」

「警視庁警察学校と記された銘板の、すぐ目の前です。警察学校の『警』の字の真下あたりです」

それは銘板のど真ん中だ。

「なんだろうと思って、自転車を止めて正門の外に出ました。甘粕教場の模擬爆弾と記してあったので、驚きました」

敷地外にあったからだろう。しかも正門は通行人の目につく。

「爆弾という文字が入っていますから、通行人に見られたら、驚かせてしまいます」

美羽の言う通り、教官が模擬爆弾を敷地外に置くことは絶対にない。正門の前は敷地内と言えるかもしれないが、通行人の目に触れる場所に置くようなこともしない。

「なにはともあれ、発見時刻——二三三二《フタサンサンヒト》であることを時計で確認し、撤去しようと近づいたところで、段ボール箱から人の脚のようなものが出ていることに気が付きました」

美羽はその場で五分以上、逡巡《しゅんじゅん》してしまったらしい。

「模擬爆弾の中になにか入っているとは思いもよりませんでした。私は最初、本物の人の足ではなく、マネキンかなにかの脚だと思っていたんです」

一般人だろうが警察官だろうが、まずはいたずらで人形の脚が捨てられていると疑うものだろう。

「教場のみんなとも、話していたところだったんです。うちは教官助教とも捜査一課の刑事だったから、普通の教場とは違う、変わった仕掛けをしてきそうだよね、と」

塩見や仁子がわざとマネキンの脚を模擬爆弾に仕込んで、見つけた学生が正しい処置ができるかどうか試していると邪推したらしい。だが腐臭がしてきた。

「変だなと思って、中に入っている物を観察しました」

段ボール箱の底の方を照らした。脚の切断面から血のようなものが段ボール箱の底ににじんでいるのが見えたそうだ。

「すね毛もかなりリアルだし、なにより爪が、うちのおじいちゃんのにそっくりでした」

親指の爪が分厚く膨れ、曲がっていた。爪甲鉤彎症《そうこうこうわんしょう》だと府中署の刑事が教えた。

美羽はすぐに無線で一報をいれたという。

通行人はいなかったとはいえ、正門の外にいたので「01事案発生」と無線をいれた。殺人のコードだ。正確には死体ではないし、脚の持ち主が生きているか死んでいるか判断できないから、01のコードを使うのはおかしい。特異動向ありで応援を呼べばいいが、いまはその指導をしている場合ではなかった。

隣の高杉が寝ぐせのついた頭を掻《か》く。

「俺は当直室で仮眠を取っていたんだが、01事案発生の一報で飛び上がった」

塩見は練習交番の外に出た。

「正門の前は監視カメラだらけのはずですが」

高杉も出てきて、監視カメラの場所を指す。交番の出入口、正門の左右両端の、計三個の監視カメラが稼働中だった。

「遺棄場所に最も近いカメラは、外側を向いていない。門のある北側を向いている」

遺棄地点はカメラの南側にあたる。

「灯台下暗し、ですね」

「ああ。他のカメラも同じだ。正門の出入りを監視する目的でついている。銘板のあたりを捉《とら》えているカメラはない」

「犯人はカメラの向きも考慮して遺棄したのかもしれませんね」

「だとしたら、外部の人間の仕業じゃない。外からカメラの向きまでは確認できないぞ」

観察していたら立番の警察官に不審がられるし、監視カメラにうつってしまう。

「事前に下見していたか？」

「もしくは、警察学校内部の人間の仕業か」

本館から、五味がやってきた。

「甘粕教官は？」

「だめだ。ふらふらで使い物にならない」

かなり嘔吐《おうと》したらしい。目が回るのか、ふらついて転んでしまうという。

「ロビーのソファで休ませている。あんまり飲ませるなよ、女性なんだ」

塩見は首を傾げる。確かに相当飲んでいたし、酔っぱらってはいたが、タクシーを拾うまでの足取りは確かだった。

「寮の学生たちには事件を伝えてあるんでしょうか」

「駆けつけた教官たちが学生棟に入っていっている。正門がこれだけの騒ぎだと、気づくだろう。特に女子寮は正門の目と鼻の先だ」

塩見は学生棟を見上げた。女子寮は正門からも近い。

「女子寮には捜査一課の女性刑事たちが入って、目撃者捜しが始まっている。他の体の部位が発見される可能性もあるから、百人態勢で校内を捜索している」

いまのところ発見されているのは、左脚だけのようだ。警察学校の学生が被害者だという可能性もある。

「行方不明者がいないか、早急に点呼すべきですよね」

「そうだが、深夜に川路広場には出すべきではない」

川路広場は、教場棟と向かい合う学生棟の間に挟まれた広場だ。朝礼や行事、訓練も行われる。川路利良の銅像があるので川路広場と呼ばれる。東に本館、西に術科棟があるので、近隣から川路広場を見ることはできないが、二千人を集めたらさすがにざわめきが近隣に聞こえてしまう。

「俺、寮に入って甘粕教場の学生たちを確認してきます」

踵《きびす》を返すと五味に呼び止められた。

「甘粕とはよく二人で飲みにいくのか？」

「いえ、今日が初めてです」

五味はなにか言いたそうな顔をしていたが、スマホが鳴っているようだ。通話し始めた。塩見は高杉と二人でロビーに入った。学生たちは部屋の外には出ていないようで、誰もいない。静まり返っている。高杉が泣きごとを言う。

「五味チャンがまたここに来てくれてうれしいけどよ、こんな猟奇的事件がきっかけなんて、気が滅入《めい》る。再会を喜べねえよ」

塩見も自然とため息が漏れる。

「そんなことが起こるような場所じゃない。だがあの段ボール箱にはお前んとこの教場の名前が入っていた」

犯人は、甘粕教場を巻き込みたくて段ボール箱の側面にわざわざ書いたのだろう。警察学校で模擬爆弾を捜す訓練があることを知っている人物で、なおかつ、甘粕教場の存在を知っている人物が犯人か。

「お前、心当たりは」

「あるわけないです」

高杉がため息を挟んだ。

「警察学校でバラバラ殺人とはな。53教場の次は、01教場か」

「バラバラ殺人――ってことですかね」

学生寮の各フロアで緊急点呼を行った。甘粕教場は全員揃っていた。他の教場でも、行方不明者はいなかった。

学校の職員も変わりなかった。あの左脚は、警察学校の関係者のものではないということが、明け方までにわかった。隣接する警察大学校でも点呼と捜索が行われたが、人体の他の部位は出てこなかった。

五味からは改めて、仁子と塩見から聴取をしたいと言われていた。朝の七時になったら業務で忙しくなるし、それ以降は授業がある。六時に面談室を開けなくてはならない。

「それまでは仮眠を取っておけ。疲れているだろ」

五味も全く寝ていないだろうに、慣れているのか、平気な調子だ。

「甘粕にもちゃんと寝るように言ってくれ。ロビーのソファにうずくまっているから」

塩見は本館に入り、応接ソファに向かった。ガラス張りの向こうから、捜査車両の赤色灯の明かりが降り注いでくる。反対側の、東側の窓のむこうは川路広場だ。術科棟の陰からオレンジの光が差し込む。もう日の出だった。

仁子はソファの隅っこに身をまかせて、小さくなっていた。「教官」と揺り起こす。

仁子はぱちっと目を開けた。

「五味さん？」

「塩見です」

仁子は目元をしつこいほどにこすった。

「五味さんが六時に聴取をしたいそうです。それまで布団で寝た方がいいです」

女性教官専用の当直室が別にある。塩見は仁子をそこへ連れていこうとしたが、サラリと手をのけられた。

「大丈夫、ひとりで行けるから。学生たちは？」

厳しく暗いまなざしで、仁子は尋ねた。塩見と目を合わせようとしない。

「全員揃っていますが、動揺はしています。興奮している者も」

「真下巡査が心配だね。あんなものを発見するなんて」

「甘粕教場の模擬爆弾の中に入っていたそうです」

「聞いた」

仁子の口調はとげとげしかった。

「俺らがターゲットってことですよ」

「知らないよ、そんなこと」

仁子はずいぶん投げやりな調子だった。最後まで塩見と目を合わせず、女子当直室に入っていった。

六時前に面談室に入った。窓を背にして五味と高杉が並んでいるので、塩見は眩暈《めまい》がした。

「なんだか学生時代を思い出しますよ。事件聴取なのに、なんで高杉教官がそっち側にいるんですか」

「別にいいだろ。五味チャンの隣は俺の特等席なんだ」

五味は書類を読んでいた。

「甘粕は」

「さあ。時間は伝えておきましたから、そろそろ来ると思います」

「一緒に寝ていなかったのか？」

塩見は思わず声を荒らげてしまった。

「そんなわけないでしょう。あちらは女性ですよ」

五味と高杉が意味ありげに視線を絡ませた。はめられたような気がする。仁子がやってきた。まず五味が検視の結果を教えてくれた。

「今日の午後にも法医学教室で司法解剖する。検視官の見立てだ」

左脚はすね毛や骨格から、成人男性のもののようだ。長さは七十九センチ、推定身長は百七十から百八十センチくらいだという。

「血液型はB型。まだDNA鑑定結果が出ていない。皮膚に張りがあったが、親指の爪の症状を見るに、十代や二十代ではなさそうだ」

あの爪の症状は老人に出やすい。つま先の細い靴や硬い靴などを頻繁に履いていると、若くともなりやすいという。

「三十代以上の成人男性と推定していたが、俺はもっと年を食っているんじゃないかと思っている。六十代とか七十代とか」

「老人の脚だというんですか？　その割に、みずみずしかったですよ」

変な言い方だが、老人の脚はもっと乾燥してしわくちゃなイメージだ。

仁子は五味の手の中の書類をじっと見ているだけで、何も言わない。

「ふくらはぎや大腿《だいたい》がやけに細かった。筋肉がほとんどついていなかったんだ。骨と皮だ。あそこまでやせ細っていると、歩行もままならなかったんじゃないかと思う」

老人のバラバラ死体の一部が、甘粕教場の模擬爆弾の箱の中に入っていたということか。全く意味がわからない。

「なにはともあれ、あの脚からわかる捜査は、司法解剖が終わってからだ。いまは鑑取り捜査をメインにさせてもらう」

あの、と仁子がかすれた声で五味に訊《き》く。

「五味さんは捜査一課の係長ですよね。指揮官でしょうから、府中署の捜査本部にいるべきなんじゃないですか」

「俺がどこでなにをしようが俺の勝手だろ。ここは古巣だし、塩見は教え子で、そしてお前は俺が育てた後輩だ。部下が聴取するより、俺がする方が話は早いしな」

仁子はそれ以上、咎《とが》めはしなかった。

「早速だが、高杉から聞いた。甘粕教場は暗いらしいな」

塩見は眉《まゆ》をひそめて高杉を見た。

「怒るなよ、ただ俺の印象を正直に話しただけだ」

高杉がちらりと仁子を見て、続ける。

「甘粕教場は覇気がない。返事の声も小さいし、姿勢も悪くて、礼儀や言葉遣いもまだまだだ」

塩見は頭を下げた。

「僕の指導力不足です。すみません」

「いやあ、お前は頑張っていると思うがな」

高杉が言った。とても厳しい表情だった。

「教官の元気がない。だから教場全体が暗いのだと俺は思う」

仁子は黙っていた。五味が尋ねる。

「さっき教場の中を見せてもらったが、教場旗のモチーフはダチョウなのか？」

教場には教場旗が壁に貼り付けてある。五味は珍しがっていてバカにしている様子はないが、高杉が噴き出していた。

「おもしろいよなぁ、ダチョウ。初めて見た」

「いいじゃないか。学生たちが教官に親しみを感じている証拠だ」

仁子がどういう意味かと変な顔をした。

「だってお前、ちょっとダチョウに似ているぞ。目がクリクリしていてまつげが長い」

仁子が苦笑いしている横で、塩見がダチョウがモチーフになった意味を説明した。

「いずれにせよ、教場内で最近トラブルはあるか」

仁子は、加山小春のスマホ不正使用と恋人関係の話から始めた。喜島と柴田のトラブルについても伝え、面談内容も話した。五味はメモを取らず、三人の名前を復唱した。

「近々、その三人と面談をさせてくれ」

いいですが、と仁子はため息をついた。

「今日、授業ができる状態なのかどうか……」

「甘粕」

言い含めるように、五味は呼びかけた。

「七年ぶりの再会なのに、深夜に正門で再会してから俺と目を合わせないのは、どうしてだ」

仁子が視線を外した。なにかあるとすぐにわかるような態度だ。

「なにか後ろめたいことがあるんだな」

仁子が長いため息をついた。塩見の肩に手を置く。

「直前まで、塩見助教とラブホテルにいました」

塩見は叫びそうになった。高杉は両手で口を押さえて、やっちまったなと言わんばかりに揶揄《やゆ》の目を塩見に向けた。五味がいちばん冷静だった。黙って仁子と塩見を見比べていた。塩見は必死に訴える。

「いや確かに、そういった類《たぐい》の部屋にはいましたが」

「塩見、お前は冗談が通じない奴か」

高杉が高い声で笑う。

「そもそも高杉教官のせいですからね！」

「お前が言ったんだぞ、女性が喜ぶおすすめの場所を、と」

「飲食店に決まっているでしょ。どうしてラブホテルなんかすすめるんですか！」

五味がちろりと高杉を見た。

「お前が行くように促したのか」

「俺はおすすめの場所を教えただけだって」

「あまり後輩を弄《もてあそ》ぶなよ。二人ともまだ若いんだぞ」

高杉は肩を揺らして「ごめんごめん」と軽く手を振った。

「何度も言いますが、そういう場所にいたというだけで、指一本――」

触れていないわけではない。じゃれ合い、映画を見ながら身を寄せ合っていた。

「指一本くらいは触れた？」

高杉が身を乗り出してくる。

「俺らは映画を見ていただけです。ちょっと飲み過ぎましたけど、ロンドン警視庁が舞台のミステリーを見ていたんです。その途中で、事件発生の呼び出しを受けました。そうですよね？」

塩見はもうこれ以上余計なことは言うなと目で仁子に訴えた。仁子は「ええ」と頷《うなず》いただけだった。

「だいたい、こんなことといちいち申告する必要はないですよね。事件とは関係ないし、僕らはあくまで教官と助教としてコミュニケーションを取っていただけです」

「後からラブホテルにいたとバレたら余計に怪しまれる。だから先に申告しただけ。怒らないでよ」

仁子に淡々と言われて、塩見は自分がピエロになった気分だった。

警察学校の周辺はマスコミの中継車が連日うろついていた。翌日には通常授業に戻っているが、甘粕教場だけはそうはいかない。仁子と塩見も授業を自習にし、五味の聴取に立ち会うことになった。

第一発見者の美羽から聴取が始まる。左脚を発見した経緯を再確認し、改めて尋ねる。

「何か教場内で気になることやトラブルはあるか？」

美羽は仁子と塩見の顔色を気にした。

「正直に、なんでも言っていい。教官助教の前で言いにくかったら、俺たちは席を外す」

塩見はフォローした。美羽が思い切った調子で言う。

「ココだけの話ですが、同じ副場長の川野君が、しんどいです」

「しんどい。具体的に話して」

仁子が促した。

「私は会計監査副場長として忙しいのに、川野君は勤怠管理を押し付けてくるんです」

川野は練習交番の当番が始まってから、勤怠管理票を作るのに四苦八苦していた。

「昨夜だって、本当は川野君が当番だったんですが、急遽《きゅうきょ》、私が入ることになったんです。翌日午後から仮免許の試験が入っているから、って」

甘粕教場の中で普通運転免許を持っていない者は美羽と川野だけだ。二人は調布市内の教習所に通っている。殆《ほとん》ど眠ることができない夜間の当番明けに運転免許試験を受けるのはかわいそうだと美羽は思ったらしい。

「それでお前が当番を代わってやったのか？」

「川野君は、繰り上げて次の学生に頼もうとしたんです」

次は柴田だったらしい。

「柴田は引き受けそうもないな」

「そうなんです。忙しいのはみな同じなんだからと断ったので、川野君が教習所の帰り道に私に泣きついてきたんです」

美羽は運が悪い。あの日、二当を引き受けていなかったら、人の左脚など発見しなくて済んだのだ。

「そのくせ川野君は、警察官二世だからって、上から目線でマウント取ってくることもあるんです。本当にむかつく」

美羽はだんだん口調が乱れてきた。

「あの日だって、私が第一発見者と知るや、不審者がいたはずだとか、不注意だとかうるさいし。クランクはこうやるんだって私の運転にもケチをつけてくるし」

美羽は、教場内の座席についてもクレームを入れた。

「他の教場は月に一度は席がえをしているのに、どうしてうちはしないんですか？」

副場長の川野と美羽は、左列の最前列にデスクを並べている。場長の柴田は号令をかけることもあり、右列の最前列に座っている。それ以外は出席番号順に並んでいた。仁子は席がえについてなにも答えなかった。

美羽との面談が終了後、五味は興味深そうに言う。

「本来の教場当番は川野という学生だったのか」

この後、柴田と喜島、小春を呼ぶ予定だったが、五味の希望で川野を面談することになった。

川野は平謝りだった。美羽が負担に思っていたことを告げると、後で謝罪します、これからは自力でなんとかしますと述べた。簡単に言うなら最初から人を頼るなと思うが、その軽さは十八歳らしい。

「相変わらずふにゃふにゃしてんな、お前は」

高杉に姿勢を注意されている。塩見は自分が叱られているような気になった。塩見の指導が足りないのだと、遠回しに言われているようだ。五味が川野を絞ったが、運転免許試験のためにきちんと寝ておきたいという理由以外に、二当を代わってもらった他意はなさそうだった。

「次は柴田を呼ぼうか」

川野が出ていったあと、五味が提案した。

「場長だし、この日の二当を断っている。それから、島育ちの喜島と揉《も》めているんだっけ？」

五味は甘粕教場の学生の情報が完璧《かんぺき》に入っているようだった。塩見は柴田を呼びに術科棟へ向かった。いまは三限目で、甘粕教場は柔剣道の授業中だ。

柴田は消防時代にたしなんだことがあるのだろう、剣道係を務める経験者の学生と共に、初心者の指導にあたっていた。柴田は竹刀で喜島の脚を狙った。喜島はよけようとして転んだ。

「これくらいで転がるな、大袈裟《おおげさ》な」

「いま脛《すね》を打とうとしただろ！」

「何度言っても足の出し方を間違えるからだ！」

塩見は柴田を呼び止めた。咎《とが》めているように聞こえたからか、睨《にら》むような目で振り返る。塩見と柴田は四歳しか年の差がない。柴田は仁子には逆らわないが、塩見のことはあきらかに見下している。

「聴取だ。刑事が来ている。協力しろ」

「僕は左脚事件とは無関係ですよ」

「いいから来い。着替えなくていいから」

柴田は渋々といった様子で、ついてきた。術科棟から教場棟をつっきり、本館に戻る。

「聴取は甘粕教場の全員に行われているんですか？」

記者発表はしていないが、甘粕教場の学生たちだけには、遺棄された段ボール箱に甘粕教場の名前が入っていたことは、知らせている。

「いや、当夜の第一発見者と関係者、それからトラブルを抱えていた学生のみだ」

お前は両方、と塩見は柴田に言った。

「喜島とトラブルを抱えていた。それから当日、二当を断ったな」

「運転免許の試験があるから当番を代わってくれなんて身勝手な理由で、了承できるはずがないです」

それには同意する。

「代わってくれという川野巡査がおかしいし、代わってやる真下巡査もおかしいです」

柴田の偉そうで否定的なものの言い方が塩見は引っ掛かった。後で指導するとして、面談室に放り込んだ。柴田は五味を前にひれ伏すでも卑屈になるでもなく、堂々としていた。

「授業中にすまないね」

五味はいきなり、仁子や塩見も聞きづらかった質問をぶち込んできた。

「元消防士なのか。辞めた理由はなんだ？」

塩見は緊張してしまう。仁子も、戸惑ったように五味と柴田を見比べている。

「体調を崩しまして、休職しました。それがきっかけで退職しました」

「休職して同じ現場に復帰しなかった理由は」

「消防は合わないと思いました」

「警察は合うと思ったのか？　その理由は」

柴田は黙り込んでしまった。

「そもそも体調はどう崩したんだろう。怪我か病気か」

柴田は言いにくそうに答える。

「病気です。心の……」

「メンタルをやられるような出来事があったのか？」

仁子がひとこと申した。

「五味さん。踏み込み過ぎですよ」

「これは刑事事件の聴取だ。教官は黙っていろ」

仁子はあからさまに嫌な顔をした。柴田が答える。

「休職するに至った月は、時間外勤務が百時間を超えて、過労状態でした。食欲も落ちて、正常な判断ができる状態ではなくなっていたため、休みを取らせてもらいました」

「警察も激務だが。警察が合うと思った理由は？」

「それは、今回の左脚遺棄事件と関係があるのですか」

「あるかないかはこちらが判断する。質問に答えて」

柴田はため息をついたあと、そっぽを向いて、投げ出すように言った。

「別の公安機関に逃げただけだと、言わせたいんでしょう」

「俺は何も言わせたくない。真実を知りたいだけだ」

柴田は繰り返す。

「いま言ったとおりです」

「別の公安機関に逃げた？」

「ええ」

五味は大きく頷《うなず》いた。

「喜島巡査ともめていたようだが。夜間に脱走を繰り返す薬物中毒者だと教官助教に告げ口をした」

塩見はフォローした。

「そんなあらかさまな言い方はしていませんよ」

「しかし、お前たちはそう勘違いしたんだろ？」

捜査一課の刑事に戻った五味は厳しい。

「その件については過剰に反応してしまい、教官助教に迷惑をかけたと反省しています」

柴田は謝っているつもりか、頭をくいっと下げた。

「喜島巡査に謝罪はしたのか？」

柴田は咳払《せきばら》いを挟んだ。

「改めて、喜島には謝罪します」

五味が茶を一口飲んだ。

「これまで甘粕教場で何か気になることやトラブルは、他にあったか？」

「いえ。喜島が厄介だということ以外は」

喜島に謝ると言ったそばから、喜島を厄介者扱いする。

柴田のあと、塩見は喜島を面談室に呼んだ。聴取なのに、喜島は涙ぐんで「柴田とは別の班にしてください」と訴えた。

「あいつの顔を見るだけでニキビが増えそうです。なんとかなりませんか」

五味はその件を後回しにし、喜島には事件当夜の行動を細かく聞き出した。アリバイの確認をしているのだ。

「君は前日、寮の部屋を抜け出している。この日は大人しく寝ていたのか」

「はい。寝ていましたが」

「塩見助教が点呼のために学生棟に入ったのは、深夜一時ごろだった。その時は？」

「まだ寝ていました。柴田に叩《たた》き起こされたのは、一時過ぎだったと思います」

「高杉教官が通報したのは二十三時四十分で、パトカーの第一陣が駆け付けたのはその五分後だ。救急車も消防車も来た。サイレンがうるさくて、殆《ほとん》どの学生がなにごとかと点呼の前に起床していたが」

「……すみません、僕は寝ていました」

「おかしいね」

五味が身を乗り出す。喜島はすっかり怯《おび》えている。

「君は前夜、学校が辛《つら》くて故郷が恋しくて眠れず、部屋を脱走して屋上にあがった。それなのに、事件の当夜は熟睡していたのか」

「事件の夜は寝不足で、疲れていたんです。前夜に殆ど眠れなかった反動だと思います。入校してから、毎日その繰り返しです。全然眠れなくて辛い日と、前夜に眠れなかったから、消灯した途端にぐっすり寝ちゃう日と」

五味は外出申請書類を出した。

「今週末は、どこの海に行くんだ？」

仁子が口を出した。

「その申請は却下しました。あんな事件が起きましたので、統括係長や校長と相談の上、週末の外出をしばらく制限するつもりです」

五味は仁子を一瞥《いちべつ》しただけで、喜島を見つめた。

「お台場の海に行こうかと……府中からいちばん近い海水浴場が、そこだったので」

「お台場」

意味ありげに五味が繰り返した。

「君の教官が大けがを負ったところだ」

喜島は知らなかったのか、驚いた様子で仁子を見返した。仁子は憮然《ぶぜん》としている。

「その話はいま関係ないと思いますが」

「教官の大けがというのは――まさか、榛名連合の件ですか？　去年の春、レインボーブリッジで転落した女刑事がいると」

仁子はよほど話したくないのか、喜島を立たせた。

「もう終わりでいいですよね」

五味は頷いた。

「次は加山小春巡査だ」

仁子が呼んでくるという。喜島と出ていった。

高杉が渋い顔で塩見に尋ねる。

「仁子チャンはレインボーブリッジの話になると、いつものあの調子か？」

塩見は頷いた。

「相当に思いつめているようです。怪我をしたこと以上に、犯人を取り逃がしたことを心から悔やんでいる様子です」

自分は見当たり捜査員として才能がないとか、五味のおかげで賞を取っただけだとも言っていたことも、付け足した。五味は首を傾げる。

「そんなことはない。甘粕は優秀だった。元気がよくてハメをはずしすぎるところはあったが、明るくてみなから好かれていたがな」

どこが、と高杉が目を丸くした。

「ここじゃ、陰キャでとっつきにくい女性教官だぞ。なあ？」

高杉が塩見に同意を求めたが、塩見は首を傾げた。確かにそう思ってはいたが、ホテルの部屋で彼女は陽気だった。よく笑いよく食べていた。酒を飲んだからだろうが、捜査一課にいたころは、素面《しらふ》でも明るくてはつらつとしていたのだろう。

塩見は彼女の後頭部に走る深い手術痕《こん》を思い出す。

「首の後ろから頭頂部にかけて、傷痕《きずあと》が残っていました。開頭手術の痕だと思います。あれを見ちゃうと、人柄が変わってしまうのも、無理はないと思うんです」

塩見の顔の皮膚に、仁子の指の感触が蘇《よみがえ》った。必死に何かを探るような手つきだった。

扉が開く。仁子に連れられ、加山小春が入って来た。五味が学校生活について言葉を変えてあれこれと尋ねたが、小春は言い切った。

「教場内でも、私自身も、何のトラブルもありません」

小春との面談は五分で終わった。


五味の提案で、食堂で昼食をとることにした。いつもは一人で食べる仁子も、五味の誘いは断れないようだった。既に午後の授業が始まっている。十三時半だったので、食堂はすいていた。五味が切り出す。

「とにかく、加山小春だな」

突然出た名前に、塩見は驚く。仁子も高杉も首を傾げた。

「加山がどうしたというんですか」

「あの子だけだ。教場では何のトラブルもないと断言したのは」

確かに、美羽も川野も喜島も柴田も、教場内でのトラブルと称して、不満に思っていることをぶちまけていた。小春だけが順調だと流したのだ。高杉が言う。

「痛い腹を探られたくなくてそんな言い方をしたのかもな」

それだ、と五味も同意した。塩見は首を傾げる。

「スマホの不正使用と、恋人ができたことを突っ込まれたくなかっただけだと思いますが」

「もう教官助教に叱られたあとなら、話したっていいじゃないか」

塩見は思わず、仁子と目を合わせた。

「お前ら、もっと加山小春と膝《ひざ》を突き合わせて面談しろ。あの子はまだ隠していることがある」

二百人以上を現場に送り出した元教官を前に、塩見はぐうの音も出ない。高杉が主任教官らしく提案した。

「塩見は男性だから恋愛関係は聞きにくいだろう。下手をするとセクハラととらえられかねない」

五味が仁子を見た。

「お前の出番だ。甘粕が中心になって、加山小春を落とせ」

「落とすって……」

「加山だけはお前たち教官助教のことを屁《へ》とも思っていない。頼りにもしていないし、いなくてもいい存在と思っている。お前たちはそれでいいのか？」

仁子は五味の発言を重く受け止めたようだ。翌日、大胆な提案をしてきた。

いま塩見は警察学校の官用車を運転している。仁子は助手席だ。府中の警察学校を出て中央自動車道から首都高速道路に乗ったところだ。湾岸線を目指している。後部座席には、加山小春と喜島遥翔がいる。

四人でお台場のビーチへ向かっていた。

厳しい場長に外出を制限されていた喜島は限界が近いように見えた。左脚遺棄事件が起きて、学校全体に外出制限が出ているが、喜島に気晴らしをさせてあげたいという仁子の計らいだった。重苦しい警察学校を出れば、教官助教を信頼していないふうの小春も、隠し事を話すかもしれないと思ったのだろう。

主任教官の高杉は「いいな、それ」と自分も行きたそうにしていた。統括係長はそこまで学生にサービスしなくていいと否定的だったが、学校長が許可してくれた。お台場にいていいのは一時間だけと制限はある。

塩見は仁子が心配になる。府中市にある警察学校から最も近いビーチがお台場だから仕方なかったのだろうが、仁子が大怪我を負った場所だ。わざわざ学生をそこに連れだそうと考えた裏に、自分の件とカタをつけたいという思いがあるのかもしれない。

喜島は海に行けるとはしゃいでいる。ビル群を抜ける首都高に「近未来みたいだ」とはしゃぎ、東京タワーが見えると飛び跳ねそうな勢いだった。

小春は冷めている。彼女は中央区《ちゅうおう》の月島《つきしま》出身だ。お台場は目と鼻の先で、面白くもないだろう。なんで自分まで連れ出されるのかと面倒そうな様子だった。

「どこが近未来なのよ。首都高は老朽化が激しくてボロボロなのよ」

「そうだけど、やっぱりワクワクするよ。あっ、東京スカイツリーだ！」

「あれももう十年以上前にできたモンだけどね」

後部座席の学生たちのやり取りを聞きながら、塩見は助手席の仁子を気にした。レインボーブリッジが見えてきたのだ。喜島のはしゃぎっぷりは小学生のようだった。

「窓を開けていいですか」

塩見は頷《うなず》いた。潮風が車内に入ってきた。仁子は目を細めて、風をやり過ごしている。ループをぐるりと回る。はしゃいでいた喜島が、急に不安そうな顔になった。

「俺ら、やっぱり現場に出たら、運転しなきゃなんですよね」

「ああ。基本は階級が下の者が運転する」

「大丈夫かなぁ。塩見助教はすらすら運転してましたけど、合流とか車線変更とか全然わかんなかったし」

仁子がバックミラー越しに言った。

「大丈夫、高卒期の学生はほとんどが運転免許取り立てだから、卒配先でいきなり運転をさせることはないから」

小春が揶揄《やゆ》する。

「喜島君は島育ちだから小笠原《おがさわら》署とかがいいんじゃないの。八丈島《はちじょうじま》署とか」

喜島はバカにされているとは思わないようで、ニコニコ応《こた》える。

「実は俺、それもありかなあって思ってたんだ」

塩見は釘《くぎ》を刺した。

「しょ島部の所轄署は卒配の新人を受け入れていない。あそこには優秀な人材ではないと配属されないしな」

「え、なんでですか。暇そうですけど」

小春が言った。

「事案が発生したとき、近隣所轄署の応援を呼ぶのが地理的に難しい。所轄署にいる人数で対応しなくてはならないから、全員が優秀でないと務まらない」

「意外。バカにしちゃってた」

小春が肩をすくめた。塩見はいちおう、注意する。

「加山。今日は外出先だから大目にみたいが、もう少し、言葉遣いや態度を改めてくれ。俺たちは小中学校や高校の先生じゃない。公安機関の教官と助教だ」

「警察学校に戻ったら、で」

小春は挑発するように言った。助手席の仁子はクスクス笑っている。

「教官が指導してくださいよ」

「警察学校に戻ったらね」

仁子のおどけた答えにみな爆笑した。塩見も笑うしかない。気が付けば、アンカレイジを過ぎて緩い下り坂に入っていた。

仁子はまっすぐフロントガラスを見つめて、おだやかな表情をしていた。

駐車場に車を停めて、四人でビーチへ出た。喜島は途端に走り出した。小春もつられて砂を蹴《け》り上げてはしゃぐ。やはり子供だ。

「救われるね、あの無邪気さ」

仁子が呟《つぶや》いた。ちらりと、目の前のレインボーブリッジを見上げる。

「おかげで、通過したときも全然平気だった」

本当は怖かったとぽつりと言う。

「あの時以来、初めて来たから」

「どうして学生を連れてここに来ようと思ったんですが」

喜島と小春は波打ち際で波とたわむれている。喜島は革靴を脱いで靴下をほっぽりだし、小春が波をかけてからかう。

「五味さんから今朝、電話がかかってきたんだ。重要な捜査情報が入ってきたって」

塩見のところには報告が入っていない。

「私にまつわることだから、先に教えることにしたみたいよ」

監視カメラ映像がとらえた通過車両の解析が進んでいるらしい。

「当該時刻に通過した車は一台だけ。レンタカーだったらしい」

夜間で運転席の人間の映像は不鮮明で、人相はわからなかったという。サングラスにマスクをしていた。

「深夜にサングラスをかけているのは、おかしいよね」

「明らかに変装していますね」

「レンタカー会社が判明して、鑑識作業中だって。当該日に借りていたのは、菅山亮太《すがやまりょうた》という四十三歳の男。現住所は群馬県だったそうよ」

仁子と榛名連合の指名手配犯が落下した、アンカレイジが目の前に見える。思わず口走った。

「榛名連合――」

拠点は群馬県だ。

「菅山というのは、その関係者かメンバーでしょうか」

「これから調べるって」

仁子がここに戻ってこようと決意した理由を、察する。

「アイツ。海に落ちた後、どこへ消えたんだろ」

波打ち際に立ち、レインボーブリッジを指しながら塩見に説明した。

「アンカレイジの保守階段の先のワイヤーを伝ってまで、堀田光一は逃げようとした。

私もムキになって綱渡りしようとして、二人そろって落ちたらしい」

記憶がないからだろう、伝聞調の言い方だった。

「落下したあと、遊歩道の欄干にぶつかった。私は運よく遊歩道側の地面に落ちた。堀田はそのまま海に落下した。一週間かけて付近を捜索したけど、発見に至らなかった」

塩見は目を細めて、落下地点の界隈《かいわい》を見た。

「橋脚に泳ぎ着いたんでしょうか。南側には小さな島が見えます」

「あれは第六台場。無人島よ。あそこに泳ぎ着いたに違いないと私も思っている。雑木林になっているから橋脚より隠れやすいし、落下地点から二十メートルしか離れていない」

「泳ぎ着いてからどうやって逃げたのかという問題があります。当時、周囲は警察官だらけだったんですよね」

堀田はやはり溺死《できし》したのだろうか。

「溺死体は腐敗が始まらないと海面に浮かびあがってこないし、腐敗ガスが抜けるとまたすぐ沈むらしいの。浮いている間に運よく発見できないと、見つけるのが難しい」

しかもこの界隈は隅田川の河口だ。潮の流れは速いだろう。

「航路を出て水深が百メートル以上ある東京湾に流されていたとしたら、見つけるのはほぼ不可能だそうよ」

仁子が自省するように続けた。

「あの左脚の遺棄事件が、榛名連合の仕業で、私を狙い撃ちしているのだとしたら——

――」

仁子は深呼吸した。

「私は教官を続けるべきじゃないよね」

「そんなことはないと思います。俺は一緒に戦いますよ」

塩見は即座に返した。

「学生たちを巻き込めない。あの子たちにはなんの罪もないのよ」

仁子が、どうして学生たちや助教を連れてここまでやってきたのか、ようやく本当の意味を察する。塩見は、海風でたなびく仁子のジャケットを見た。

「もしかして辞表を忍ばせていますか」

仁子は目を逸《そ》らした。

「決断は早すぎるし無責任です。捜査の行方を待ちましょう。指導が必要な学生が目の前にいるんです」

小春が笑う声が聞こえてきた。喜島がくるぶしまで波打ち際に入り、海水を手ですくってほっぺを洗っていた。あれでニキビが治ると思っているのか。

「俺は喜島に、お台場の海水はあんまりきれいじゃないと伝えてきます。甘粕教官は小春と話をしてください。呼んできます」

仁子は恨めしそうに塩見を見つめたが、大きく頷いた。

塩見は喜島と砂浜で走り込みをした。もう二十九だが、まだまだひよっこで筋肉がついていない喜島には負けない。

「ひえー。塩見助教、速い！」

「まだまだ。もう一本」

「もうトータルで一キロ走りましたよ」

「リレーの第一走者だろ。全部一等！　がんばれよ」

二人で砂まみれになっているうちに、砂浜で遊んでいた子供たちが並走し始めた。喜島は子供の扱いが上手で、やがて子供たちと砂浜で山を作り始めた。

「お兄さんは、陸上のせんしゅなの？」
五、六歳の女の子が訊《き》いた。
「いや、おまわりさんの卵だよ」

「お兄さん、おまわりさんになるの!?」

「すごいすごい、おまわりさーん」

喜島は嬉《うれ》しそうで、犬のように砂に穴を掘り、山を大きくしていっている。子供たちは自分たちの腰くらいまである山を前に、大歓声をあげている。喜島は学校生活に四苦八苦しているが、子供に好かれるいいおまわりさんになるかもしれない。

仁子と小春は、二十メートルほど離れたウッドデッキに並んで腰かけている。険しい顔をしていた。

塩見は自動販売機で缶コーヒーを三つ買った。二人に渡して、お尻《しり》二つ分離れた小春の隣に座る。

「正確に言うと、彼氏ではないと言うか……彼氏になりきれていないと言うか」

スマホを不正利用していたときに、メッセージを送っていた男の話になっている。

「警察学校に入学したあとなら、男女の仲を発展させるのはルール違反になっちゃうしね。どこで知り合ったの？」

仁子は一方的に男女交際禁止を言うでもなく、やんわりとした調子だった。

「府中駅でナンパされました」

入校した後、外出中に知り合った男性らしい。

「あまり会えないし、メッセージのやり取りもできないけど、いい人なんです。とても信頼しているし、こんなに必要とされたことはないし。恋愛禁止はわかっていますが、もう連絡を取るなと言われると、辛《つら》いです。私は彼を失いたくないです」

「連絡は取っても構わないけど、学生の本分は勉学と訓練よ。それを忘れずに」

「はい。わかっています」

「それから、余計なことかもしれないけど。まだ付き合ってもいない相手を失いたくないというのは、ちょっと入れ込み過ぎていない？」

小春の表情が曇る。

「恋をした時の気持ちはわかるつもりよ。朝起きた瞬間から好きな人のことを考えて、胸をときめかせる。夜、寝るまでずっと。その調子で勉強や訓練に集中できる？」

「私の頭の中がお花畑になっているというんですか」

小春は、波打ち際で子供たちと山を作っている喜島を振り返った。山の下にトンネルを通そうとしているのか、腕を突っ込んで子供たちと騒いでいる。

「喜島巡査よりずっと成績はいいつもりですが」

「人と比べてどうという話をしているんじゃない。加山巡査はずっと柔道をやってきたでしょう？」

四歳から英才教育を受けていると塩見も聞いている。

「学校が終わっても遊びまわれずに、柔道場に通っていた。中学高校も、同世代の女の子たちのように恋愛をする暇もなく、柔道に励んできたのよね」

小春は頷《うなず》き、背筋を伸ばした。

「クラスでは最強の女扱いでしたよ。私のことを女子として見てくれた男子はいませんでした。だからこそ彼を失いたくないんです」

「そういう女性は、自己肯定感が低いまま大人になっちゃう」

「何が言いたいんですか」

「道場通いをやめた途端に、悪い男に引っ掛かる」

小春は何も言わなかったが、顔が真っ赤になっていた。屈辱を感じているのかもしれない。塩見は口を挟んだ。

「話の腰を折って悪いが、府中でナンパされたというのは本当か？　何月何日のことで、場所はどこだ」

小春は宙を見つめた。逃げ場を求めているように見える。

「失礼な言い方だが、お前たち警察学校の女警をナンパする男がいるだろうか」

服装はリクルートスーツで、スカートではなくパンツスーツ姿だ。ブラウスは白と決まっていて、アクセサリーはつけられない。メイクも薄くしているし、いまどきの男性よりも短い髪型を強いられる。

「しかも班行動だ。同じ恰好《かっこう》をした女たちが団体で行動する。どれだけの美人がまざっていようが、男が声をかける隙もないはずだ」

小春は目が泳いでいる。隣の仁子が失望したような声で訊く。

「本当はどこで知り合ったの？」

小春はハンカチを握りしめる。あとはなにを尋ねても貝になってしまった。

仁子が立ち上がる。

「お前をここまで連れて来たのは、時間の無駄だった」

厳しく突き放すような口調だった。かつて自分が警察官として命を落としかけた現場にいるからこその、厳しさだろう。

「嘘をついたペナルティだ。マラソン百周。それから嘘つきのお前に神棚がある神聖な柔道場に入る資格はない。柔道係を下ろす」

「そんな――」

「私が納得できる反省文を書きあげるまで、道場に入るな。柔道の授業中は入口で正座をして、自分の何が悪かったのか考え続けなさい」

週明けの夕方、塩見は甘粕教場の女警たちから話を聞くことにした。ロビーで喜島とすれ違う。

おや、と塩見は足を止めた。喜島の頬の赤みが引いて、ニキビが減っているように見えたからだ。喜島は照れたように笑う。

「お台場の海水、意外によく効きますね」

気持ちの問題が大きいだろう。今日の日誌『こころの環《わ》』で喜島は、お台場で子供たちと遊んだ時に思ったことを素直に吐露していた。

〝こんな僕でも、尊敬の目で見てくれている。子供たちのためにもがんばらなきゃと思いました〟

喜島は、交番に出たら地域の子供たちを守るという具体的な目標が生まれたのだろう。目つきが変わっていた。

学生の成長を嚙《か》みしめながら、塩見は女子寮に入った。

小春以外の五人の女警は談話室に集まって裁縫をしていた。体育祭の騎馬戦で使用するハチマキを縫っているらしかった。

「大将だけは普通のハチマキよりも長いのを使うからな」

他の騎馬は市販されているハチマキだ。塩見も学生のころ、教場の女警に大将ハチマキを縫ってもらったのを思い出した。

「加山は手伝わないのか？」

小春抜きで話を聞きたかったのでちょうどよかったのだが、仲間外れになっているのか心配になった。美羽が答える。

「あの子は騎馬に乗るんですよ。女だからって手伝わせませんよ」

「そういうことか」

「本当は場長のじゃなくて、小春ちゃんのを縫ってあげたいくらい」

ひとりの女警がぼやいた。美羽が「しっ」と膝《ひざ》を叩《たた》き、塩見の顔色を窺《うかが》う。柴田は厳しすぎて、女警からも人気がないのだろう。

「ちょっと聞きたいのだが、外出中に府中駅界隈《かいわい》でナンパされたことがあるか？」

美羽が鼻で笑って答える。

「ナンパなんてされるわけないじゃないですか。あんな色気のない恰好で外に出なきゃならないんですよ」

「そうだよな……。実は加山の恋愛の相手について、確認したいんだ」

「小春ちゃんの彼氏が、事件と関係あるんですか？」

塩見は否定し、小春ちゃんと呼んだことも注意した。

「学校内では加山巡査と呼べ」

ひとりの女警はぺろっと舌を出した。いちいち子供っぽい。

「加山巡査のお相手は、私達もよく知らないんですよ」

「お風呂《ふろ》とかでたまに女子トークするんですが、絶対に言わないんです」

さっき舌を出した女警が、上目遣いに塩見を見つめた。

「てっきり私は、加山巡査と付き合っているのは塩見助教だと思っていました」

塩見は激しく否定した。

「誰がそんなこと言ったんだ。加山本人か？」

「そうは言ってないですけど、同業だから絶対言えないって」

警察官ということか。やはり学校内で恋愛をしているのだろうか。

「学生じゃないみたいです。同期は子供っぽ過ぎて無理だって言ってたし。年上の警察官で、口が裂けても名前は言えないって話してたから、てっきり私は塩見助教かと」

「そんなわけないだろ。加山がその警察官とどこで知り合ったか聞いた者はいるか？」

「まあ、校内じゃないですか。そもそも、殆《ほとん》ど外出していませんから」

美羽がため息交じりに言った。入校した四月の上旬に外出しただけで、ゴールデンウィーク以降は、一度も外出していないという。

「事件があって禁止になったからな」

「その前からですよ。柴田場長がうるさくて」

塩見は目を丸くした。

「柴田は女子班の外出にまで口を出してきたのか」

「口を出すというか、脅してくるんですよ。地図アプリの口コミを見せて」

地図アプリの口コミは、塩見も飲食店を選ぶときによく参考にする。

「警察学校にまで、口コミが書かれているのか」

「そうですよ。学校からアプリの業者に削除するように言えばいいのに」

「なんて書かれているんだ」

「全体評価は、5点満点中2・2」

悪い。飲食店では3以下の数字がついているのを見たことがない。サービス業ではない病院や公的機関には厳しい評価がつきがちではある。

「市民の目が厳しいから、あまり外出はしない方がいいって、柴田場長が教場のみんなに話していました」

塩見は教官室に戻った。仁子は小春が提出した反省文を読んでいた。

「一応、女警たちから確認しましたが、やっぱり府中でのナンパはないですね。ちなみに相手は同業のようです」

仁子は顔をあげた。

「同業か。だからあんなに隠したがっていたのかな」

「そうかもしれません。警察学校の新任巡査に手を出しているとなれば、相手の男が白い目で見られますからね」

仁子が塩見に小春の反省文を見せた。売店で売っている四百字詰めの原稿用紙の半分しか埋まっていない。

「全く反省していないわ」

仁子はあまり表情を変えず、話題を変えた。

「五味さんからさっき連絡が入った。事件で進展があったみたいで、府中署まで来てくれ、だって」

「わかりました。僕は採点をしなきゃいけないので、先に行っていてもらえますか」

「塩見君、ひとりで行ってくれる？」

引き出しから答案の束を出そうとして、塩見は手を止めた。

「私はテストを作らなくちゃいけないの。報告があるなら学校に来てと五味さんに言ったんだけど、あちらも忙しいみたいで」

「でも……甘粕教官が行かないのは、どうかと思いますよ」

あの段ボール箱には、仁子の苗字《みょうじ》が記されていたのだ。彼女は事件のれっきとした関係者だ。仁子は渋々といった様子で、頷《うなず》いた。

十八時過ぎに警察学校を出て、仁子と共に府中署に向かった。塩見はスマホを出し、地図アプリを開いた。

「そういえば、学校の口コミがかなり辛口みたいです」

評価は2・2で、口コミは五件ほど寄せられていた。警察官を目指す学生たちを応援しているような口コミがひとつあるだけで、あとは苦情だった。

『学生たちは団体でぞろぞろ歩くので邪魔で仕方ない』

『電車の中で団体で座っていて、迷惑だ』

『狭い店に団体で入って来て買い物をするので、目障りです』

塩見はため息をついた。

「学生は団体行動がルールなのに、こう書かれちゃうのは辛《つら》いですね」

「公園の子供の声がうるさいとクレームをいれてくる輩《やから》と同じよ。よほどの迷惑行為をしたのなら、クレームの電話が入るはず」

行事のときの歓声や、教練のかけ声がうるさいというクレームがたまに入るが、必要な訓練であると説明している。それでもやめてくれと言ってくる住民はいない。

「電話をするほど学生の態度がひどいとは思っていないのよ。井戸端会議とか身内でちょろっと愚痴るくらいのことでしかないのに、わざわざ書き込むから始末が悪い。学生たちはこれを気にしているの？」

「柴田が気にしているみたいです」

「気にしないように言っておいて」

自分で言えばいいのに、仁子は塩見に押し付けた。

府中警察署の刑事課のフロアに出向いた。どこかの会議室に捜査本部があるはずだが、部外者なので入ることはできない。五味が階段を下りてきた。

「悪いな、忙しい中」

とんでもないです、と頭を下げたのは塩見だけだ。仁子は憮然《ぶぜん》としている。府中駅に着いてから、ずっとうつむいていた。五味は刑事課の応接室に塩見と仁子を通す。

「早速だ。左脚の司法解剖の結果が出た」

書類を見せてくれた。B型の成人男性で、推定身長は一七〇から一八〇センチだった。推定年齢は、五味の推理よりも若かった。

「四十代から五十代、ですか」

「ああ。関節の軟骨のすり減り具合や皮膚の張りから、老人ではありえないそうだ」

「それなら、筋肉量の少なさが気になりますね」

「病気等で寝たきりであるとか、車椅子生活の人ではないかということだ」

つまり、歩けない人の脚が切られて、警察学校に遺棄されたということか。事件の全体像が全くわからない。

「他の体の部位が見つかっていないから断定はできないそうだが、生活反応が出ている」

塩見は思わず、唾《つば》を飲み込んだ。

「ガイシャは生きたまま脚を切られたということですか」

生存しているか。大腿《だいたい》には大動脈が走っている。大動脈が断絶したら、即座に処置をしない限り、出血多量で死ぬ。

「管内の総合病院や大学病院を全てあたったが、脚が切断された患者を受け入れた病院はなかった」

いまは関東圏の大規模病院に捜査員をやっているそうだ。

「いまのところ、該当する患者を受け入れている病院はない」

五味は次の書類を出した。

「当該時刻に現場を通過したレンタカーがあっただろう。借主の免許証のコピーだ」

偽造されたものではないようだ。菅山亮太という四十三歳の男の顔写真を見る。首回りがでっぷりとしていて、顎髭《あごひげ》を生やして整えていた。堅気には見えない。防犯カメラにうつっていたサングラスにマスクの男とは全く体格が違うようだ。

「この人物だが、いま拘置所にいる」

二か月前に傷害事件で現行犯逮捕されていた。

「前橋駅前でチンピラに因縁をつけられて、大立ち回りをしていた。喧嘩《けんか》の相手が榛名連合のメンバーだった」

やはり榛名連合の関係者か。仁子は固まっている。

「菅山は榛名連合の構成員をボコボコにした後、飲み屋に入った。やられた構成員が仲間を呼んで、一時間後に店ごと襲撃した。菅山をリンチし身ぐるみはがして逃げた。財布とスマホを取られている。免許証もだ」

その時の免許証が、レンタカーを借りる際に使われたらしかった。

「レンタカー会社の防犯カメラ映像は、残念ながら残っていなかった。受け付けしたレンタカー会社の職員は髭の形が免許証写真と同じだったとしか証言していない」

免許証の顔を借主の顔を見比べていたところ、「疑っているのか、失礼だろう！」と大声でどやされたのだそうだ。店員は恐怖を感じ、確認をおざなりにしてしまったらしい。仁子はへなへなと、ソファに寄りかかった。

「榛名連合の仕業だったということですよね。私の問題に警察学校を巻き込んでいる」

顔を覆ってしまった。五味が身を乗り出し、じっと仁子を見据えた。

「甘粕。一年前のお台場でなにがあったのか、正直に話してくれないか」

仁子はあからさまに、眉《まゆ》をひそめた。

「調書にある通りですよ」

「調書には書かれていないことを知りたい」

「全て話しました。嘘をついていると言いたいのですか？　目撃者だって多数いました。彼らの証言も調書に書いてあるはずです」

「目撃者がない時間もあっただろう。アンカレイジの保守階段の先までは遊歩道からは見えない。お前と堀田光一はワイヤーのたもとで二人きり。カメラの映像も届かない場所だ。なにを話し、どう行動して落ちたんだ」

「覚えていないんです」

「それは本当か」

「なんのために嘘をつく必要があるんですか」

言い含めるように、五味が呼びかけた。

「甘粕。お前は変わってしまった」

仁子は不愉快そうに目を逸《そ》らした。

「七年ぶりに警察学校の正門で再会してから、俺と目を合わせてくれない」

いまも、と五味は指摘する。

「視線を外してばかりだ。どうしてそんなに気まずい顔ばかりをするんだ。なぜ俺の顔を見ることができない。他の連中とは普通に話している。お前はあからさまに俺を避けている」

今日、確かに仁子は、府中署に行くのを嫌がっていた。

「俺は担当捜査員であり、お前の指導官だった刑事だ。だから俺と話したくない。目を合わせたくないんだろう」

仁子は唇をかみしめていた。いまにも血がにじみ出てきそうだ。

「どうしてか。隠し事があるからだ」

塩見は間に入ろうとした。いまにも仁子が爆発しそうに見えたからだ。

「あの日なにがあったのか教えてくれ。お前は堀田とどんな会話をした？　本当は堀田がどこへ逃げたのか、知っているんじゃないのか」

「五味先輩、ずいぶん刑事のカンが鈍ったみたい」

五味が無言で仁子を見据える。

「五年も警察学校にいたんですもんね」

仁子はバッグをつかんで、府中署を出ていった。


事件から十日が経った。職員会議で校長から、無情な通達があった。

「今月末に予定していた警察学校体育祭ですが、中止とします」

どの期の教官助教たちも落胆している。特に高杉の失望が激しかった。

「学生たちに何て説明すりゃいいんだ。入校した日から楽しみにしていたのに」

何人かは仁子を白い目で見た。あの事件の余波のせいだと、みんなわかっている。仁子は表情を変えず、じっと壁を睨《にら》んでいた。

会議のあと、塩見は出席簿を確認している仁子に尋ねた。

「学生たちはがっかりするでしょうが、六月には駅伝大会があります。早速ですが、今日の放課後に学生たちとチーム編制を考えませんか」

駅伝大会は、各教場から一チーム五人ずつの六チームが代表で選出される。選手に選ばれない十人は、タイムを図ったり、給水を担当したりと裏方仕事をする。

「どうやって選抜しましょうかね。長距離走のタイムが速い上位三十名でいいと思いますが、その三十人をどう六チームに分けるか」

早い者を一つのチームに集中させ、最強のチームを作ってチーム優勝を狙うか。まんべんなく選手を分けて、総合タイムで教場での優勝を狙うか。塩見はいろいろと提案してみた。

「まかせる」

一言で片づけられてしまった。

「……わかりました。では席替えの件はどうしますか」

仁子は手を止めた。美羽が川野の隣を嫌がり、席替えを切望していた。

「入校してからずっと同じ席ですから、席替えはやったほうがいいと思います」

川野と美羽だけでなく、仲の悪い柴田と喜島の席を離すべきだった。恋愛にうつつを抜かす小春を教卓のすぐ前にするとか、塩見はあれこれ考えていた。

「席替えは必要ないでしょう」

塩見は呆気《あっけ》に取られた。

「いろいろと不平不満はあるんでしょうけど、若い彼らには、置かれた場所で我慢し忍耐をさせることも必要だと思う。希望があったからといってほいほいと答えていたら、学生たちはどんどん甘ったれていくわよ」

仁子は出席簿をつかんで、教官室を出て行った。

その日一日、塩見は仁子と全く会話をしなかった。業務連絡ですら話しかけるのが億劫《おっくう》だ。冷たい態度を取られるとわかっていて、話しかけたいと思えない。

朝礼後、教場当番が四十人分の『こころの環』を持ってきた。

教官助教は毎日、学生たちの日誌を読み、コメントを書かなくてはならない。いつもは仁子と話し合い、二十人分ずつ手分けする。塩見は隣にいる仁子に何も言わず、上から二十冊分だけ取った。残りを自分のデスクの上に放置したまま、授業に向かった。一時間目は高杉教場で刑法の授業だ。高杉教場の授業係が扉の前に立っていた。

「塩見助教、刑法の授業をよろしくお願いします！」

教場当番が恭しく扉を開け教官を招き入れる。高杉教場の敬礼の声は元気いっぱいだ。

塩見は早速、刑法の授業を始めた。一文がやたら長い条文を板書し、どういう意味なのか簡略化して説明する。授業の終わりには、穴埋めにした刑法の問題を解かせる。待っている間、教卓で自教場の『こころの環』をチェックした。

喜島は、ニキビの調子が更によくなったことを記していた。柴田は、初めての二当の当番だった日を振り返り、恐怖心があったと書いている。模擬爆弾を捜す中で、またバラバラの体の一部が見つかるかもしれないと考えてしまったらしかった。率直に自分の心の弱いところを記すのは素晴らしいことだ。塩見は赤ペンを持って、件《くだん》の文章に赤線を引いて、コメントをいれる。

『自分の弱さを認め、さらけ出す人間ほど強くなる』

たかだが二十九の若造が何を偉そうに言っているのかなと自嘲《じちょう》する。自分はちゃんと助教官をやれているのだろうか。学生との向き合い方はこれでいいのだろうか。不安になることだってあるのに、塩見はそれを教官に相談し頼ることができない。互いの欠点を補い合うこともできない。

——自分は、史上最悪の教官にあたってしまったのではないか。

気が付けば、『こころの環』のページに赤いインクが滲《にじ》んでしまっていた。塩見は慌ててティッシュで押さえた。ボールペンで『すまない』と記した。

学生に申し訳ない気持ちがまさっていく。ひどい教官にあたって一番不幸なのは、助教の塩見ではなく、学生たちなのだ。


一日が終わった。仁子と二人で夕礼に向かう。

「起立ッ！　敬礼！」

学生たちの腰を十五度曲げる敬礼は揃ってきた。仁子と塩見の挙手の敬礼の方が合わなかった。敬礼したまま、左右を見渡すように百八十度上体をひねるが、仁子とタイミングが合ったことが殆《ほとん》どない。

仁子が教壇に立ち、とうとう体育祭の中止を伝えた。悲愴《ひそう》な顔をして立ち上がったのは、喜島だけだった。

「嘘でしょう！　体育祭のためにあんなに短距離走の練習をしたのに！」

柴田も非常に残念そうだったが、喜島を注意した。

「喜島、口調に気をつけろ」

「そうだけど、柴田場長だって騎馬戦の準備を張り切っていたじゃないか」

川野が仁子に尋ねる。

「あの、なんとなく察しはしますが、どうして中止になったんですか」

仁子は川野をちらりと見ただけで、あっさり答えた。

「察しているのなら、聞くな。察している通りだ」

学生たちを気遣う様子もなく、仁子は言い放った。あまりに冷たい。あの左脚遺棄事件が榛名連合の仕業だと確定的ないま、自分のせいでこんな事態になっていると仁子は自覚しているはずだ。それを悔やみ、お台場では辞意まで見せていた。いまは投げやりで無責任に見えた。

「今日の連絡事項は以上。号令」

仁子が柴田を見たが、塩見は一旦《いったん》、止めた。

「俺から少し話がある。そのまま残っていてくれ」

仁子はさっさと教場を出て行った。

学生たちは静まり返っている。塩見が教卓に立ったが、塩見が何を話すのか、興味を引かれていそうな人もいなかった。

隣の高杉教場と比べてしまう。打てば響く反応がある。なにより、元気だった。

高杉が、甘粕教場は暗くて活気がないと話していたのを思い出す。若者らしい反応を見せているのは、喜島くらいか。

「体育祭の件は本当に残念だった」

塩見は教卓に立ち、切り出した。俯《うつむ》き加減だった学生の顔が、ぽつりぽつりと上がる。

「楽しみにしてたよな」

方々から一斉にため息が漏れた。柴田を大将として乗せる予定だった騎馬隊の一人が心底がっかりした様子で嘆く。

「場長の厳しい命令にひたすら耐えてがんばってたのになー」

柴田に対する嫌みのようにも聞こえる。柴田が一瞥《いちべつ》したが、咎《とが》めることはなかった。

川野がぼやく。

「体育祭に間に合うように教場ティーシャツを発注していたんですよ。業者も納期に間に合うように必死にやってくれているのに……」

「早めに連絡を入れておけ。納期を急ぐ必要はなくなったと」

「いまさら納期は延びたなんて言ったら、業者は怒りますよ」

「それなら、俺から謝罪の電話を入れるから、後で電話番号を教えてくれ」

柴田から厳しく檄《げき》が飛んだ。

「川野！　お前の仕事だろう。助教に迷惑をかけるな！」

「俺は別に構わない、大丈夫だ」

柴田は塩見を一瞥し、黙った。美羽が愚痴をこぼす。

「あの大将ハチマキ、無駄になっちゃった」

「体育祭は年に一回しかないんですよね？」

小春が尋ねてきた。

「ああ。毎年五月に一度きりだ」

一同が一斉に落胆のため息をついた。やはりみな仁子の前で感情を表に出さなかっただけのようだ。塩見がちょっと促しただけで、こんなに本音が聞こえてくる。

本当はこの場で、仁子をフォローするつもりだった。大切な行事がひとつなくなってしまい、一番気に病んでいるのは甘粕教官だと言うつもりだった。いまは教官のフォローなどどうでもいいと投げやりな気持ちになりつつあった。

「それでだ。体育祭は中止になったが、まだ六月の駅伝大会がある」

伏し目がちだった学生たちが、次々と視線を上げる。

「ハチマキはそこで使えるんじゃないか」

女警たちの顔に微笑みが戻った。川野が手を叩《たた》く。

「教場ティーシャツも？」

「そうだな。応援のときにみんなで着ればいい」

教場がわっと盛り上がった。こんなに元気な様子なのを見るのは初めてだった。塩見もつい調子に乗る。

「いまから駅伝大会の戦略会議といくか」

何人かが「おーっ！」と叫んだ。拍手をしている女警もいる。塩見は簡単にルールを説明した。五人で一つのチームで、教場から六チーム出られることを伝える。

「走者は教場の中から上位三十名を選抜するが、男女混合チームでもいい。その場合、女子はハンデがあるから、ひとりにつきタイムを一分半引いてもらえる」

学生たちが隣や前、後ろの学生と意見を交わし始めた。「今度こそ一等を取るぞ」とみな張り切っている。

——甘粕教場はこんなに元気じゃないか。

積極的に学生と交流せず、自分の話も一切しない教官に、みな遠慮していたのだろうか。親しみを感じていないから、学生たちも背を向けていた。

やはりこの教場は、教官が悪いのだ。

学生たちがタイム表を見ながらシミュレーションし選抜する。塩見はそのまま駅伝大会の運営スタッフも決めてしまうことにした。

記録係と給水スタッフ、タイム計測係をそれぞれ立候補で決めていく。塩見が口出しせずとも、学生たちが活発に意見を出し合い、係員決めはすんなり終わった。

塩見はなんだか、別の教場の学生たちを見ているようだった。仁子がいないだけで、こんなに学生たちは生き生きしている。

学生たちは、仁子のことをどう思っているのだろう。

塩見は教卓にしまってあった白紙を取り、学生たちに配った。

「あと十分――いや、五分だけ時間をくれないか」

塩見は前後の扉がしっかりと閉まっているのを確認し、教卓に立つ。切り出した。

「甘粕教官のことで率直で正直な意見を聞きたい」

教場がしんと静まり返った。目を丸くする者と、俯く者がいる。首を傾げる者、じっと塩見の言葉の続きを待つ者など、反応は様々だ。

「この白紙に、自由に書いてくれ」

どうしてこんなことをさせるのか、と問う者はいない。

みな、甘粕教官に疑問を抱いている。塩見の行動に同意しているのだ。教官を抜きにしたこの秘密のやり取りに、緊迫もしている。

「正直に書いてほしい。もちろん、見るのは俺だけだ。甘粕教官に見せるつもりはない」

すでに書き始めている者が何人かいた。

「好きと書いてもいい。はっきり嫌いと書いても、俺は咎めない。クレームを書いてもいい。改善してほしい点を書いたってかまわない」

川野が上目遣いに問う。

「名前を書きますか」

「任せる。匿名でも構わない」

川野は早速、白紙に向かった。ピクリとも動かない学生が二人いた。喜島と小春だ。喜島は何も記されていない紙をただ睨《にら》んでいる。

小春はじっと塩見を見つめていたが、やがて書き始めた。書き終わった学生たちが紙を折りたたんで、塩見に提出する。

最後のひとりは喜島だった。白紙のまま塩見のもとにやってきた。

「すみません、なにも書けませんでした」

「それはそれで構わない」

「塩見助教。甘粕教官と喧嘩《けんか》でもしたんですか」

心配するなとだけ言って、喜島を教場から出した。十五分ほどで、全員が紙を提出し、学生棟へ戻った。

塩見は教卓脇のデスクに座り、紙を広げていく。半数が匿名だった。

『元刑事だから仕方ないかもしれませんが、目つきが鋭くて怖いです。聞いてほしい話があっても、あの目で見られると、言葉が引っ込みます』

『あまり目を合わせてくれないので、避けられているような気がして、悲しいです』

『遠い存在すぎて、あまり気にしたことがなかった』

ネガティブな意見が多かった。良い意見もある。

『まだ若いのに経験豊富で、貫禄《かんろく》があり、女性でもかっこいいと思います』

美羽の意見だった。良い意見を書いた学生はみな、名前を記している。点数稼ぎのつもりか、ほめたたえている学生もいた。川野だ。

『美人、頭がいい、スタイルがいい、三拍子揃っていて、尊敬しています』

匿名であろうがなかろうが、どの文字からも、仁子に対する気遣いは感じる。

だがとんでもないものが一枚まざっていた。

『殺してやりたい』

匿名だった。

# 第四章　退　職

塩見は一週間、悩んだ。『殺してやりたい』という紙そのものの取り扱いにすら悩んだ。鍵《かぎ》付きの引き出しにしまうのも気が引けた。すぐ隣には殺意が向けられた甘粕仁子本人がいる。そもそも仁子が塩見を避けている。目も合わせない。

業務連絡はしている。誰が風邪をひいたとか、『こころの環』はどこまでチェックが終わったとか。仁子とそういう話をしながら、心の底で焦燥するのだ。

——教場の中に、あなたを殺したいと思っている人がいます。

「塩見君」

ある夕方、仁子から声をかけられた。塩見はびくりと肩を震わせてしまう。

「最近、大丈夫？　しょんぼりしているような気がするけど」

「ちょっと、疲れが出ているかも。五月病かな」

「もう六月よ」

「じゃあ六月病ですね」

「梅雨時だしね」

仁子も憂鬱《ゆううつ》そうに、窓の外を見た。東京はずっと雨だ。こんなに重苦しい気持ちになるのは、太陽を見ていないからか。

「前半を飛ばし過ぎたのよ」

仁子の目はからかうようだった。もっと教官と信頼関係を結びたいのだと熱弁した日を思い出す。ホテルでのことは思い出さないようにしていた。

「六月は祝日がないし、無理しないでね」

仁子は、「お疲れさま」と微笑み、帰っていった。塩見は猛烈に腹が立った。初対面からずっと不愛想だったのに、ホテルの部屋では子猫みたいに無邪気に甘えてきた。学生に対しても愛情を持って接しているときだってあった。左脚遺棄事件があったせいかもしれないが、いまは塩見にも学生にも背を向けて、冷たく振る舞う。そうかと思えば今日は優しい。

塩見はすっかり振り回されている。デスクで頭を抱えた。首根っこをつかまれる。

「よう」

高杉だ。馴《な》れ馴れしく肩を抱き寄せてきた。

「そのため息はなんだ。まさか禁断の恋煩いか」

「そんなわけないでしょう」

塩見は高杉に相談することにした。周囲を確認し、鍵付きの引き出しを開ける。白紙の紙を高杉に見せた。どういう状況で書かれたものか説明すると、高杉は椅子から飛び上がった。

「これはまずいぞ。教官への脅迫事案じゃないか」

「学生たちと約束したんです。誰にも見せないから、正直に書けと」

「だからってこれは正直すぎるだろう。誰が書いた」

「わかりません」

文字の特徴からすぐに判明するかと思ったが、たったの七文字しかない。ひらがなばかりで画数も少ない。特徴を見出《みいだ》すのが難しい。

「記名した者は五人だけでした。残りの三十五名は全員容疑者です」

高杉は受話器を上げた。

「これは脅迫事件だ。五味に報告する」

「五味さんは忙しいでしょう。学校内のことです。まずは統括係長に報告すべきではないですか」

「統括係長は長らく警務畑のやつだぞ、学校教育には詳しいが、捜査の経験は少ない」

五味は筆跡鑑定の知識もあるはずだという。

「学生たちの『こころの環』なりテストなりを五味に見比べてもらえば、一発で誰が書いたかわかる」

高杉が早速、五味に電話をして相談した。難しい顔で電話を切る。

「二十一時過ぎるが、来てくれるそうだ。今日は府中にいないから、すぐに駆け付けられないらしい」

「五味さん、本部に戻っているんですか」

「いや、麻布署だってさ。覚えているか？　マル暴刑事がけん銃で死んだ件」

入校日の前に起こった事案だ。あれから二か月経っている。殺人だったのかと結衣と話した記憶があるが、新聞報道では自殺と結論付けられていた。

「あれは自殺だったんですよね。ＳＡＫＵＲＡが使用されていて、密室だったと。まだ捜査本部があるんですか？」

高杉が周囲をちらりと見て、声音を落とした。

「やばい事実が出てきちゃってるらしいよ」

少女買春、と囁《ささや》いた。

「その自殺した刑事がしていたんですか？」

「そう。平山大成《ひらやまたいせい》、四十六歳。組織犯罪対策部、暴力団対策課の立派な係長だったのにな。平山は買春の事実を反社に握られて、脅されていたんだ」

塩見は、府中署の捜査本部にいた五味が麻布署に飛んだ事実から、察した。

「反社ってまさか、榛名連合ですか」

高杉はこっくりと頷《うなず》いた。塩見は頭を抱える。左脚遺棄事件と、そのずっと前に起こったマル暴刑事の自殺事件が、つながるとは思いもよらなかった。

「ただ、本当につながっているのかどうかは微妙なところだ。関東最大の半グレ集団だからな」

構成員は五百人近いとは聞いている。フロント企業など関係者を含めたら千人、協力関係にある団体をピックアップしたら、ゆうに五千人近くになるらしい。

「五百人いる構成員も、地元でオラオラしているのから、風俗やってる奴、特殊詐欺や叩《たた》き専門、勝手に名乗っているだけの奴まで、ごちゃまぜだ」

平山大成を脅していた榛名連合の構成員が、左脚遺棄事件に関わっているかどうかは微妙だった。五味は取調べで忙しいだろう。

高杉は職員名簿を取った。

「職員の中で、筆跡鑑定ができる教官はいたっけな」

鑑識や刑事系の授業を持っている教官の名前を、高杉は指でなぞっていく。

「そういえば、筆跡鑑定の授業がありましたよね。二コマだけでしたが、特徴の探し方を習った記憶がありますよ」

塩見は仁子の席のデスクに立てかけてある『刑事捜査の基本』というテキストを借りて、目次を捲《めく》る。

「順番的に、夏休みのあとくらいに取り上げるんじゃないですかね」

高杉が腕を組み、考え込む。

「仁子チャンにやらせるというのも、ありか」

「それはあまりに気の毒です。自分のことを殺してやりたいと書いた文字を筆跡鑑定するなんて」

二十一時、予告通りの時間に、五味が警察学校にやってきた。あっさり言う。

「甘粕も筆跡鑑定の知識があるはずだ。授業で取り上げさせて書いた奴をあぶりだせばいい」

塩見は仁子を傷つけてしまうと再び訴えたが、五味は全く態度を変えなかった。

「甘粕はこんな程度でひるむような玉じゃないよ。むしろ授業に熱が入りそうだ」

警察学校で教官宛《あて》のこんな紙切れが見つかったら大騒動だが、毎日強行犯事案と向き合っている五味にしたら、どうってことはないのかもしれない。

五味はすでに『殺してやりたい』の紙きれの分析を始めていた。

「きれいな字だな。右上がりとか右下がりのクセもない。対象になる字は」

塩見は、記名していた学生を抜いた、三十五人分のテスト用紙を出した。

「答案用紙は文字数が少ないし、記号が多いから比較にならない。『こころの環』の方がいい」

「こころの環はもう返却したあとなんです。明日の朝にならないと回収できません」

「明日の午前中まで俺をここに足止めするつもりか」

五味は笑っている。本当は警察学校がなつかしいはずだ。

「甘粕にやらせるのが嫌なら、お前の授業中に学生たち本人に分析させるのはどうだ」

塩見はさらに驚愕《きょうがく》してしまう。

「待ってください、学生たちに分析させるんですか？　その中に犯人がいるのに？」

五味はあっさり頷く。高杉が咎《とが》めると思ったが、笑い飛ばす。

「あったなー。俺らのころに」

「あっただろ」

五味と高杉が学生時代の、一一五三期の話だろう。

「実際にそんなことをした教官がいたんですが」

「カンニング疑惑があってな。とある学生のシャープペンシルの中にカンニングペーパーが仕込まれていた。持ち主は否定して、誰かに嵌《は》められたと訴えた。教場中が大騒ぎだったんだ」

当時の教官は指紋採取の授業をいますぐやると言い出したらしい。

「ずいぶんと大胆な教官がいたんですね」

教場の全員が見ている中で、誰が嘘をついているのかつるし上げることになる。学生を追い詰めてしまうだろう。効果てきめんだったと高杉が笑う。

「結局、カンニングペーパーを仕込んだやつが自首して終わった。自分の指紋が出てくるとわかっていて、実習なんかできねーだろ」

五味も高杉も教場を運営していたころ、びっくりするような方法で問題を解決するところがあった。その大胆さは、二人の恩師の影響もありそうだ。

「お二人の教官は、どんな方だったんですか」

「小倉隆信《おぐらたかのぶ》教官だ。もう定年退職している。いまは駐輪場の管理人だ」

五味が高杉と楽しそうに小倉の話を始めた。あんな目つきの鋭いのが駐輪場にいたら逃げるとか、昔はやさぐれ刑事だったとか揶揄《やゆ》する。小倉という教官に親しみと愛情があるのだろう。五味が手を叩く。

「そういうことだ。さあ、今日こそ『飛び食』に飲みに行くか」

いいね、と高杉が指を鳴らし、急いで着替えに行った。

「ちょっと待ってください。授業で取り上げたら甘粕教官にバレてしまいます」

「そもそも、教官に内緒でこんなものを学生に書かせるなよ」

塩見は困り果てて、恩師を前に弱音を吐いてしまう。

「だって、僕はもうどうやっても、甘粕教官と信頼関係を結べないんです」

五味が支度の手を止めた。

「なにを考えているのかさっぱりわからない。酒を片手に二人きりになればいろんな本音を聞けると思ったんですが、そしたら今度はそれを飛び越えて――」

ラブホテルでの顚末《てんまつ》が蘇《よみがえ》りそうになり、慌てて打ち消した。

「お前ら事件の夜、本当は一線を越えたんじゃないのか」

五味が鋭く尋ねてきた。

「それはないです。絶対にないですけど……」

「それじゃ、本音を語り合える関係を『飛び越えた』というのはどういう意味だ。いまならおしゃべりの高杉がいない。正直に話してみろ」

塩見は渋々、話す。

「生い立ちや生まれ故郷の話なんかはしました。あのレインボーブリッジの件でとても落ちこんで、刑事としての将来を悲観しているというのも、聞きました。あの甘粕教官の言葉に嘘偽りはないと思います」

「ちゃんと本音で語り合っている。信頼関係があるから、甘粕はお前に話したんだろう」

「そうじゃなくて、僕が彼女と語り合いたいのは学生のことなんです。でも彼女は学生と向き合おうとしない」

そうだ——仁子への大きな違和感は、やはりこれだ。

「かと思えば、問題のある学生二人を海に連れ出して、一生懸命に話をしていました。一方で、体育祭の中止という大きな出来事があったのに、さらっと報告しただけで、学生の気持ちに寄り添おうとしません」

スーツに着替えた高杉が勢いよく扉を開けた。五味と飲みに行くとなれば三十秒で着替えてくる。

話が途切れたまま、『飛び食』に向かった。久々に三人で乾杯する。五味が再び仁子の話を振ってきた。結局、高杉に火がついてしまう。

「結局お前らはヤッたのか、ヤッてないのか」

「だからヤッてないって言ってるじゃないですか！　警察学校は男女交際禁止、学生の手前、そんな破廉恥なことができるわけがないです」

「警察学校の学生が男女交際禁止なだけで、教官助教は禁止されていないぞ」

五味があっさり言った。

「そ、それはそうですけど、道義的に教官同士が恋仲になるのはまずいでしょう」

高杉はへらへら笑っている。

「別にいいんじゃないの。いまどきはじゃんじゃん恋愛した方がよ」

だいたいな、と高杉はあっという間に一杯目の生ビールを飲み干した。

「年頃の男と女がラブホテルに三時間もいて何もない方が病的だ！」

なあ、と高杉は五味に同意を求める。五味は「そんなことはない」と否定した。

「そうですよ、高杉さんのその考えの方がおかしいですよ」

高杉は突然、千円札をテーブルの上に叩きつけた。

「塩見。小遣いやるから正直に言え。ヤッたんだろ？」

「だからヤッてませんし、千円って小学生の小遣いじゃあるまいし」

金をつき返した。五味は腹を抱えて笑っている。

「ゼロが一つ足りないんだ」

「やっぱそうか」と高杉は一万円札を出した。

「これでどうだ。教えろ！」

「だから～」

「頼むよ。おじさんは保険屋のクソババアに尻《しり》に敷かれて、毎日つまんないのよ」

高杉の妻は保険の外交員をしている。

「若者の恋愛話を聞いてキュンキュンしたいの。お願いだから教えて」

五味は肩を揺らして笑っている。

「高杉のやつ、おんなじことを結衣にもしてんだよ」

塩見は表情を取り繕うので精一杯だった。高杉のスイッチが入る。

「そうだ、結衣だよ。アイツ絶対に男ができたぜ。五味チャンよ、結衣を放牧しておいて大丈夫なのか」

「放牧って、結衣はもう成人したんだ。大学生で遊びたいさかりだろうし」

「だけど女の子だぞ、門限は十八時。お泊りなんか絶対許しちゃだめだ」

「大丈夫だよ、結衣はああ見えてしっかりしているから」

「しっかりしていると思いたいだけだろ、お前はブーちゃんのことで頭がいっぱいなんだろうが」

「もう二十一なんだから、彼氏のひとりや二人はいた方が健全だ。なあ？」

五味が同意を求めながら、瓶ビールを塩見のグラスに注いだ。塩見は適当に相槌《あいづち》を打ちながら、肝を冷やす。

「結衣のやつ、遊ぶ金が欲しいからだろう、こないだ一万円見せたら口を割りかけたぜ」

金を仕舞いながら、高杉が言った。

「五万だったら誰が彼氏か教えてあげる、ってさ」

塩見はビールを噴きそうになった。慌てて飲み込む。

「五万だと？　なんだその微妙に低いハードルは」

「確かに。絶対に教えたくなかったら、一千万とか一億とか、不可能な額を言うよな」

「本当は彼氏を紹介したいのかもしれないな」

「紹介だと⁉　けっ、俺は顔も見たくないね」

珍しく五味も苦々しい表情になった。

「どんな聖人君子でも、やっぱり娘の彼氏はいやだな」

「俺はとりあえずぶん殴るね。どんなにいい奴でも」

塩見——と二人の恩師の目がこちらに向いた。

「お前はどうなんだよ」

結衣のことを聞かれているのかと、錯覚してしまう。

「仁子チャンとラブホテルで三時間もなにやってた！」

結衣と付き合っていることがバレたらこの二人に半殺しにされる。結衣の話になるより、仁子の話をした方がマシだ。塩見は白状した。

「あの、実はちょっと、いちゃいちゃはしました」

高杉は大盛り上がりだ。五味は呆《あき》れた顔ではある。

「やっぱりな。甘粕は酒を飲むと甘えるから、男はみんな浮かれちゃうんだよ。抱きしめてやったり、頭を撫《な》でてやったりな。甘粕がそれをまんざらでもない調子で受け入れちゃうから、後でこじれるんだ」

これまで何人もの同僚刑事たちに相談されてきたようだ。

「飲み会で甘粕といい雰囲気になったのに、結局はつきあってくれないとか。彼女が何を考えているのかわからない、とかさ。まさか塩見からも同じことを言われるとはな」

「僕は別に、甘粕教官とつきあいたいとか思っているわけではないですよ」

五味はグラスを置き、改まった。

「塩見。甘粕との仲がうまくいかないのは、たぶんお前のせいだ」

「えっ！」

「よく考えろ」

「もう充分すぎるくらい考えてますよ。でもわからないし、僕ばっかり悩んでいて、甘粕教官はそうでもなさそうだし、腹が立って仕方がないし……」

五味はなにか思い出した様子で、再び小倉隆信の名前を出した。

「甘粕は、一二〇六期小倉教場の出身だ」

小倉が定年する直前に持った、最後の教場の学生だったらしい。

「俺と高杉と甘粕は、きょうだいだな」

五味が小倉の自宅を教えてくれたので、週末、訪ねてみることにした。仁子との関係をどうにかしたいし、尊敬する五味や高杉を育てた教官がどういう人なのか会ってみたかった。

小倉は四十歳を過ぎてから警察学校の教官をやり、現場には戻らなかったというから、二十年近く学校にいたはずだ。現場に送りだした警察官は千人を超えるらしい。もはや達人だ。塩見も彼から指導者の極意を学びたかった。

小倉は小田急《おだきゅう》線狛江《こまえ》駅近くを流れる多摩《たま》川沿いのマンションに住んでいた。事前に電話をしてアポイントメントをいれるつもりだったが、何度かけても電話はつながらなかった。直接チャイムを押す。

はーい、と思いがけず、若い女の声がした。バタバタと慌ただしい足音がする。もう定年退職していると聞いたが、妻は若いのだろうか。

扉が開いた。塩見は目が点になった。

結衣が立っている。

結衣がけらけら笑いながら、塩見に麦茶を出してくれた。

「笑いごとじゃないよ、若い愛人でも囲っているのかと思っちゃったよ……」

「こっちだってびっくりだよ。なんで圭介君が祖父の家に来るのか、って」

結衣は小倉の孫だった。一人暮らしのわびしい生活をしている小倉を不憫《ふびん》に思い、月に何度か身の回りの世話をしに訪ねているらしかった。

そんなに朝早い時間に来たつもりはないのだが、小倉はまだ和室で寝ていた。警察学校の現役助教が訪ねてきたと結衣に聞かされて、大儀そうに寝床を出た。いまは洗面所で顔を洗っている。

「人を寂しい独居老人みたいな言い方をするな。小遣いが欲しいだけだろ」

小倉がタオルで顔を拭《ふ》きながら結衣に言った。

「でも、お料理も作っているし、お掃除もしているのは私だからね。いまみたいに急な来客があっても平気なのは私のおかげでしょ」

シルバーグレイの髪を整えながら、小倉がリビングにあるテーブルの前に胡坐《あぐら》をかいて座った。七十を過ぎたくらいだろうが、肌はぴんとしていて顴《かん》はつやつやしていた。目尻の皺《しわ》が多く手もごつごつしてはいるが、背筋が伸びていて貫禄があった。結衣が出したグラスを、突き返す。

「客が来たのに茶はないだろ。ビール持って来いよ」

結衣が舌打ちしながら、キッチンに戻った。改めて塩見は名刺を渡した。

「へー。君は五味と高杉の教え子なの？」

「いえ、僕は一二八九期長田《おさだ》教場の学生でした。五味さんからは刑事捜査授業を、高杉助教には逮捕術を見てもらい、大変お世話になりました」

結衣が塩見を見て、クスクス笑っている。普段、こんな言葉遣いはしないからだろう。

「あの、結衣さんが小倉さんのお孫さんということは、五味さんと小倉さんは親子関係にあるということですよね。かつては教場の指導者と教え子だったはずですから——」

結衣がやってきてグラスと瓶ビールを出しながら、どこか投げやりに説明した。

「話は警視庁警察学校一一五三期にさかのぼるの。そこの小倉教場に、京介君と高杉さんがいた。ママは隣の女警クラスにいたのよね？」

結衣はさすがに詳しい。当時は男女別教場だった。

「ママは当時から淫乱《いんらん》で、じいちゃんが警察組織に入れて根性を叩《たた》き直そうとしたの。だから自分が面倒を見ている期に娘をぶっこんだ」

「い、淫乱……」

思わず塩見は繰り返した。小倉は肩を揺らして笑っている。

「だけどじいちゃんの思う通りには行かず、淫乱娘は二人の学生をたぶらかした。ひとりが超真面目な優等生の京介君で、もう一人は海自で不倫トラブルを起こしてクビになった高杉さん」

「娘も口が悪かったが、孫娘も辛辣《しんらつ》だろー」

小倉が面白そうに言った。塩見は結衣の母親の話をよく知らなかったので、驚きの連続だった。五味と高杉、結衣の母親は三角関係だったのだ。

「高杉さんがママを孕《はら》ませちゃって、ママは退職してこっそり私を産んだ。京介君も高杉さんもそれを知らずに警察学校を卒業して、別々の道を歩んでいたのよ。ママはシングルマザーとして私を育ててたけど、京介君と再会して結婚、めでたしめでたし」

塩見は心底、小倉に同情した。

「大変な教場だったんですね。そんな男女の三角関係があったうえに、カンニングでっちあげ騒動があったとか……」

いまの甘粕教場の問題なんて、トラブルのうちに入らないような気がしてくる。

「一一五三期小倉教場は史上最悪の教場だったと思うよ。定年までいろんな教場を見てきたが、あんなひどい教場は他になかった」

ひどく批判はしているが、小倉は笑っていた。そんな教場だったからこそ思い出深く、卒業生たちをかわいいと思っているのではないかと思った。

「で、君は何をしに来たんだ」

塩見は居住まいを正したが、仁子の話を結衣の前ではしづらかった。察したのか、小倉が言う。

「結衣、ちょっと買い物に行ってきてくれよ。冷蔵庫が空っぽだろ」

結衣は小倉の財布から勝手に三万円も取っている。

「おい、取りすぎじゃないか？」

「その分たくさん買ってくるからー」

「そんなにたくさん買わなくていい、一人暮らしなんだぞ」

結衣は返事もせずに出て行った。ったく、と小倉はため息をつき、塩見に向き直る。

「君、結衣とはどういう関係なの」

直球で訊《き》かれ、答えあぐねてしまう。

「僕はよく五味教官の自宅に遊びにいっていたもので、そこで知り合って……」

「知り合って？　五味と高杉は知っているのか」

もう見抜いている様子で、小倉は言った。塩見は交際を認めた。

「結衣さんが、話したがらないので……」

「言わない方がいい。なんだかんだ二人とも結衣のことを溺愛《できあい》しているからな。半殺しにされるぞ」

塩見はぞっとした。小倉は肩を揺らして笑っている。脅して面白がっているだけか。

「よく僕たちのことがわかりましたね。結衣さんから聞いていましたか？」

「二人でいるところを見りゃわかるよ。男と女なんて、そんなもんだ。ヤッているかどうか、一発でわかる」

少々言い方が下品だが、塩見は尊敬してしまう。

「さすがです。千人近く学生を育てていると、そんな千里眼が身につくのでしょうか」

「というより、君をひと目見てピンと来た。君は京介によく似ている」

「そうですか……顔は全然違いますけど」

「雰囲気がな。背丈も同じくらいだし、体格や性格もよく似ている。君はまっすぐな優等生タイプだろ。結衣から言い寄ったに違いない。結衣は一目見て君を気に入ったと思う」

確かに、結衣がこっそり連絡先を教えてきた。最初にデートに誘ったのも結衣だ。

「京介に圭介か。名前まで似ている。結衣は君のことを〝けぇすけくぅん〟と甘く呼んで、いい気持ちになっているんじゃないか。結衣は京介に恋心を抱いていたはずだから」

小倉は塩見が思いもよらないことを言った。

「いや、二人は親子ですよね」

「血は繋《つな》がってないし、京介は結衣が十歳の多感な頃にいきなり目の前に現れた男だぞ。貧しくて寂しかった母子家庭が京介の登場で一気に華やいだ」

結衣にとって五味は白馬の王子様だったはずだと小倉は断言する。

「母親が亡くなってからの結衣の京介への献身を見るに、恋愛感情がなかったはずがない。プラトニックだろうが、一時期、あの二人にはそういう危うさがあった」

小倉は少し疲れたようなため息をついた。

「瀬山が五味の嫁になってくれて本当に助かった。一方で、結衣が荒れるんじゃないかと別の心配があったが」

微笑みかけてくる。

「結衣が落ち着いているのは、君という人が現れたからだな」

めでたしめでたしと小倉は話を完結させ、テレビをつけた。

「昼飯を食っていくか？　結衣にそうめんでも茹《ゆ》でてもらうか」

「いやあの、僕の相談事を……」

「そうだった。忘れてた」

小倉はテレビを消して、再び塩見に向き直った。年齢のせいだろうが、最後の教場で模擬爆弾の運用を忘れたことにしろ、忘れっぽい人なのかもしれない。

「実は、僕はいま警察学校で助教をやっています。一三三〇期の担当です」

「もう一三〇〇を超えたのかー。俺が最後に持ったのは、一二〇六期だった」

「その一二〇六期小倉教場の学生で、甘粕仁子さんという学生がいませんでしたか」

「〝元気印のにこちゃん〟だろ。よく覚えているよ。場長だったから」

あの陰鬱《いんうつ》そうな険しい表情をした彼女の愛称が『元気印』とは……。やはり仁子は、レインボーブリッジの件で性格が激変してしまったようだ。

「彼女がレインボーブリッジで巻き込まれた事件については知っていますか」

「もちろんだ。すぐに病院に飛んで行った。病室で泣いたよ」

小倉は思い出したのか、少し、沈黙した。

「教え子のあんな姿は見ていられない。よりによって女警で、よりによって教場の中で誰よりも元気で無邪気だった仁子が死線を彷徨《さまよ》っている姿なんか――」

小倉はため息を挟んだ。

「千人も送り出してきて、三人くらい死んでいる。一人は自殺で、二人は病気で亡くなった。殉職は経験がない」

よりによって仁子がそうなるのかと小倉は覚悟を決め、毎日、病院に通ったという。

「家族が一人も来ていなかったしな」

島本がつきっきりで看病していたはずだが、なぜか小倉は島本の話には触れなかった。

「復帰後は教官になるとは報告を受けていたが、君が助教なのか」

塩見は仁子が現在どういう様子なのかを伝えた。レインボーブリッジの件で変わってしまった性格と、何かを隠していると五味が断言していることなども交えた。一方で、教官との仲がうまくいかないのは、塩見のせいだと五味が指摘していることも話した。

「どうしていいのかわからないんです。それで、学生時代の甘粕教官を知る小倉さんを訪ねた次第です」

「五味は、君のせいだと言ったのか」

「はい」

「なら、そうじゃないのか」

塩見は座布団の上に座っていたが、思わずズッコケてしまった。

「いやあの、それがわからないから、ここに来たんですが」

「俺はただ教官やってた時間が長いだけで、なんでもわかる神様じゃないよ」

「しかし二十年以上、教育の現場にい続けたんですから……」

「現場に戻るのが面倒になっちゃっただけだよ。学生たちはかわいかったし。それだけ」

改めて問われる。

「かわいいだろう、学生」

塩見は頷《うなず》いた。

「僕はまだ二十九なので余裕はないですが、なんとかしてやりたいと常に思って動いています」

「かわいい。なんとかしてやりたい。それだけでいいんだよ、指導者なんて。何でも見透かし解決する神様になんか、ならなくていい」

「しかし、甘粕教官は違うようです」

小倉が黙り込んだ。

「学生への愛情を、感じません」

小倉は首を傾げ、きっぱり言う。

「仁子はそういう子じゃない。人違いじゃないのか」

「人違いではないかと思うくらい、人が変わったということなんだと思います。僕は助教として、どうしたらいいでしょうか」

小倉は納得しかねるのか、腕を組んでうなるばかりだ。

「人を変えるのは難しい。だから僕が変わるしかないです。一方で五味さんは、僕のせいで教官との仲がうまくいかないのだという。でも僕は、甘粕教官とこれ以上どうやって接していいのか、わからないんです」

塩見は小倉に訴える。

「小倉教官はこれまで二十年やってきて、たくさんの助教と接してきたと思います。相棒との関係を良好にするコツはないですか」

ない、と小倉はまたあっさりと言った。

「学生も十人十色なら、相棒の教官も十人十色だ。似ているのはいても、全く同じ人間は一人もいない。その都度考えてもがき、悩むしかない」

塩見は小さくため息をついた。

「俺はこれまでいろんな教官を見てきたがな、ベストワンは五味だと思う。一方でワーストワンも五味だ」

意味がわからない。

「あいつほど現場で無様にもがいた教官はいない。苦しみぬいた奴はいないからな」

もっと悩み、もがけと言いたいのだろうか。小倉がスマホを取った。

「俺は仁子とはいまでも連絡を取り合っている。教場会もしょっちゅうやっているからな。あの子はなんでも俺に話してくれる」

小倉はいますぐ仁子を呼び出して、叱りつけてしまいそうだ。

「助教が悩んでしまっているから、どうにかしろ、とね。もしくは、どうして性格が変わってしまったのか、何を隠しているのか。正直に言えと、どやすことができる」

小倉がじっと塩見の目をのぞきこんできた。

「君は俺にそれを望んでいるのか？」

塩見はきっぱりと首を横に振った。


仁子が面談室のデスクに座り、無言で『殺してやりたい』と書かれた白い紙を見つめている。塩見はデスクに額をつけて謝罪した。

「やはりこんなことをするべきではなかったです」

「そもそもどうしてやろうと思ったの」

いや、としか塩見は答えられなかった。

「塩見君の、私への不満が爆発していたからでしょ」

塩見は正直に頷いた。

「学生も同じように思っているに違いないと考えたのね。これだけ？」

流れ作業のように仁子が尋ねた。

「学生全員が私への批評を書いたんでしょう？　全部見せて」

「いや、見せないと学生たちと約束して書かせたのです。これ以外は見せられません」

仁子は引いてくれた。塩見は改めて提案する。

「甘粕教官の刑事捜査授業で、筆跡鑑定の実習がありますよね」

「あるけど、あれをやるのは夏だよ」

「前倒ししませんか。学生たちに犯人を見つけさせるんです」

「誰が書いたのか、学生たちにつきとめさせてどうするの」

塩見はどうしてそんなことを聞かれるのか分からず、首を傾げる。誰がこんなことを書いたのか、仁子は気にならないのだろうか。

「書いた者に事情を聴くべきです。匿名をいいことにこのような言葉を紙に書いて提出していいはずがない。そんな人間は警察官になるべきではない」

「それはわかってる。でも犯人を突き止めた側は？」

塩見は言葉に詰まった。

「学生たちを傷つけ疑心暗鬼にさせるだけじゃないの」

確かに仁子が心配する気持ちはわかったが、普段は冷たくて態度もそっけないのに、今日は学生思いだ。塩見には、仁子の思考回路が全く理解できない。

「授業で取り上げるかは後でまた議論するとして、正解がないと授業ができないよ」

「あらかじめ誰がやったのか、俺らで筆跡鑑定しておくということですか」

「いますぐここに、四十人分の『こころの環』を持ってきて。私が分析するから」

仁子は二時間かけて入念に分析した。

筆跡が完全に一致したのは、加山小春だった。

一三三〇期の教官助教八名と統括係長の合計九名で、緊急会議をした。

「やっぱり、お台場での話し合いがよくなかったんじゃないかな」

仁子がため息をついた。

「罵《のの》ったり怒鳴ったりしたのか？」

高杉が尋ねた。塩見は否定する。

「僕は近くで聞いていましたが、甘粕教官はいたって親身で丁寧でした。殺意を持たれるような言動はしていませんよ」

「でも事実、殺したくなるほどむかついているのよね」

投げ出すように仁子は言った。

「男にハマっていることを指摘したのが、いけなかったのかも」

別の教場の女性教官がやんわり意見した。

「確かに、柔道のしすぎで男関係に疎いとか、自己肯定感が低いからのめり込みやすいとか、親身に言われるほど腹は立つかもしれません」

「女同士だから、というのもあるんじゃないか。同性から指摘されるとやたらむかつくことって、あるだろ」

高杉が指摘した。確かにそうかもしれないが、塩見は首を傾げる。

「それが殺してやりたいという気持ちに結び付くでしょうか」

指導官たちは塩見の意見に、唸《うな》って考え込んでしまった。

「しかもそれをわざわざ紙に書いてしまうところが、解せません」

「紙に書けと言われなかったら、表に出さなかった感情かもしれないね」

仁子が言った。全ては塩見が焚《た》きつけたことだから、反省する。

「いずれにせよ、真意のほどは本人に訊《き》くしかない」

いつ誰が面談を実施するか、高杉が問う。

「甘粕はこの件では加山と話をしない方がいい。塩見が面談はするが、誰か教官がいた方がいいだろう」

統括係長が言って、高杉を見た。

「主任教官のお前か」

高杉は了承したが、カレンダーを気にする。

「明日は駅伝大会ですよ。早い方がいいとは思いますが」

「学生たちを動揺させたくありません。終わった後に、加山だけを呼び出してひっそりやった方がいいと思います」

仁子が言った。塩見は小倉のことを思い出した。現場でもっともがけと示唆していた。

「学生たちに隠す必要はないと思います」

塩見は思い切って、皆に切り出した。

「いや、大騒ぎになるだろ」

統括係長が否定したが、塩見は重ねる。

「しかし、事情を知っている学生がいるかもしれません。知らなかったとしても、そういうトラブルを抱えていた学生が自教場の中にいることで、自分はどうすべきなのか考えさせるいい機会になるとは思うんです」

教官助教たちは、考えるそぶりになった。

『殺してやりたい』と文字に記し、それを提出するということは、広く見積もれば脅迫罪に問われる。つまり加山は犯罪者です。そしてここは、犯罪者を摘発する司法警察員を育てる学校です」

仁子がじっと塩見を見つめてくる。

「実は誰だって簡単にこういう間違いを犯してしまうのだと実感する、いい機会になると思います。僕たちはこの件を学生たちに隠さずに、加山と一緒に悩んで、考えさせるべきじゃないんでしょうか」

塩見は、指導官の先輩たちを前に、ひるまず訴えた。

「加山も、教官連中から頭ごなしに指導を受けるより、共に考えてくれる仲間の姿を見たら態度を改めるかもしれません」

みな同意してくれた。

駅伝大会当日、塩見は仁子とティーシャツにジャージを身に着けて教場に入った。今日のために川野がデザインし発注した教場ティーシャツを着ている。ダチョウのシルエットがバックプリントされている。洒落《しゃれ》たデザインではある。

「起立ッ」

柴田がひときわ大きな声で号令をかけた。仁子が教壇に立つ。

「さあ、いよいよ今日は駅伝大会だ。Aチーム、点呼！」

仁子は早速本題に入った。Aチームはチーム優勝狙いで編制された最速チームだ。柴田や喜島を始め、男女それぞれにタイムの速い者を集めた。柴田ら五人が立ち上がり、点呼した。

「体調の悪い者は？」

喜島が腹から「元気です！」と叫び、教場は笑いに包まれた。

「Aチーム、期待しているからね。Bチーム！」

指名された五人の学生たちが立ち上がる。仁子は他のチーム全てに激励の言葉をかけた。今日は仁子も気合が入っている。学生たちも前のめりで瞳《ひとみ》が輝いていた。これぞ教場だ。塩見は嬉《うれ》しくなってしまう。

——だが、今日この場で、あの話をしなくてはならない。

塩見は自分で提案したというのに、心が塞《ふさ》がれそうだった。仁子は、運営に回る学生たちにも、各々の仕事内容を最終確認させた。いよいよ切り出す。

「それでだ。これから駅伝大会というタイミングで悪い話がひとつある」

学生たちの表情がさっと変わる。上がっていた口角が下がっていった。

「一か月前に、塩見教官に私への批評を書けと言われたね」

戸惑うような瞳が、塩見に突き刺さった。塩見は言い訳する。

「一枚を除いてあの紙は教官には見せていない」

仁子が頷《うなず》き、当該の紙を広げて見せた。

「殺してやりたい」

小春は顔色一つ変えずに前を見ていたが、仁子を見ていなかった。

「誰が書いたのか。名乗り出る者は？」

教場が静まり返った。ほとんどの学生が戸惑いがちに周囲を見ている。小春は上半身が揺れている。無表情を貫いているが、動揺が体に出ていた。

柴田がすかさず立ち上がった。

「各班で話し合いをし、最終的に僕が書いた者を見つけて、教官に謝りに行きます。それでどうですか」

柴田の申し出に、学生たちは救われたような顔だ。普段は厳しい場長も、トラブルを前にすると頼もしく見える。塩見は柴田の申し出を断った。

「お前たちがある程度の不満を甘粕教官に対して持ってしまっているのも理解できる。だから俺は書かせた」

そもそも正直なことを書けと言ったのは、塩見なのだ。

「助教の俺がこんなことをすべきではなかったと思う。その点については謝る。だがどうしてもこれを看過できなかった」

言葉を区切り、続ける。

「これを書いた犯人を必ず見つけたい。今日の夕礼までに申し出ろ」

学生全員が、塩見をじっと見つめている。

「申し出がなかったら、明日の甘粕教官の刑事捜査授業で、筆跡鑑定の実習を行う」

教場がざわつき始めた。

「これを書いた犯人を見つけるのは、お前たちだ」


駅伝大会のスタートは警察学校の正門だ。裏道をジグザグに進み、武蔵野《むさしの》の森《もり》公園、野川《のがわ》公園、国立天文台を抜ける。味の素スタジアムを巡って、警察学校の東門に戻ってくる。ゴールは川路広場だ。正門から入ることになっているから、最後の五区だけ五キロと走行距離が長い。

「位置について。ようい。スタート！」

高杉が正門の脇に立ち、スターターピストルを撃った。一三三〇期の学生たちが一斉に走り出す。駅伝大会は体育祭と違い、期ごとに行われる。他の期の学生たちは授業だ。通りすがりの学生や、練交当番の学生が、正門にはためく一三三〇期の八つの教場旗を見上げていた。やはりダチョウのデザインは珍しいので、何人かは苦笑していた。

塩見は仁子と、第一走者が警察大学校の正門方面へ走っていくのを見送った。

「さて。俺たちも出発しますか」

教官助教は官用車を使い、たすきの受け渡し場所へ先回りする。応援のためだが、運営に回っている学生たちが任務をこなしているか、見回りもする。

塩見がハンドルを握り、第一中継所の武蔵野の森公園に向かった。途中でランナーたちを抜かした。給水係のゼッケンをつけた学生が、給水ポイントで水を持って立っている。一般的な駅伝やマラソンのように、テーブルを出して給水ボトルを並べることはできない。そこまですると、駅伝実施とは別の公道使用許可を管轄の警察署からもらわねばならず、ハードルが高い。

給水係の川野がAチーム一区のランナーを必死に追いかけている。赤いゼッケンをつけた美羽だ。彼女は小柄で持久力がある。順位は六位だが、タイムでは一分半引いてもらえる。美羽は給水するとボトルをぽいと路上に投げた。川野がそれを速やかに拾い、一般の通行を妨げないようにする。

第一中継所の武蔵野の森公園では、甘粕教場Aチームは三位だった。塩見はタイム表から導き出された正確な順位表を確認する。

「お、Aチームは断トツですよ！」

仁子はたすきの受け渡し現場のすぐ近くに立ち、手を叩《たた》いて声援を送っている。まだ集団は固まっているので、たすきの受け渡しは一分で終わってしまった。

「第二中継所に行きますか」

「なんだか予想以上に慌ただしいね」

車に乗り込んだ。二区と三区のたすきの受け渡しが行われる、野川公園に向かった。広大な野川公園内にあるバーベキュー場が、たすき受け渡し場所になっている。バーベキュー広場は駐車場から二百メートル近く離れているので、急いで車を降りた。塩見が持っている無線機に報告が入った。

「野川公園管理所前より総員、順位の報告をする」

運営に回っている学生だ。このようなやり取りも全て訓練のうちだ。現場に入ると正確な情報を素早く無線で関係者に伝えなくてはならない。

「第一位、甘粕教場Aチーム。タイム二十分四秒五七」

助手席から降りた仁子が嬉しそうに笑った。

「二区は喜島だっけ。飛ばしているみたいね」

「あとでスタミナ切れにならなきゃいいですが」

二位のチームとは、タイムでは五秒差だった。かなりの接戦になっている。早歩きで公園内を突っ切り、第二中継所に向かう。バーベキュー広場は平日の昼間のせいか客はいない。ウォーミングアップする学生たちの姿がある。持ち出したホワイトボードに、タイムを記している記録係もいた。仁子はホワイトボードの記録を確認した。

「三位に落ちているね」

喜島はペースを上げ過ぎてしまったのかもしれない。

「まだまだ先は長いですからね。アンカーは元消防の柴田ですし、期待しましょう」

トップの選手がやってきて、たすきを受け渡した。二位以下は団子になっていた。いっきに五人がなだれ込んでくる。仁子は同じ色のゼッケンをつけた別教場の学生を間違えて応援している。塩見が指摘すると、苦笑いした。

第三走者がたすきを整えながら、スピードを上げて公園を出ていく。

十位以下の中に、甘粕教場のBからFチームが入っていた。タイムを確認したが、練習のときよりも速い。

「よかった。学生たちは例の件でさほど動揺はしていないようですね」

動揺するのは小春ひとりか。小春は五区の給水係だ。

「すみません。甘粕仁子警部補ですよね」

背後からスーツ姿の女性に声をかけられた。名刺を渡される。

「勤務中に失礼します。わたくし、こういう者です」

週刊誌の記者だ。警察学校の行事の取材に来たのかと思ったが、マスコミをいれるときは、学校の広報室から事前に話がある。今日はそんな話は聞いていないので、塩見は身構えた。

「例の左脚遺棄事件は進展がないようですね」

塩見はすぐさま間に入り、仁子を背中の後ろに隠した。

「今日は駅伝大会です。一般の方にも迷惑になりますので、取材は学校の広報を通してもらえませんか」

「榛名連合の仕業では、という話が捜査本部から出ているそうですが」

学生たちがこちらを見ている。塩見はその場を離れることにした。仁子の手を引いて、小走りする。若い女性記者だったが、しつこくつきまとう。

「学校の広報には何度も問い合わせをしているのですが、警視庁本部を通してくれと逃げの一方なのです」

「ではそういうことで、納得してください」

駐車場まで二百メートル近くある。記者は五十メートルほど追いかけただけで息切れし、諦《あきら》めた。

駐車場の車の中に入り、仁子は深いため息をついた。

「次の中継所に行きましょう。トップがそろそろたすきの受け渡しをするころです」

塩見はエンジンをかけて、駐車場から車を出す。

「あの記者、私の官舎にもよく夜討ち朝駆けをしに来るのよ」

「ずいぶんしつこいですね、勤務時間中に突撃するなんて」

マスコミの夜討ち朝駆けは、広報の人間や幹部クラスの警察官が対象だ。現場の刑事を突撃することはあまりない。しかも仁子は被害者でもあるのに陰湿だ。

「マスコミが張っている日に限って、島本さんはいないし。いつもは私の家の前で待ち構えているのに」

職場に来たり、自宅の前で待っていたり、島本は相変わらずのようだ。

「あの記者はまだ若いし、女性でしょう。スクープを取りたくて必死なんだと思う。私のことを犯人と思っているみたい」

塩見は急ブレーキを踏みそうになった。

「なんのために教官がそんなことを。推理が突飛すぎるでしょう。なんの根拠もありませんよ」

「ネット上はその説で盛り上がっているらしいわよ」

レインボーブリッジの事件で、仁子の名前を警視庁は公表していないが、一部のマスコミは嗅《か》ぎつけて報じている。

「堀田の行方がわかっていないでしょう。私が逃がしたという説が、ネット上で騒がれているらしいわ」

ばかげている。

「私は堀田を追いかけていたんじゃなくて、逃がそうとしていたと言いたいらしい。でも追い詰められたので、私と堀田は無理心中したという筋書き」

一緒に落ちたということで、そのような尾ひれがついてしまっているのだろうか。

「それがどうして、誰かの左脚を甘粕教場の名前が入った段ボール箱に遺棄する話につながってくるんですか」

「堀田の行方を追う警察の捜査のめくらましとか、なんとか」

仁子はもう一度、繰り返した。

「堀田と私が、デキていると考えている人がいるのよ」

第三中継所の、国立天文台に到着した。たすきの受け渡し場所は、駐車場から百メートル離れた、天文台野球場だ。塩見は駐車場に車を停めたが、仁子が泣いていることに気が付いた。

「悔しくてたまらない。命がけで捕まえようとしたのに。事実、死にかけたのに」

仁子は頬に涙の粒をいくつものせている。

「周囲からはわざと逃がしたとか、デキているとか言われる。ひどすぎる」

「大丈夫です、教官のことを知っている人は、そんな突飛なことは考えていませんよ」

「五味さんだって私を疑っている。塩見君もあの時そばにいたからわかるでしょう」

塩見は否定できなかった。

「みんなが私を疑っている」

「俺は信じてますよ。そんなことする人じゃないって」

「どうして信じられるの。根拠なく人を信じるなんて、捜査一課の刑事失格だわ」

「俺になにを言わせたいんですか」

「別になにも言って欲しくない」

「どうしていつもそうやって俺につっかかってくるんですか」

「だっていい人ぶっててむかつくんだもん。自分だけは違うみたいな顔をして……」

無線機から、第三中継所にトップの学生が入って来たと報告が入る。

「私のことなんか、なにも知らないくせに」

「なにも知りませんよ。だから知ろうとしているのに、心に壁を作っているのは甘粕教官じゃないですか」

声を荒らげてしまった。仁子は自覚があるのか、首を少しすくめた。

塩見はシートベルトを外して、扉を開けた。

「先に応援に行ってきます。涙が引いたら、教官も来てください」

塩見は第三中継所に向かったが、もうたすきの受け渡しは終わっていた。駐車場に戻ろうとして仁子からメールが届いた。小春の様子を確認しに、一人で第四中継所に行くという。近道をすれば、徒歩で十五分ほどの距離だ。塩見は仁子と合流する気にはなれなかった。

塩見は車で学校に戻ることにした。アンカーの柴田をゴールで待つことにする。

警察学校の正門前の広場に、ゴールが設置されていた。アンカーのトップがすでに第四中継所でたすきを受け取り、出発したと無線機から聞こえてくる。

塩見は駐車場に車を停めて、車の鍵《かぎ》を返しに教官室へ入った。統括係長が席で電話をしていた。慌てた声だ。

「わかった。理事官をすぐ向かわせるが、症状次第ではすぐに救急車を呼べ」

理事官とは、警察学校に常駐している医師のことだ。急病人だろうか。

「ちなみにどこの教場の学生だ？　なに、また走り出しただと」

困ったように統括係長は頭を掻《か》いた。塩見を見て手招きする。

「無理をさせるな。担当教官をすぐに行かせる」

統括係長が電話を切り、塩見に言う。

「甘粕教場の柴田巡査が脱水症状のようだ。いまフラフラの状態で走っている」

塩見は慌てて車に乗り込み、再び警察学校を出た。

警察学校の東側沿いの道に入ったところで、五区のアンカーたちの先頭集団が見えてきた。北から四人が固まるようにして走ってくる。柴田の姿はない。

警察大学校沿いの道から、ひときわ大きな声援が聞こえてきた。柴田が膝《ひざ》に両手をついて、肩で息をしている。汗をかいておらず、顔は真っ青だった。塩見は車を路肩に停め、呼び留める。柴田は塩見を見て、再び走り出した。表情に乏しい。意識がもうろうとしているのだろう。

「柴田、止まれ！」

塩見は車から飛び出し、別のランナーと接触しかけた。謝り、柴田を抱きとめた。

「酸素缶と水を持ってきてくれ！」

並走していた保健係がようやく追いつき、リュックから酸素缶を出した。

「何度も止まるように言ったのですが、聞く耳を持ってくれなくて」

柴田は責任感の強い場長だ。アンカーの自分が棄権するなど考えられなかったのだろう。しかもAチームは優勝がかかっていた。倒れたと思った柴田が突然、立ち上がった。塩見は顔面を頭突きされて、目がくらむ。

柴田はくるりとコースを引き返し、またふらふらと走り出した。脱水症状による異常行動だ。中継所から走ってきたのか、仁子が追いついた。

ペットボトルの蓋《ふた》を開けて柴田に呑《の》ませようとした。「これじゃない」と柴田は払い落としてしまった。

「給水係は？　給水係を呼べ！」

塩見は叫んだ。五区の給水係は小春だ。気が付けば、甘粕教場の学生たちが駆け付けた。倒れた柴田を取り囲んでいた。川野はタオルで体を拭《ふ》いてやっている。うちわであおいでいるのは美羽だ。駆けつけた理事官が携帯用の酸素缶を渡し、口にあてる。

小春がいつの間にか、柴田の傍らに立っていた。『柴田』とラベルが貼られた給水ボトルを持ち、茫然《ぼうぜん》と柴田を見ている。

「加山、早くその給水ボトルを渡せ！」

小春はそれを柴田ではなく、塩見に渡した。中身がほとんど減っていない。柴田は給水できていなかったようだ。

柴田は給水ボトルにしがみついた。浴びるように飲む。救急車がやってきた。仁子が病院に付き添うことになった。

「塩見君、教場をお願い」

塩見は頷《うなず》き、救急車を見送った。騒然とする学生たちを振り返る。

「学校に戻るぞ。まだBチーム以下がゴールしていない。応援しよう」

学生たちは肩を落としている。小春は顔面蒼白《そうはく》だ。

救急搬送された柴田は軽傷だった。意識もはっきりしてきたというが、念のために今日一日は入院することになった。仁子はまだ病院にいて、手続きをしている。

警察学校では、昼前に全てのチームがゴールし、駅伝大会は終了した。

各教場が点呼をして、川路広場に整列する。甘粕教場は何度数えても、三十八名しかいなかった。病院にいる柴田のほかに、小春の姿も見えない。

高杉が朝礼台に立ち、駅伝大会の結果発表をしている。塩見は校内を走りまわって小春を捜しながら、スピーカー越しに聞こえる結果を聞いた。優勝が期待された甘粕教場のAチームは途中棄権で成績なしだ。最高位はCチームの十三位だった。

統括係長が学生たちの健闘を称《たた》える総括を始めたが、小春は学生棟の寮の部屋にもいないし、教場にもいなかった。

塩見は副場長の川野と美羽を連れて、もう一度、校内を捜し回った。もしかしたら、柴田を心配して病院に行ったのだろうか。付き添っている仁子にも電話をした。仁子はかなり慌てた様子だった。

「病院には来ていないし、加山は搬送先を知らないはずよ。本当にどこにもいないの？」

午後は通常授業のはずだったが、一三三〇期の教官助教、他の手が空いている警察学校職員たちは、小春の捜索をした。駅伝コースを始め、警察学校周辺や、調布と府中の繁華街を捜し回る。

十八時になっても、小春は見つからなかった。彼女のスマホは、教場のスマホ回収ボックスの中に入ったままだ。個室の貴重品入れには、財布が置きっぱなしになっていた。小春は貴重品を何も持たず、消えてしまった。小春の実家に電話をかけたが、自宅にも連絡はないし、帰ってきてもいないという。

二十一時、とうとう学校長が、府中警察署に行方不明者の届を出した。

塩見は学校の自転車に乗り、近隣の路地裏をくまなく走り回って、小春を捜した。飛田給駅と西調布《にしちょうふ》駅の間にある、薄暗い神社に入った。道生《みちおい》神社というらしい。街灯が全くない。境内は大きな欅《けやき》の木に囲まれていて、不気味だった。人影を境内の裏に見かけた気がして、懐中電灯を突き出す。

「加山か！」

相手も懐中電灯を持っていた。仁子だ。

「甘粕教官ですか」

「私は調布方面から線路沿いを捜しているんだけど、いない」

「僕も線路沿いを通ってきましたが、もう二十二時近いので人が殆《ほとん》どいません」

仁子は震えるため息をついた。線路沿いを捜してしまうのは、仁子も塩見も、同じ予感を持っているからだろう。

厳しい警察学校は、たまに自殺者が出る。塩見が学生時代も、学生棟から飛び降りようとした学生がいた。かつては飛田給駅から電車に飛び込んだ学生もいる。

京王線は調布駅から府中駅まで殆どカーブがなく、特急列車が直線を猛スピードで走ってくる。侵入が容易な踏切がいくつもある。飛び込み自殺が多い区間なのだ。

「とにかく、踏切沿いを捜そう」

仁子が震えながら言った。都心と違ってこの界隈《かいわい》は、調布飛行場の高さ制限のせいで高層ビルがない。自殺するとしたらやはり線路か。侵入しやすい踏切や、線路沿いのマンションの敷地の中、公園などものぞいた。

郵便局のすぐ脇にある飛田給駅の東端の踏切に差し掛かった。遮断機が下りている。右手は駅のホームだ。西調布駅を出発し飛田給駅に向かう京王線の各駅停車が近づいてきていた。

「加山!」

突然、仁子が叫んだ。遮断機をくぐってしまう。塩見は止めたが、激しく腕を振り払われた。電車はすぐそこだ。遮断機の向こうに、スーツ姿の女性がいた。電車の警笛が鳴る。塩見は緊急停止ボタンを押そうとしたが、仁子は反対側の遮断機をくぐって踏切を抜け出した。電車が警笛を鳴らしたまま、ゆっくり通過していった。すぐ脇のホームに停車する。

遮断機が上がり、塩見は踏切の反対側に駆けつけた。仁子は女性に平謝りしていた。ショートカットの女性で背恰好《せかっこう》も小春と同じくらいだったから間違えたのだろうが、顔が全く違う。女性は迷惑そうな顔をして立ち去っていった。

仁子がしゃがみこみ、頭を抱える。

「そもそも加山はいま、スーツを着てるはずがないよね」

「そうですね。恐らくティーシャツにジャージだと思いますが」

塩見は仁子を立たせた。彼女は腰が抜けてしまっていた。本気であの女性を小春と思い込んだうえに、飛び込み自殺しようとしていると勘違いしたようだ。

「一度、学校に戻って情報を集めましょうか。休んだ方がいいです」

「いや、捜す。私たちの学生だよ。私たちが足を使って捜さないでどうするの」

塩見のスマホが鳴った。同期からの電話だった。相川幸一《あいかわこういち》という調布警察署の生活安全課の刑事だ。飲み会か教場会の誘いだろうと思って、出なかった。しつこく着信音が続く。塩見は電話に出た。

「塩見か。学生が行方不明だそうじゃないか」

「そうだが、まさかなにか情報があったか？」

「巡回に出ていた交番の巡査が、深大寺《じんだいじ》境内でティーシャツ姿の若い女性を保護している。名前も住所も言わない。所持品なし」

塩見は心臓が高鳴る。

「着用しているティーシャツにはダチョウのバックプリントがあった。袖《そで》には一三三〇期甘粕教場と入っている」


調布警察署のロビーで待たされた。スーツ姿の相川がやってくる。

「相川。迷惑をかけたな」

なんの、と相川は塩見の肩を抱いて叩《たた》いた。

「お前の学生なら、俺たち53教場の仲間だろ」

「強引に入れるなよ、53教場に」

塩見は苦笑した。少し余裕が出てきた。相川が背後に立つ仁子を見る。

「担当教官の甘粕です。このたびはうちの学生がご迷惑をおかけしました」

仁子は言葉とは裏腹に、うつむいたままだ。相川と目を合わせようとしない。

「加山は？」

「いま夕飯を食わせて、トイレに行かせた。落ち着いている。面談するか？」

「頼む」

「ちなみに完全黙秘してる。ティーシャツでバレバレなのにな」

階段をあがり、生活安全課のフロアに向かった。仁子は塩見の後ろにぴったりとくっついて、まるで塩見の付き人みたいだった。

塩見は仁子と応接室に入った。座っていた小春は、心底がっかりした顔をした。

「教官助教は血眼になって捜していたんだぞ。その顔はないだろ」

相川が向かいに座った。仁子が隣に座り、塩見はその脇に立った。

「加山。怪我はないか。体調は？」

小春は塩見をまっすぐ見上げた。首を横に振る。

「保護されてから完黙で刑事さんを困らせていたんだろ。俺の同期なんだ。名乗ってやってくれ」

小春は相川を見て、力なく名前を告げる。

「警視庁警察学校、一三三〇期甘粕教場、加山小春巡査です」

相川が「うむ、よくできた」と先輩ぶった。

「どうして逃げちゃったの」

直球の質問だったが、小春は観念したのか、正直に答えた。

「私は柴田巡査の給水係として、味の素スタジアムの駐車場に待機していました。けれど腹痛がひどくてトイレを行ったり来たりしていました。トイレ中に柴田巡査が給水地点を通過しそうだと聞いて、慌てて戻りました。しかし間に合いませんでした」

「朝食に何か変なものを食べたのか？」

小春は首をかしげて「そうかもしれません」と答えた。

「朝食は食堂で他の学生と同じものを食っただろう。他に腹痛を起こしている者はいなかったが」

小春が黙り込んだ。

「例の件のせいじゃないのか」

相川に聞かせるためにも、塩見は『殺してやりたい』と小春が甘粕教官に書いてしまった顚末《てんまつ》を説明した。相川の目つきが厳しくなった。

「いずれ自分が犯人だと筆跡鑑定の授業で暴かれる。名乗り出ようかと迷っているうちに腹が痛くなり、給水を逸したということか」

仁子は何も言わない。小春に遠慮があるような態度だ。小春は開き直った。

「殺してやりたいなんて書いてしまって、すみません」

「謝っているのにその態度か」

「だって嫌いなの」

塩見は咎《とが》めようとしたが、仁子が止めた。

「いいよ。話を聞こう」

「しかし——」

「わかってるんですよね。甘粕教官は自分がどうして嫌われているか、自覚している」

仁子は反論しかけたが、結局、口をつぐんだ。

「血眼になって私を捜していたなんて、嘘ですよね」

「そんなはずはない。甘粕教官は……」

「私は西調布駅前で甘粕教官とすれ違いました。教官は私を確かに見てた。そうでしょ、教官」

仁子が目を泳がせている。

「正直、あてもなく脱走しちゃったので私は途方に暮れていました。お金もないし、喉《のど》も渇いたし。本音では、教官に見つけてもらってホッとしたのに……」

小春は涙を流した。仁子を名指しで怒る。

「甘粕教官は私からすっと目を逸《そ》らして、引き返していった！」

仁子は否定しない。西調布駅は小さな駅だから、人の出入りはさほど多くはない。そんな場所ですれ違って、気が付かないはずがない。塩見は一応、フォローした。

「だが、甘粕教官がお前を見つけよう助けようと必死だったのを、俺は見たぞ。人違いだったが、遮断機をくぐってまでお前と似ていた女性を助けにいこうとした」

小春は辛辣《しんらつ》だった。

「塩見助教の目の前で〝捜してますアピール〟じゃないですか」

仁子に何か言って欲しいが、黙り込んだままだ。塩見には無責任に見えた。

小春は学校に戻り、塩見や主任教官の高杉、統括係長などとも面談を重ねた。反省の態度を示してはいるが、担当教官を憎む理由は口にしない。嘘をついている可能性もあるので、退職勧告をせざるをえなかった。

理由に情状酌量の余地があれば、まだ退職を回避できたはずだが、「甘粕教官本人に聞いてください」と繰り返すばかりなのだ。仁子は覚えがないの一点張りだ。

一週間後、加山小春は退職することになった。

塩見は正門で小春を見送る前に、仁子に声をかけた。彼女は電話中だった。身振り手振りで小春がもう学校を出ることを伝えたが、反応が薄い。誰と電話をしているのか知らないが、相槌《あいづち》すら打たなかった。

塩見はひとりで正門に向かった。練習交番の脇に立って待っていると、リクルートスーツ姿の小春が、学生棟からスーツケースを転がしてやってきた。気まずそうに塩見を一瞥《いちべつ》し、ずっと地面を見ている。仁子が来る様子はない。見送るつもりもないのか。

小春は塩見の前で立ち止まって顔を上げて、少し周囲をキョロキョロした。仁子の見送りがないことに、がっかりしているに違いなかった。

「甘粕教官は電話中だ。すぐに来ると思うが」

「別にいいです。塩見助教、お世話になりました」

小春は四十五度の最敬礼で、塩見に頭を下げた。退職となっても、柔道仕込みの立ち居振る舞いは美しい。自業自得とはいえ、もったいない結末になってしまった。

「残念だが、体に気を付けてな」

「はい。塩見助教も」

「この後のことは、もう決めているのか？」

小春はにっこり微笑んだ。

「知り合いの警察官が、いくつか仕事を紹介すると言ってくれてるんです。警備関係の仕事かな」

その表情にあまり悲愴《ひそう》感はない。塩見は少しほっとした。

「短い間でしたが、ありがとうございました」

正門を出ていった小春と入れ違うようにして、本館から仁子が出てきた。のろのろと歩いている。小春と顔を合わせないようにタイミングをずらしたように見えた。

「もう行っちゃいましたよ」

仁子はちらりと正門の向こうを見ただけだ。顔色がひどく悪かった。

「なにかありましたか？」

「五味さんからの電話だったの」

仁子は眉《まゆ》をひそめた。喘《あえ》ぐように言う。

「正門で見つかったあの左脚。堀田光一のＤＮＡと一致したって」

# 第五章　炎　上

七月に入った。塩見は最初の週末、気晴らしもかねて53教場の教場会に顔を出すことにした。五味の自宅で行われる。小田急線新百合《しんゆり》ヶ《が》丘《おか》駅で下車し、徒歩で五味の自宅へ向かった。他の仲間たちは十七時以降に集まるという話だったが、事件の話をしたいこともあって、塩見は早めに五味家を訪ねた。家には五味しかいなかった。

「あれ、奥さんは」

「今日は娘を連れて実家だよ。結衣はどこかへ遊びに行った」

「そうでしたか。今日はブーちゃんと遊ぶ会だとみんな言ってましたが」

ポロシャツにジーンズ姿の五味が、肩を揺らして笑った。

「夜泣きがひどくて、綾乃の方がブーブー言ってるよ」

「そういえば、もう臨月近いんじゃないですか？」

この三月に綾乃と会ったのが最後だが、その時すでにお腹が大きかったのだ。五味はどうしてか、苦笑いだ。

「ああ……。いや、予定日は九月なんだが、実は双子なんだ」

塩見は仰天した。

「まじすか！　結衣さんから全く聞いていなかったので……」

思わず言ってしまった。五味が鋭く尋ねてくる。

「結衣と個人的にやりとりしているのか」

塩見は慌てて取り繕った。

「いやいや、なにはともあれめでたいですよ。にぎやかになりますね、五味家は」

「うれしいけどさ、笑いごとじゃないよ。俺が定年退職しても未成年の子供が三人もいることになる」

「定年後にいいところに天下りできるように、できるだけ階級を上げておいた方がいいですね」

だろ、と五味も頷《うなず》く。

「だが警部に上がったばっかりだから警視の昇任試験を受けられるのはまだ先だし、双子は男なんだよ。男なんかどうやって育てていいのかわかんないのに、いきなり二人同時に生まれてくる。しばらくはカオスになりそうだ」

五味は嘆いているが、塩見はほほえましい。

「お前も明日は我が身だぞ。将来なにがあるかわからないから、若いうちに昇任試験を受けてできるだけ階級を上げておいた方がいい」

暗に、早く捜査一課に戻って来いと言われているようだ。昼食に二人でそうめんを食べることにした。男二人でキッチンに立ちながら、事件の話をする。

「あの左脚、堀田のものだったそうですね」

五味が神妙に頷いた。

「群馬県警管内で傷害事件を起こしたときに採取されたDNAと、一致した」

二〇〇五年に群馬県警で採取されたDNA型らしい。当時はまだ精度が低いので、データの照合に時間がかかったようだ。

「堀田はもう死んでいるのでしょうか」

「体の他の部位が見つかっていないから、何とも言えない。甘粕の様子はどうだ」

塩見は思い出しながら、正確に伝える。

「あまり変化はないです。というより、退職者が出たんです。そのことで頭がいっぱいという様子です」

「聞いている。加山小春だろう？　甘粕から直接、報告があった」

塩見は皿を出す手が止まった。

「それは意外ですね」

「俺も、電話がかかってきてびっくりした。最後に会ったときは怒っていたのに」

「左脚が堀田のものと判明した直後でしたから、事件の様子を聞くついでだったとか？」

「いや、その件については全く触れてこなかった」

五味はため息を挟む。

「あんなにとりとめのない子ではなかったんだがな」

五味はそうめんを一筋取って冷水につけて味見し、茹《ゆ》で加減を確認している。

「急にたてついたり、律儀に報告をしてきたり。なにを考えているのかさっぱりわからない」

塩見はなんとなく、見えてきていると思っている。

「情緒不安定で、甘えているだけのような気がしますが」

五味が大鍋《おおなべ》から顔を上げて、じっと塩見を見つめた。

「情緒不安定の原因は？」

「レインボーブリッジの件でしょうね。マスコミにあることないこと書かれていますし、ネット上では陰謀論まであるみたいです」

「俺もそれは見たよ。くだらない」

五味は、仁子が堀田光一と繋《つな》がっているとかわざと逃がしたとか、左脚遺棄事件にも絡んでいるとまでは、思っていないようだ。

「加山小春がどうして甘粕を憎んだのかが曖昧《あいまい》だな。甘粕もわからないと言っている」

「指導方法に行き過ぎた点があったのかもしれません。確かに恋愛について甘粕教官が口出しをしたとき、かなりプライドが傷ついた顔をしていました」

「そもそも警察学校は恋愛禁止だ。教官が指導したとして、傷つくプライドなんかあるか？」

五味はざるにそうめんを上げた。冷水で締めている。

「女性同士だと、そういう感情になるのかも」

「ならないと、綾乃は言っていた」

五味は妻にも相談したようだ。

「奥さんは単純明快でまっすぐな、わかりやすい方ですからね」

「甘粕もそうだったよ。決して難しい子ではなかった」

五味は竹ざるを出した。そうめんを盛る。

「お前ができる範囲で、甘粕を洗ってくれないか」

塩見は訊《き》き返してしまった。

「教官のプライベートを、ということですか？」

「ああ。左脚遺棄事件は甘粕教場を狙い撃ちにしている。そして加山小春は甘粕に異様な恨みを抱いて辞めていった」

五味の目つきは鋭い。

「甘粕にはなにか秘密がある。絶対に」

相棒の教官のプライベートを探るといっても、塩見は具体的になにをしていいのかがわからなかった。相棒である教官と過ごす時間は長くはない。朝の申し送りや朝礼、夕礼で一緒になる程度で、授業はバラバラだ。ホテルアラウドでの件もあるので、改めて酒の席に誘うのは憚《はばか》られた。

それよりも塩見は、退職者を出した甘粕教場の学生たちが心配だった。

脱水症状で救急搬送された柴田は翌日には元気に退院した。学生たちは柴田のがんばりを称《たた》えて体調を気遣ったが、加山小春に同情する者はあまりいなかった。給水係をほっぽり出して脱走したのだ。しかもその原因が、自らが教官に記した『殺してやりたい』という言葉のせいだった。

あまり交流がなかった男警たちは自業自得と思っているのかもしれなかった。同じ班だった女警の何人かが日誌に「一人減ってしまって寂しい」「加山さんのこの先が心配だが、どうすることもできない」と吐露するくらいだった。

気が付けば、もう夏休みだった。

お盆休みの間は警察学校も閉鎖される。前日の夕方、一斉に学生たちを学校の外に出すことになる。

帰省先でトラブルを起こす学生は、意外に多い。久々に開放的な気分になるからだろう。古い友人と酒を飲み過ぎてしまい、飲み屋や繁華街でトラブルを起こす者、警察学校に戻るのが辛《つら》くてそのまま退職してしまう学生もいる。

夕礼の直前、仁子が珍しく塩見を頼ってきた。

「夏休み前の心構えを伝えたいんだけど、うまく伝える自信がないんだよね」

ため息を挟んだ。

「自分が教官としてまともな思考回路でいられている気がしないの」

「……あの脚が堀田のものとわかったから、ですか？」

仁子は頷いた。何も口にしないし、淡々としているように見えたが、実は心の中で相当に悩んでいるのだろうか。

「ありがとうございます」

え、と仁子が顔をあげた。

「頼ってくれて、正直に話してくれて、ありがとうございます。今日の夕礼は僕が仕切りますから、教官が何を伝えたいのか、あらかじめ教えてください」

仁子はしばらくぼうっと塩見の顔を見ていた。弱視の人のようだ。必死に焦点を合わせようとしているように見えた。やがて微笑む。

「ありがとうは、こっちだよ」

仁子はメモ帳に箇条書きし、塩見に渡した。

夕礼の時間になった。塩見が教壇に立ち、仁子はその脇に立つ。塩見は仁子のメモを片手に切り出す。

「四月の入学から四か月経った。ここでいったん骨休みだ。みんな本当によくがんばったと思っている」

ねぎらっている。

柴田は嚙《か》みしめるような表情だ。美羽は後ろの女警とうんうんと頷《うなず》き合い、お互いを

「正直、この教場はトラブルだらけだった」

塩見の言葉に、教場が緊張したのがわかった。

「退職者もいる」

何人かの視線が、加山小春が座っていた机に飛んだ。塩見は仁子を促す。仁子は頷き、大きな声で言う。

「全て、教官である私のせいだ。申し訳なかった」

仁子が深く頭を下げた。学生たちは戸惑ったようだった。喜島がなにか言いたそうな顔をしているが、言葉にならないようだ。「そんなことはないです」とか「教官のせいじゃない」というフォローの言葉は、聞こえてこなかった。

学生たちはそこまで言えるほど、教官と親しくなってはいないのだ。

「宿題だ」

塩見はチョークを持ち黒板に書く。「夏休みは短い」と言いながら、羅列していく。

①　思い切り遊ぶこと。

②　思い切り休むこと。

仁子が、学生たちに伝えてほしいと書いたものだ。教場はどっと沸いた。仁子は教壇の脇を離れ、教場の一番後ろに立っていた。無邪気な学生たちを、ほほえましそうに見

ている。

塩見は警察制服のポケットに入った警察手帳を出した。使い込まれた革の手帳を開き、桜の代紋を学生たちに示した。

「夏休みが終わり、九月に入ったら、実務修習が始まる。管内の所轄署に散らばって、現場の仕事を体験してもらう」

やかましかった教場が静まり返る。

「その前に、この桜の代紋を皆に渡す。夏休みを無事に過ごして学校に戻ってこなければ、これを手にすることができない」

塩見は警察手帳を閉じて、黒板に付け足した。
③　必ず警察学校に戻ってくること
夏休み前最後の敬礼は、一糸乱れず、揃っていた。

夏休みの間は警察学校の寮を閉鎖する。二千人近くいる学生たちを一斉に外に出さねばならない。最寄りの京王線飛田給駅までバスをチャーターしてピストン輸送する。このバスの手配や交通整理、バス利用者の点呼などを行うだけで、教官助教は大仕事だった。

塩見は名簿をチェックしながら、バスに学生たちを押し込んでいく。大きなバックパックを背負った喜島が、バスに乗り込もうとした。学生の中で、彼の実家が最も時間がかかる。奄美大島への直行便は便数も少ない上に、料金が割高なので、鹿児島からフェリーを使って帰ると申請していた。

「塩見助教、どうも帰宅のフェリーと台風がぶつかりそうなんです」

「予定通り戻ってこられないかもしれないな」

「帰省せずに東京に残っていようかまだ迷っています」

「帰りのことは帰りに考えろ。一日二日、遅れたってかまわないから、ゆっくりしてきたらいい」

「ありがとうございます。でも絶対にちゃんと警察学校に帰ってきたいんです」

夕礼の言葉が響いているようだった。喜島は仁子や塩見を誰よりも慕ってくれている。

「だがお前は島に一度帰った方がいい。またひどくなってきた」

ニキビだらけの頬を触った。

「お台場に行ってからもう二か月経っちゃいましたからね。効果がきれました」

「たくさん海で遊んで来い。その方が教官も喜ぶ」

「わかりました。いってきます！」

チャーターバスは三台がフル稼働だ。一度に八十人を乗せられる。飛田給駅で下ろしたら、すぐに警察学校に戻ってきて次の八十人を乗せる。作業はスムーズに進み、一時間で警察学校の学生棟は空っぽになった。校内に残っているのは、職員だけだ。

残っている学生がいないか、各教場の指導教官たちが中に入って見回りした。塩見も仁子と共に学生棟に入った。

「静かだね。お化けでも出そう」

売店はとっくに閉店しているし、食堂も入口が閉まっていた。

「俺は男子寮をチェックしてきますね」

「女子寮は五人だけだからすぐ済む。終わり次第、手伝いに行くから」

ロビーで別れた。塩見は四階へあがった。いつもは活気あふれる学生寮もいまはゴーストタウンのようだ。甘粕教場の学生たちが固まっている四階と五階の部屋をひとつひとつ確認していった。どの部屋もきれいに片付いていた。川野の部屋だけ、慌てて荷物を詰めたのか、タオルが出しっぱなしになっていたくらいだ。

しばらくして、仁子が手伝いにやってきた。手分けして三十人以上いる男子学生の部屋を点検し、各フロアの談話室にも学生が残っていないことを確認した。

塩見は無線機で、主任教官の高杉に一報をいれた。

「甘粕教官は、夏休みにどこかへお出かけするんですか」

「学生たちが心配だもの。東京にいるわ。教場会はあるけどね」

「小倉教官と再会ですね」

うっかり言ってしまった。仁子が変な顔をする。

「小倉教官が担当教官だったと五味さんから聞いたんです」

「そっか。同じ教官育ちだからね」

仁子の詳細を知りたくて小倉に会いにいったことまでは、言わなかった。

「小倉教官に怒られちゃったよ。お盆休みに教場会をいれるなんて馬鹿じゃないかと」

教場会は、場長だった者が企画することが多い。仁子も幹事役なのだろう。

「私もそう思ったんだけど、みんなに声を掛けたら三十五人も来ることになったのよ」

「結束力が強くて仲がいい教場だったんですね」

「それもあるけど、いつも使わせてもらっている店がすごくおいしいのよ。安いし女将《おかみ》さんもいい人だし、店の名前は私と似ているし」

渋谷のスペイン坂にある『ニコイチ』という居酒屋らしい。

「あとは、加山の実家に顔を出そうかなと思ってる」

塩見は驚いて、階段を立ち止まってしまった。

「わざわざ退職した学生の実家に行くんですか」

「どうして私をあんなに憎んでいるのか、はっきりさせたいもん」

仁子は立ち止まってしまった塩見に構わず、どんどん先へ下りる。

「私のせいなら、加山のしでかしたトラブルの責任が軽くなる。情状酌量ってやつ」

振り返り、塩見をきりりと見上げた。

「できれば連れ戻したいの。警察学校に」

そんなことが可能なのか。塩見は退職した学生が警視庁に再入庁した例を知らない。

そもそも連れ戻す以前に、なぜもっと退職前に向き合わなかったのか。仁子は逃げ腰だったのに、意味がわからない。

全てのフロアと個室の点検が終わった。高杉が学生棟のセキュリティを作動させて、自動扉の外に出てきた。

「点検完了。お疲れ様でした！」

飲みに行くぞ、と高杉が声をかける。学生がいないこともあり、教官助教たちは途端に砕けた調子になった。仁子はやはり飲み会には来なかった。

——教場会には、出るのに。

塩見は、五味から仁子のプライベートを探るように言われていたことを思い出す。

一二〇六期小倉教場の教場会の日の朝、塩見は渋谷のスペイン坂の中途にある『ニコイチ』に顔を出した。女将さんに了承をもらい、カーテンで仕切られた倉庫で張り込みさせてもらうことになった。仁子と仲が良いからか、女将さんは不審がっていたが、小倉が電話で話をつけてくれた。「教場会の張り込みをする刑事が前にもいた」と面白がっているふうでもあった。

十八時の開店と同時に、十人の男たちがわっと入って来た。スーツ姿が一人で、残りは私服姿だった。

「甘粕の名前で予約しているかと思いますが」

男は陽気な声音だった。もう飲んできているのかもしれない。聞き覚えのある声もした。小倉だ。

「お騒がせしますね」

気軽に挨拶《あいさつ》をしている。次に女性の団体がやってきた。早速、教官との再会を喜んでいる。仁子はいなかった。

「仁子は一緒じゃないのか」

小倉教官が尋ねたが、「お久しぶりです！」という黄色い声でかき消されてしまった。小倉はあっという間に女性に囲まれて、まんざらでもない顔だ。

来客を告げる電子音が鳴った。

「みんなー！」

出入口からえらく元気な女性の声が聞こえた。

「仁子ぉ！」

「仁子ちゃん！」

「甘粕場長！」

客たちが一斉に立ち上がり、歓迎している。塩見は驚愕《きょうがく》して動けなくなった。

いま、カーテンの隙間から見えているあの女性は、本当に甘粕仁子か？

仁子は外国人みたいに、女性陣ひとりひとりの肩を抱いて再会を喜んでいる。男どもにはグータッチしていた。小倉には軽くハグをした。

「教官、お久しぶりです！」

あっという間に小倉の横に座り、一方的にしゃべった。

「教官、白髪増えたー」

「言うなよそれを。お前もだいぶ……いやなんでもない」

なにを言いかけたのかと、仁子は小倉の腕を揺さぶっている。

「おいおい仁子チャン、もうできあがってんの」

向かいに座った男が煙草に火をつけながら言った。

「まさか。一滴も飲んできてないよ」

「それでこそ元気印のにこちゃんだよ！」

隣に座った女性が言った途端、その女性は嗚咽《おえつ》を漏らした。

「マジで一時期はどうなるかと、心配したんだからね」

仁子がレインボーブリッジで死にかけた話だろうか。教場会の出席者が揃い、一同は乾杯をした。全員が立ち上がり、仁子が音頭を取る。

「二年ぶりの一二〇六期小倉教場教場会はようやく開催にこぎつけました。みんな夏休みなのに来てくれてありがとう！」

方々から「計画してくれてありがとう」とか「仁子が元気になってよかった」と掛け声があがる。

「去年は心配かけた。本当にごめんね！」

いいんだいいんだ、という返しがある。早く飲もうぜと促す声もあるが、仁子をよほど心配していたのか、泣き顔の女性もいた。

「みんなジョッキの準備はいい？」

ほとんどの人間が生ビールをジョッキで頼んでいる。高くジョッキを掲げた。

「乾杯！」

仁子は腹の底から声を張り上げて、音頭を取った。大胆な飲みっぷりだ。いい笑顔だった。仁子の白い歯が際立つ。

そういえば、塩見は仁子の歯を初めて見た気がする。教場でも教官室でもめったに笑わない。微笑む程度だ。ラブホテルに入ってしまったあの日も笑ってはいたが、歯を剝《む》いて大口を開けるほどではなかった。

目の前の甘粕仁子は、まるで別人だった。


夏休み最終日の前日、塩見は府中警察署の捜査本部にいる五味を訪ねた。高杉が先に来ている。刑事課の応接室で、塩見は渋谷で行われた一二〇六期小倉教場の教場会の様子を報告した。

「よく笑いよく泣いて、無邪気で明るかったです」

最初のころこそハイテンションだった仁子だが、酒が進むうちに、いよいよレインボーブリッジの件の話になると、堀田を逃したことを悔やみ、加山小春の退職を止められなかったことを懺悔《ざんげ》して泣いていた。酒を飲むとああなるのは塩見も見ているので、変だとは思わない。

「しかし俺と酒を飲んで饒舌《じょうぜつ》になっていたときとは、なにかが違うんですよ」

塩見はアラウドでの仁子を思い出し、違和感の正体を探ろうとした。

「あの日もよく笑っていたし、よく泣いていましたが――」

仁子は塩見と話しているときは、どうも目がぼんやりしている気がするのだ。

「焦点が合っていない、ということか？」

高杉は変な顔をするばかりだ。

「いえ。焦点は合っているんですが、ぼやっとしているというか。目に力がないというか。しかし教場会では目が輝いていた。そう。目の輝きが全然違うんです」

当たり前のことだと高杉が言った。

「教場会はいわば同窓会だぞ。仕事を意識するような緊張感はないし、リラックスしているから、料理も酒もうまい。そりゃ目は輝くだろう」

五味はノートパソコンを持ってきた。「内部の映像だ」と画面をくるりと回した。

レインボーブリッジの監視カメラ映像だった。日付は去年の四月一日になっている。

車道がメインでうつっているが、遊歩道も一部が確認できる。暗闇の中で、ベージュ色のアンカレイジが壁のように遊歩道脇にそそり立ち、海の景色を遮っていた。

二十二時二十三分四十秒、二人の人間が落ちて来た。共に欄干に激突し、ひとりは遊歩道へごろりと落ちた。もうひとりはそのまま海へ落下し、見えなくなった。

塩見は唇を嚙《か》みしめ、遊歩道にうつ伏せに倒れて動かない仁子を見つめた。紺色のスーツ姿だ。両手足を投げ出して、ぴくりとも動かない。裸足《はだし》だった。

「二人は落下場所が違うが、揃って欄干に頭を強打している」

高杉は気の毒そうに映像を見ている。

「落下したときの体の向きが明暗をわけたのかな。堀田は欄干で頭を打ち、五十メートル下の海面では体を叩《たた》きつけられているはずだ。左脚の断絶はこのときか？　船のスクリューに巻き込まれたとか」

五味が否定する。

「鋭利な刃物で切断されていたし、殆《ほとん》ど腐敗していなかった。一年も前の切断ではない」

塩見は、仁子とお台場で話をしたときのことを思い出す。

「堀田が落下した海面の二十メートル南が、第六台場という無人島なんですよね。泳ぎ着いて助かったとは考えられませんか。左脚の切断はごく最近のことかもしれません」

五味も塩見の見解に同意した。

「ちなみに第六台場は事案から三日後に捜索がされた。誰もいなかった」

「三日間は、海上を優先して捜索していたんですね」

「ああ。それでも見つからなかったから、念のためと第六台場にも上陸して捜した。海の方の捜索だが、レインボーブリッジ付近は物流船の航路になっている。封鎖することは不可能だそうだ。事案発生から五時間後には海上交通が再開している」

「つまり、物流船に交じって、プレジャーボートなども自由に行き来できたんですね」

「そういうことだ。堀田が第六台場に泳ぎ着いて潜伏し、榛名連合がプレジャーボートで駆けつけて堀田を救出して逃げた可能性もある」

つまり──塩見は五味を見た。

「五味さんは、堀田が生きていたと考えているんですね？」

「生きていたから、甘粕の周囲で不穏なことばかりが起こる」

左脚遺棄事件がそのひとつだと言う。

「いま堀田が生きているかは微妙だな。誰が遺棄したのかという問題の前に、誰が切断──つまり殺したのかという話にもなってくる」

高杉が呆然《ぼうぜん》と呟《つぶや》いた。

「やっぱり、堀田は殺されているのか」

「そしてレインボーブリッジの件のもう一人の当事者である女性刑事は、新しい職場で『殺してやりたい』と脅迫を受けていた」

「それはもう解決していますよ。加山小春が書いた」

塩見は即答した。五味は首を横に振る。

「理由がよくわかっていない。しかも甘粕は、退職を撤回させようとすら考えているんだろう？　加山も謎だが、甘粕もやっていることが意味不明だ」

確かになにひとつ、解決していない。

塩見は五味と高杉と一杯ひっかけたあと、警察学校へ向かった。明日にも夏休みが終わるが、警察学校は一日早く開けることになっている。出発時と同じように、二千人の学生が警察学校目指して戻ってくると、近隣の迷惑になる。希望する者は前日のうちに警察学校に戻らせている。塩見ら、下っ端の助教たちは先に警察学校に入り、明日の朝にも校門を開けてやる必要があった。

当直室で助教連中とコンビニ弁当を食べながら、塩見は台風情報に注目した。奄美諸島を直撃している真っ最中のようだが、この界隈《かいわい》のフェリーや飛行機の運行情報までは、東京では放送されない。

当直室でうとうとしていると、スマホが鳴った。喜島からだ。深夜二時を過ぎているからか、申し訳なさそうにしていた。

「助教、寝ていましたよね。本当にすみません」

「いや、大丈夫だ。いまどこなんだ？」

「羽田に着いたところなんですが、実は鹿児島空港が台風の関係で大混乱だったんです。搭乗が三時間以上遅れた上に、強風で離陸にも時間がかかったので」

「無事離陸できてよかったが、深夜の二時じゃなあ」

終電はとっくに終わっているし、高速バスもないはずだ。警察学校に戻ってくる足がないだろう。

「一応、航空会社からはお車代をもらったんですが、二千円です。これじゃタクシーも呼べないし」

界隈のホテルは、航空便が混乱している関係で満室らしい。

「ロビーのソファで寝て過ごそうかなと思ったんですけど、果たして警察学校の学生がそんな野宿みたいなことをしていいのかなと心配になりました」

塩見は笑ってしまった。

「お前、迎えに来てほしいならそう言えよ」

「いえいえ、府中からこんなに遠くまで来るのは大変ですよ。ただ、僕は島育ちの田舎者だから、都会の常識を知らねーでしょう」

実家に帰っていたからか、喜島は方言丸出しだった。

「下手なことしてまた柴田場長に怒られたらたまんないしなと思って」

「喜島、安心しろ。始発までロビーのソファで寝ていていい」

「あ、それなら良かった」

「だが自教場の大切な学生が空港で野宿していると聞いたら、助教は放っておけない」

塩見は喜島を迎えに行くことにした。

高速道路が空《す》いていたので、二時間かからず羽田空港に到着した。喜島はよく日焼けして、五つも紙袋を提げていた。ニキビもすっかりよくなっている。充実した夏休みだったに違いない。次々と土産物を出した。喜界島の黒糖やらサーターアンダギーなどだ。

「教官は、実家に帰省されていたんですか」

「いや、東京でテキトーに遊んだ」

仁子の追尾に数日費やしたが、一日だけは結衣と東京ディズニーシーへ行った。混雑していて結衣の方が早く帰りたがっていたが、思い出は作れた。

右手にレインボーブリッジが見えてきた。喜島が神妙そうに尋ねる。

「甘粕教官が落ちたところですねぇ……。えげつない話がネットにあがっているのを知っていますか」

塩見は確認しようとも思わないが、若い喜島は自分の教官がネット上に書き込みされていたら、気になって見てしまうだろう。

「中身が入れ替わったらしいという話がありましたよ。甘粕教官と犯人は絡み合いながら落下していったんですよね」

「甘粕教官と堀田の心が入れ替わったと言いたいのか？」

「そういう陰謀論がネットに上がっていました」

くだらない、と塩見はあきれ果てた。

「そんなのは陰謀論ですらない、SFかファンタジーだ。現実に起こるはずがない」

「だけど、入れ替わったと考えたら、あの左脚遺棄事件のつじつまが合いませんか」

「どう合うというんだ」

「堀田の体に入ってしまった甘粕教官が、自分はここだと訴えるために堀田の脚を切断し、警察学校に置いた。自分の体を操る堀田を邪魔するためです」

そんなことを警察官の卵が大まじめに言うとは情けない。

「強行犯事案の現場でそんな推理をしたら、警察学校からやり直せとドヤされるぞ」

「アハハ、現役の警察学校の学生の場合は、やり直すもくそもないですね」

「明日からみっちり鍛え直してやるからな！」

警察学校に帰った。学生棟はまだ開けられないので、塩見は教官の当直室で喜島と枕を並べて寝ることにした。当直教官用の更衣室にある風呂場で共に湯船に浸《つ》かる。喜島が「日頃の感謝を込めて」と塩見の背中を流してくれた。思わず声が漏れる。

「気持ちがいい。これぞ『教場』だよなぁ」

「なんすか、ソレ」

「青春だよ、青春。大人になっても味わえる。だから教官助教はやめられないんだ」

仁子も警察学校時代に素晴らしい青春を過ごしたはずだ。だからこそ一二〇六期小倉教場の教場会は盛り上がっていた。仁子は入校してもう四か月になるのに、いまだに学生たちにも、塩見にも背を向けている。

九月に入り、実務修習が始まった。学生を受け入れてくれる所轄署に、学生たちをそれぞれ二、三人ずつ送り出す。実務修習の一週間は授業がないが、教官助教は学生を受け入れている所轄署へのあいさつ回りをしなくてはならない。

実務修習三日目、塩見と仁子は竹《たけ》の塚《つか》警察署に向かった。美羽ら三人の実務修習を受け入れている、足立《あだち》区の北部を管轄している所轄署だ。川を挟んで北側は埼玉県警の管轄だ。北千住《きたせんじゅ》駅まで出たあと、東武伊勢崎《とうぶいせさき》線の駅のホームで電車を待つ。

「九月なのに、暑いですね」

「ほんと」

塩見はハンカチで首回りを拭《ぬぐ》った。

「あと二週間で制服が合服になるとか、死にますよ」

「ね」

仁子は実務修習が始まってから、めっきり口数が少なくなっていた。夏休み明けは全員が元気に帰ってきたことを喜び、嬉《うれ》しそうだった。実務修習が始まって所轄署巡りをするようになってから、日に日に元気がなくなっている。

「甘粕教官、体調がお悪いですか」

「え、どうして」

「いや。大人しいから」

「私は常に大人しいよ」

「冗談よしてくださいよ」

仁子は憂鬱《ゆううつ》そうな顔のままだ。

「所轄署巡りが嫌そうですね」

「そんなことない。竹の塚署は懐かしいよ」

捜査一課の新人刑事になりたての頃、埼玉県との県境である毛長川《けなが》で溺死体《できしたい》が発見され、埼玉県警も入って大きな捜査本部になったらしい。

竹の塚署に到着した。警務課長が迎えに出て、署長室へ案内してくれた。警務課長は、塩見にばかり話しかけてきた。仁子が後ろに下がっているから、教官が塩見で、助教が仁子だと勘違いしている様子だった。先を歩くように塩見は仁子に促したが、仁子は塩見の背中にくっついて、俯《うつむ》き加減だ。人見知りでも恥ずかしがり屋でもないくせに、相変わらず仁子はとりとめがない。

名刺交換をしたが、署長も塩見を教官と勘違いしていた。

「失礼、甘粕さんの方が教官なのですね。後ろに控えているから部下の方かと」

仁子は微笑んだだけだ。場が沈黙してしまう。塩見はとりあえず「今日は暑いですね」と雑談を振った。署長は、警視庁も合服の取り扱い時期を考えた方がいいとか、愛想よく話をしてくれた。仁子は話に入ってこない。仕方なく、塩見が切り出した。

「改めまして、うちの学生三人がお世話になっております。様子はどうでしょうか。ご迷惑をおかけしていませんか」

署長は三人の名前をそれぞれあげた。よく把握している。

「今日は刑事課の実習ですが、明け方に毛長川で溺死体が発見されましてね」

塩見は仁子を見た。私もかつて――と話に乗ってくるかと思ったが、何も言わない。

「真下巡査は張り切っておりましたよ。男二人はびびってましたがね。イマドキは女性の方が頼もしい」

署長は、黙りこくっている仁子に気を遣っている。仁子は適当に相槌《あいづち》を打っているだけだ。警務課長や担当指導員からも直接話を聞いたが、結局、仁子はひとことも口を利かなかった。

実習が始まって三日経ち、すでに九つの所轄署を回っている。仁子は全ての所轄署で同じような態度だった。

次の綾瀬《あやせ》署まで、タクシーを拾った。塩見は車内で仁子に尋ねる。

「甘粕教官、なにもしゃべらないのは、なにか意図があるんですか」

仁子はスマホで地図を確認していたが、びっくりした様子で塩見を見返した。

「――なにもしゃべっていないつもりはないけど」

「いや、本当になにもしゃべっていませんよ」

「しゃべってる。自己紹介しているよ。〝お世話になっています〟とも言ってる」

そういうことじゃない、と塩見はため息をはさんだ。

「雑談はまだしも、学生の様子くらい、自分で訊《き》いたらどうですか」

「だって塩見君が尋ねているじゃない」

「教官が尋ねないから、僕が訊いているんです」

仁子が謝った。

「いやなんだ。私、甘粕仁子だということが」

塩見は咄嗟《とっさ》には意味がわからなかった。タクシーを降りたあと、塩見は確認する。

「どういう意味ですか。自分が嫌いということですか」

「そうじゃなくて、甘粕仁子という名刺を警察官に出すとき、緊張するの。内部の人はみんな知っているから」

レインボーブリッジの事件のことか。

「あの時の女性刑事ですか、とか。いつ復帰されたんですかと聞かれそうで嫌なの」

「いまのところ、誰も訊いていませんよ」

「私が訊くなというオーラを出しているからよ」

雑談にも応じず黙っているのは、そのせいか。

「わかりました。そういう話にならないように僕も気を付けますから、もう少しニコニコしておいてください。怒っているみたいで、相手も必要以上に気遣ってしまいます」

仁子が、ごめんと肩をすくめる。

「あとは、僕にあらかじめ事情を話しておいてくれると助かります。僕がちゃんと守りますから、大丈夫ですよ」

仁子がようやく笑った。

「相変わらず男前だねえ。惚《ほ》れそう。塩タレ」

「褒めているんですか、けなしているんですか」

塩見は仁子を連れて綾瀬署の中に入った。ここでも警務課長が出迎えた。塩見は自己紹介をしたあと、仁子を指さして説明する。

「こちらが甘粕教官ですが、今日は声が出ないので、僕が代わりにしゃべります」

警務課長だけでなく、仁子までびっくりした顔で塩見を見た。

「厳しい教官なんです。教場で怒鳴り散らしてばかりで、声が出なくなっちゃって」

仁子は、そうなんですよと言わんばかりに眉毛《まゆげ》を八の字にして微笑む。ノリがいい。

警務課長も肩を揺らした。

「最近の警察学校は緩いと聞きましたが、やはり今でも教官が檄《げき》を飛ばしているんですねぇ。我々のころも……」

綾瀬署での挨拶《あいさつ》は、和やかに終えることができた。


二週間に渡る実務修習が無事終了した。塩見は各所轄署からファックスで届いた評価表を見たが、消極的で遠慮がちな学生が多い印象だった。場長の柴田の評価が低かったことに驚いた。柴田は池袋《いけぶくろ》署で実務修習を行った。地域課の実習で交番に立ったときの態度の評価が特に悪かった。

『道案内をするときの態度が尊大である』

『市民にどう見られているかを気にしすぎて、業務に迷いが見える』

市民に対して態度がでかいのに、どう見られているのかを気にしている。偉そうなのに小心者ということか。この二つの評価は矛盾している。

仁子はすでに帰宅しているから、明日にもこの件について相談しようか。

土曜日は当直だったので、塩見は日曜日の午後はずっと寝ていた。結衣が遊びにやってきて、揶揄《やゆ》する。

「布団を敷きっぱなしはペナルティなんじゃないの」

「当直だったんだよ。実務修習も疲れたしさー」

「そんなに疲れているところアレなんだけど、いい報告と悪い報告があるの」

じゃーん、と結衣はスマホの画像を見せてくれた。塩見は一瞬で目が冴《さ》える。

「おーッ！　生まれたの!?」

産着姿の双子を両腕に抱く綾乃の画像だった。塩見は大爆笑してしまった。

「ていうか赤ちゃんたち綾乃さんにそっくりじゃん！」

結衣も笑っている。

「だよね。綾乃が三人に増殖したって京介君も笑ってたよ」

まだ二歳の女児と双子の男児を綾乃ひとりで育てるのは難しいので、五味も一か月だけだが育児休暇に入るという。しばらく左脚遺棄事件は進展がなさそうだ。

それでね――と結衣が厳しい表情でSNSアプリを開いた。

「悪い報告。警察学校のやばい動画が流出しちゃってるよ」

塩見は身を起こし、結衣のスマホを覗《のぞ》き込んだ。『警察学校の学生の迷惑行為発覚！店は大迷惑』というコメントと共に動画が投稿されていた。日付は昨夜のものだ。コメントが百件近くついている。一万件も共有されていた。塩見は一瞬で目が冴えた。

どこかのレストランのような場所だ。三人のリクルートスーツ姿の人物がうつっている。撮影者は女性のようで、ゲラゲラ笑っていた。顔も声も丸出しで、なんの加工もされていなかった。

〝川野～！　それはまずいんじゃないのぉ〟

喜島の声だ。川野が、鉄の大鍋《おおなべ》を持って席についた。しゃぶしゃぶ食べ放題の店のようだ。調布駅の近くにある『しゃぶ花』というチェーン店だろうか。テーブルの上は食い散らかしていて、肉が残っている皿もある。グラスも残っていた。相当に飲んでいたのがわかる。彼らは十八歳を超えて成人はしているが、飲酒喫煙は二十歳からだ。まさか飲酒していたか。

川野が、しゃぶしゃぶ用の鉄鍋を目の前に置いた。コンロは脇によけてある。鍋の中に白いものが大量に入っている。

「なんだこれ。なにをいれてきたんだ」

塩見は思わず動画を拡大してしまった。

「ソフトクリームでしょ。デザートも食べ放題だから、ソフトクリームマシーンから盛ってテーブルに持ってきたんだろうね」

「こんなでかい鍋で？」

〝しゃぶしゃぶに使った鍋らしいよ〟

映像の中で、川野の隣に座り大爆笑しているのは、美羽だ。

〝しゃぶ鍋にソフトクリーム入れていいの！〟

〝俺は全部食うから！〟

川野が言い張っている。撮影者の隣にいる喜島が叫んだ。

〝おい、ソフトクリームマシーンの赤ランプが点滅してんじゃん〟

〝売り切れちゃったんだ〟

川野が叫ぶ。

〝店員さん、早くソフトクリーム補充してくださーい！〟

川野は動画の撮影者に向けて親指を立て、宣言した。

〝一分で食うんで！〟

〝まじで。お腹壊すよ〟

撮影者が答えた。女性の声だが、教場の誰だろう。川野はしゃぶしゃぶ鍋に直接口をつけて、ティースプーンでアイスクリームを口に流し込んだ。途中でむせる。ソフトクリームが撮影者の方に飛んだ。

〝きったねー！〟

喜島も美羽も腹を抱えて笑っている。〝二十秒経過！〟と撮影者が煽《あお》っている。ソフトクリームは全く減っていない。川野はこめかみを押さえ悶絶《もんぜつ》した。冷たいのだろう。〝キーンってなってる！〟

いま、塩見の方こそ頭がキーンと痛みだす。

夕方、塩見は警察学校に休日出勤した。仁子がもう到着していた。昼過ぎから警視庁の代表番号にクレームの電話がかかり始めていたようだ。

仁子はスマホで動画の拡散状況を伝える。

「コメントは二百件、共有が三万件。いいねは六万件」

塩見は川野と喜島、美羽を呼びに行こうとしたが「もう呼び出した」と仁子は言った。

「面談室ですか」

「隣の事務室。警視庁の大代表に入ったクレームの電話が、事務室の電話に転送されてくるの。どれだけの迷惑がかかっているか、理解してもらわないとね」

「撮影者は誰でしょうか。飲酒をしているようでしたが」

「あの声は加山小春よ」

塩見は声だけでは特定しかねたが、仁子はすぐにわかったようだ。

「どうしますか。呼びますか？」

「彼女は私達の指導権限の範疇《はんちゅう》にいない。とりあえず、三人から事情を聴こう」

塩見は仁子とスーツのまま、事務室に入った。

川野、喜島はジャージ姿だった。実務修習が終わって、週末をのんびり校内で過ごしていたはずだ。美羽はリクルートスーツを着ている。調布駅まで買い出しに出ていたらしい。三人は打ち合わせしていたのか、塩見と仁子が事務室に入るなり、「申し訳ありませんでした！」と揃って深く頭を下げた。

「とにかく座れ」

事務室では電話が鳴っている。事務員は週末にはいないので、当直教官が代わりに出て謝罪していた。学生三人は肩を縮こまらせている。仁子が動画について説明するよう促した。美羽が謝罪する。

「実務修習も無事終わってほっとしたのもあって、気が緩んでしまいました」

入校して半年もすると、食堂の食事に飽きて、休日は夕食も外で済ます者が増えてくる。夕食時に外で飲酒をすることは禁止していないが、二十歳を超えていればの話だ。三人ともまだ十九歳なので、飲酒はできない。

「だいぶ空きグラスがあるが、酒を飲んでいたのか」

喜島がぶんぶんと首を横に振り、わざわざレシートを出した。

「ソフトドリンクです。見て下さい、ソフトドリンク飲み放題四つってあるでしょ」

「加山がみんなと合流したのはなぜ。約束していたの？」

仁子の問いに、喜島が気まずそうな顔になった。川野は美羽と視線をやり取りする。

「僕と真下さんは、教習所の日で……」

仁子が鋭く突っ込む。

「川野はもう免許を取ったじゃないか」

川野は仮免許も本免許も一発で合格しているが、美羽は苦戦している。来週、三回目の仮免許試験に挑戦する予定だ。

「まあの、アドバイスというか付き添いというか……」

川野と美羽は視線を絡ませた。かつて美羽は川野の不満を漏らしていたが、席替えもしていないのに最近は不満を訴えない。この二人はデキているな、と塩見は直感した。

「喜島はなぜ教習所帰りの二人と合流したんだ？」

「僕は買い物に出かけたかったんですが、また柴田巡査にダメだと言われました。必要なものなら、ネット通販で注文するからと」

だが気晴らしがしたくて、こっそりひとりで調布駅まで出たらしかった。入校して半年も経つと、班行動もバラバラになってくる。一緒に警察学校を出るが、駅から別々に行動し、帰りの待ち合わせの時間を決める。いかにもずっと一緒に行動していたような顔をして学校に戻るのだ。外出先まで教官助教は管理できないし、校外のことをチクる学生もいない。

「駅前のロータリーでばったり川野と真下に会いました。外でしゃべっているうちに、盛り上がっちゃって。夕食を三人で食べることにしました」

「加山小春とはどうやって合流したの」

美羽がなにか言いかけて、口をつぐんだ。喜島が小さく手を挙げる。

「僕が呼びました」

「なぜ呼んだ」

「……女の子の数を合わせようと」

消え入りそうな声だった。

「合コンかよ。週末の外出だぞ。警察学校の学生なんだぞ」

喜島が肩をすぼめる。

「しゃぶしゃぶ鍋でソフトクリームを食べるというバカげた行為は、撮影していた加山にあおられてしたことか？」

動画が流出している以上、小春がわざと炎上しそうな動画を撮り、古巣の学生たちを困らせようとしている、と塩見は疑っていた。

「いえ。加山さんはむしろ警官なのにと咎《とが》めるふうでした。まあ笑いながらですが」

「だが動画は流出した。この動画を四人でシェアしていたの？」

仁子の問いに、三人は揃って首を横に振った。

どうやら動画は小春が流出させたようだ。

週明け、塩見は『しゃぶ花』本社の広報部に電話をして謝罪をした。担当者は冷静だった。

「動画を確認しましたが、ソフトクリームは食べ放題ですから、どれだけ食べて頂いても自由です。しゃぶしゃぶ鍋《なべ》を使っていることはいただけないですが、お店ではソフトクリーム専用の皿を指定はしていません」

すでに法務関係の担当者と話し合いを済ませているようだった。

「鍋に口をつけてソフトクリームを食べている点についても、鍋は厨房《ちゅうぼう》で洗い、乾燥機による高温で殺菌しますので、不衛生な行為ともいえません」

違法行為にあたる行動はしていないという判断のようだ。警視庁に抗議をする予定もなく、ネットでの炎上は静観するということだった。

塩見はほっとして電話を切り、主任教官の高杉に報告した。高杉は終始、笑いっぱなしだった。

「学生には言えないけどよ、俺なんか若い時はもっとひどいことをしたぜ～」

泥酔して官舎に帰ったら、飲み屋の提灯《ちょうちん》を抱いて素っ裸で寝ていたらしい。

「それって窃盗ではないですか」

「もちろん、すぐに返却に行って謝ったよ。同僚は飲み屋の個室の障子を外して駐車場でそれをベッドに寝ていたが」

「それは器物損壊ですよ」

障子を外して店の外に出してしまうまでに店員が気づかなかったのか、他客が咎めなかったのか、塩見は不思議でならない。

「昔は寛容だったんだよ。この二十年でだいぶ世の中が変わっちまったよなぁ」

提灯を持っていかれた店には、高杉は菓子折り片手に謝りにいったようだが、店側は笑って許してくれたという。障子を外した店については「おまわりさんも大変だからね」と同情的で、修繕費を払っただけで終わった。客の間では、「あそこの所轄署の刑事はガラが悪い」と噂になったようだが、それも飲み屋の中だけの話だ。全国津々浦々に晒《さら》されることはない。

「いまは一瞬で世界中に醜態が拡散されるからね」

仁子はため息をついた。

「特に公務員を見る目は厳しいですしね。撮影していたのがまずいです。流出しちゃうからこういう事態になる」

「加山小春はどうするんだ」

高杉に訊《き》かれた。塩見は首を傾げる。

「どうしようもありません。校外の人間に指導はできませんから」

「だけど放置はできない。真意を確かめなきゃ」

仁子はやはりまだ小春の復帰を考えているのだろうか。いずれにせよ、と高杉が手を叩《たた》いた。

「今日の夕方、菓子折りを持って店に行こう」

調布駅前のパルコの地下街で菓子折りを買い、塩見は地上に出た。川野と美羽、そして喜島が、肩をすぼませて待っている。仁子と高杉も一緒だ。

「俺たちが菓子折りのお金は払います」

川野が申し出た。気にするな、と高杉が川野の頭を押さえつけるように撫《な》でた。

「学校で払うんですか。でもそれって税金ですよね」

高杉のポケットマネーで買ったものだが、高杉は言わなかった。

「お前ら、あんまり気にするなよ。反省はしても、萎縮《いしゅく》はしない。違法行為をしたわけじゃないんだから」

高杉が力強く言った。六人で『しゃぶ花』調布店に入った。夕方の十八時で客席は半分ほど埋まっている。店長は若い男性だった。塩見より年下のように見える。塩見が出した菓子折りを、幾分乱暴に受け取った。

「ここではなんですから。バックヤードへ」

従業員のロッカーや荷物が積みあがる従業員控室に案内された。簡素なテーブルには椅子が四つしかない。店長が奥に座る。手前の席に高杉と仁子が座り、塩見と三人の学生たちは立っていることになった。

「これ見て下さいよ」

若い店長がスマホを投げるように高杉と仁子の前に置いた。地図アプリの口コミだ。

「先週末まで、うちの店は評価が3・5でした。うちのようなチェーン店を客が選んでくれる、ぎりぎりの数字ですよ」

いまは2・0にまで下がってしまっていた。投稿を見ると、学生たちがしでかした行為が問題視されていた。

『食べ放題のコーナーを汚す人がいても、店員は注意しない』

『若者が鍋を舐《な》め回している店、不衛生だから行きたくない』

明らかに炎上騒動後に書き込まれた口コミが目立っていた。

「客足にも影響が出ています。普段は平日でもこの時間になったら八割は埋まるのに、今日は半分です。予約もキャンセルが続いています」

塩見は学生たちの頭を押さえて、謝罪した。

「本社は何て言ってるか知りませんがね、俺の人事評価にもかかわってきちゃうんですよ。先週の金曜日まで、口コミやアンケート結果で、わが調布店は全国百八店舗中で十位以内に入っていたんです」

若い店長は怒りが収まらないようだ。

「もう少しで本社勤務になれるところだったのに。そのためにこれまで頑張って来たのに、あんたらのせいで台無しだ！」

一時間近く店長に叱られ、ようやく店を出た。美羽は泣いていたが、「気にするな」

と高杉が繰り返す。

「あんな雇われ店長――」

仁子が「シーッ」と人差し指を立て、背後の店を気にした。

高杉は不愉快そうに店を振り返る。

「ああいう責任者、俺は嫌いだね」

川野が反省しきりで言う。

「しかし、よい店にするために努力してきたのを台無しにしてしまったのは、僕らです」

「だがお前がソフトクリームをしゃぶしゃぶ鍋に注いでも、店員は何も言わなかったんだろ？」

「若いアルバイトさんしかいなかったんです。特に何も言われませんでした」

「現場のバイトもろくに教育してないんだ。あの店長が店の評価を上げるためにがんばっていたのは、自分の人事評価のためだろ。自分が本社に栄転するため。自分でそう言っちゃうところがまた愚かだ」

塩見もそれは思っていた。

「客のため――ではないんですよね」

「そう。そんなやつの叱責《しっせき》なんかどーってことない」

美羽はようやく涙が止まった。川野もほっとしたような顔だ。立ち直りが早い喜島は、飛田給駅に着くなり「みんなでマックへ食べに行きましょうよ」と調子に乗って、仁子に怒られていた。

高杉は直帰するというので、電車の中で別れた。塩見と仁子は学生たちを連れて飛田給駅を降りた。警察学校に戻り、学生三人が寮に入っていったのを見送って、教官室に戻った。今日はしゃぶしゃぶソフトクリーム事件の対応でてんやわんやで、雑用が全く終わっていなかった。『こころの環』のチェックがまだ手付かずだ。

「それにしても、高杉教官ってああ見えて頼りになるんだね」

仁子の言葉に、塩見はくすっと笑ってしまった。

「現場歴が長いですしね。あの人は根本的に、若者が好きなんだと思いますよ」

「学生が好きってことなんだね」

「学生も好きだし、教官たちとも仲がいいし」

「人が好きなのかぁ……。そういう人って最強だよね」

仁子はどうなのだろう。もともとは人が好きだったからこそ、『元気印のにこちゃん』と言われるほど親しまれていたのではないか。いまは自分の過去を探られるのがいやで、人を避けている。いつか彼女が昔の姿を取り戻すことはできるのだろうか。

寮務当番が慌てた様子で教官室に入ってきた。

「すぐ来てください。甘粕教場の学生たちが喧嘩《けんか》しています！」

男子寮四階の談話室の畳の上で、川野と喜島が正座をしてうなだれていた。柴田がその前をうろうろと歩きながら、厳しく叱責をしていた。

「お前らは甘粕教場の面汚しだ！」

塩見は声をかけあぐねた。あんな昭和っぽいセリフ、いまどきは教官や助教でも使わない。一緒にかけつけた仁子も変な顔をしている。

「喜島、俺がお前と外出したくない理由がこれでわかっただろ。お前は絶対になにかしでかすと思っていた！」

喜島は上目遣いに反抗した。

「俺がなにかしでかすって、しでかしたのは……」

言葉を濁した。それ以上言うと、川野を責めているように聞こえるからだろう。

「同じことだ。俺がその場にいたら川野の行為を事前に止める」

川野がそっぽを向いた。

「そもそもお前を誘わねぇっつうの」

「そもそも誘われても行かないがな」

川野はいよいよ対決姿勢を鮮明にする。あぐらをかいて、柴田を睨《にら》み上げた。

「だいたいお前、何様なんだよ」

「そんなことを言える立場か？　俺が場長として、このガキばっかりの教場でトラブルが起こらないように、どれだけこの半年間苦労をしてきたか――」

「そんな苦労は誰も頼んでいないよ」

喜島が遠慮がちに言った。

「いい加減、僕らの行動を制限するのはやめてほしい。僕らはもう新入生じゃないし、夏休みだって各自自由に行動して、トラブルなく警察学校に戻ってきた。それなのに柴田君はいまだに週末の外出を制限するじゃないか」

「お前らが一歩外に出るとこうなるとわかっていたからだ」

川野が間に入った。

「そうやって制限ばかりするからうっぷんが溜《た》まっちゃったんだよ。ましてや先週末は実務修習が終わったところだったし」

「自分がしでかしたことを俺のせいにするつもりか」

「そうじゃないけど」

暴力沙汰《ざた》には発展していないので、塩見は仁子と談話室の入口の脇に立ち、彼らの言い争いを黙って聞くことにした。川野が言う。

「僕たちは確かに警察官だけど、二十四時間気を張っている必要はない。警察手帳を置いて帰ることからしてそうだ」

「時代は変わったんだ」

柴田が反論した。

「教官助教の考えはもう古い。公安組織で働く以上、俺たちは二十四時間、組織の人間として見られ、撮影され、晒《さら》されるんだ！」

柴田の言葉にも一理ある。かつて高杉が言ったように、警察官が外ではしゃいでも、笑って許される時代ではなくなった。一部の人々の口上にあがるだけでは済まされなくなってきている。

「二十四時間警察官として振る舞う。その緊張感を持てない奴は、警察官になるべきじゃない！」


翌日の放課後、珍しく、仁子が塩見を誘った。

「今日の夜あいてる？　ちょっと付き合って」

一三三〇期が始まって以来、仁子が塩見を誘うのは初めてだ。なにか特別な相談事があるのかと、塩見は緊張した。仁子は笑う。

「柴田の件だよ。昨日の叱責はひどかったでしょう。アポは取ってある。十八時に学校を出るからね」

「アポ。どこですか？」

「カーッと燃え上がるようなところ」

塩見は思わず周囲の目を気にした。十九時、電車を乗り継いで到着したのは、千住消防署だった。

「ここは燃え上がるようなところじゃないですよ。鎮火するところでしょう」

三階建ての真新しい庁舎を見て、塩見はちくりと仁子に言ってやった。仁子が「どこを想像していたの」と揶揄《やゆ》する。やれやれとため息をついたが、仁子がこんなふうに塩見をからかうのは、打ち解けてきている証拠だ。うれしかった。

「ここは柴田が最後に配属されていた消防署よ。彼の直属の上司だった人がいるから、訊《き》いてみよう」

柴田の融通の利かない厳しさの根源にはなにがあるのか。五味が聴取をしたとき、柴田は、消防で心を病む出来事があったと話していた。

柴田の元上司は吉岡《よしおか》という消防士だった。戸惑いがちに話を始める。

「柴田が警察になっていたなんて知りませんでした」

柴田はうつ病で辞めたので、送別会も開けなかったようだ。

「新天地で邁進《まいしん》していることも、報告しづらかったでしょう。元気でやっていますか」

仁子は困ったように肩をすくめた。

「元気すぎて困っているんです。教官助教を飛び越してしまっています」

実務修習の所轄署巡りの時は全くしゃべらなかったのに、今日の仁子は前に出ている。

「見ての通り、私も塩見もまだまだ新米指導官です。柴田はもう二十五歳で、消防士としての経験が六年近くありますから、舐《な》められてしまっています。私たち以上に厳しく他の学生たちに接しているので、少々、扱いに困っています」

吉岡は困惑げな顔をした。

「そうですか……いや、僕の知っている柴田とはずいぶん違うから、ピンと来ないな」

どういうことかと塩見は身を乗り出した。

「仕事柄、人が亡くなる現場もあります。引き揚げたときに署内の雰囲気がどんよりしてしまいますが、そういう時に、柴田は場を明るくしてくれるムードメーカーでした」

いまと全く違う。柴田は教場を盛り上げる様子もないし、喜島や川野を叱責《しっせき》する態度は、場長の自分が火の粉をかぶりたくない考えから来ているように見える。

「元気で前向きだった柴田君が心を病んだきっかけはあったんですか」

仁子の質問に、吉岡は苦い顔で語る。

「柴田が休職する一か月前に、千住柳町《せんじゅやなぎちょう》にある皮革工場で火が出ましてね。雨が二週間以上降らずにカラカラに乾燥した、北風の強い一月某日のことでした」

千住柳町は管内で最も延焼率の高さを指摘されている地域らしい。

「住宅密集地で消防車が進入できない路地裏が多い上、不燃化されていない老朽木造建築物も多く集まっています。その上、広い公園や学校等もないので、一度どこかで火が出ると、いっきに燃え広がってしまうのです」

最終的に延焼は十八軒にも及び、消防が消火活動を始めてから三十六時間を経過してもまだ完全鎮火ができなかった。

「そんな大きな火事があったなんて、知りませんでした」

仁子が言った。吉岡は頷《うなず》く。

「幸い、死者が出なかったので、報道が少なかったんだと思います」

柴田もその消火活動に参加していたという。

「順次休憩を取りながら、放水を続けていました」

ですが、と吉岡は苦い顔になった。

「市民はそうは見てくれません。既に自宅が燃えてしまった人や、自宅に火が回る寸前の住民らが、規制線の周囲に集まって、我々消防を非難し始めましてね」

三十六時間が経過してもまだ完全鎮火できないことに、市民も疲労といら立ちがピークに達していたのかもしれない。

「柴田は初動で駆けつけて、十時間以上現場で作業していました。署に戻って仮眠を取るように言ったんですが、責任感の強いやつですから、五分休憩をしたらすぐに戻るというんです」

柴田は銀色の耐熱防火衣をまとったままで、自動販売機でジュースを買ったそうだ。

柴田は消防車の脇で五分間だけ、ジュースを飲んで休んだ。

「その姿を、市民に撮影されました。大火の前で呑気《のんき》にジュースを飲む消防隊がいるとして、ネット上に晒されてしまったんです」

たったの五分で――塩見は絶句した。吉岡も頷く。

「十時間も炎と闘って、たったの五分間だけ休憩しようと飲み物を飲んだだけで、大バッシングです」

署員は誰も柴田を責めなかったし、組織からの咎《とが》めもなかったが、東京消防庁にクレームの電話が殺到したという。

「千住署長が処分対象になりました。現場の署員をしかるべき恰好《かっこう》と場所で休憩させなかった上官が悪い、ということなんでしょう」

柴田は当初は、自分は悪いことをしていないと胸を張っていたと言う。だが署長に処分が下されたと聞き、その場で泣き崩れてしまったという。

「いやな時代になりました」

吉岡が言った。

「昔も、消防士が火消し中に水を飲んでいるだけでクレームを入れる人はいました。しかし直接注意したとか、署に電話をしてサボっていると言いつける程度のものでした」

いまは写真に撮られてネット上に晒される。

「日本中から大バッシングを受けてしまうのに、我々公安組織は、反論できません」

反論すると火に油を注ぐことになりかねない。あえて謝罪もしない。謝罪するような内容ではないからだ。ただやり過ごすしかない。

「柴田は悔しかったんだと思います。悔しくて悔しくて、心が壊れた」

西日暮里《にしにっぽり》駅で東京メトロから山手線《やまのて》に乗り換える。仁子が誘ってきた。

「お腹すいてない？　駅前に美味《おい》しいラーメン屋があるんだ」

女性客も多くいるつけ麺《めん》の店だった。座敷席がある。塩見は瓶ビールを頼んだ。仁子のグラスにも注ぐ。

「公務員を取り巻く環境は厳しくなる一方ですよね。俺も似たような経験はあります。いとこから言われたんですが」

父の弟の子供で、まだ高校生だ。恋人の話をしていたときだった。

「よく官舎に遊びに来たり泊まったりすると話をしたら、かなり軽蔑《けいべつ》されましたよ」

「どうして？　官舎に呼んで何が悪いの」

「ですよね、禁止なんかされていないのに。公務員が官舎に恋人や友人を呼ぶのは不謹慎で不真面目だというんです」

仁子はビールを噴いていた。

「なにそれ。私たちはロボットじゃないのよ」

休日は友達とも遊ぶし、恋愛もする。自宅として利用している官舎に人を呼んだらいけないという規則まで作られたら、たまったものではない。

「警察官も消防士も、二十四時間その職務に当たるべきと考える人が、一部にいるんでしょうね。水を一杯飲むのも、休憩するのも、恋愛するのも『不謹慎』と取る」

つけ麺ができあがった。しばらく無言で食べる。仁子は水を飲み、表情を曇らせた。

「柴田が辞めた理由はわかったけど、どうして警察官へ方向転換したんだろう」

塩見もそこが引っ掛かっていた。

「消防官だったがゆえにそんな嫌な思いをしたのに、警察官に鞍替《くらが》えしたところで、同じ目に遭うのは目に見えてる。公安組織の人間として、立ち位置は変わらないもの」

「同じ目に遭わないように、外出を控えているってことなんですよね」

「あの子、一生外出しないつもりなのかしら」

そんなことは不可能だ。

翌日の夕方、塩見は仁子と二人で小春の自宅を訪ねることにした。叱責するつもりはないが、あの動画を流出させたら学生たちが困ることはわかっていたはずだ。何の目的があるのか問いただす必要はあった。

地下鉄月島駅を出て、もんじゃ焼き店が並ぶ路地裏を通る。仁子は道順を知っている様子で、地図なしで歩いていく。

「もう何度か加山の自宅へ行っているんですか」

「うん。今日で四回目。まだ一度も会えていないけど」

「加山は面会拒否ですか」

「面会拒否は一度だけ。あとは不在だった。週末や夕方以降は家にいないのよ」

「遊びに行っているんですかね」

「もしくは、土日になかなか休めない、サービス業で働いているのかもね」

加山家は大規模マンションの十階にあった。応対に出たのは小春の父親だった。高杉と同年代くらいだろうか。スラックスにトレーナーだった。時刻はまだ十七時だ。サラリーマンが帰宅して家でくつろぐにはちょっと早すぎるような気もした。

父親は、警察学校の教官や助教が来たことに恐縮していた。

「娘のことで、何度もありがとうございます」

中に入れてくれた。小春の姿は見えない。父親の茶を淹《い》れる手つきは慣れたものだ。キッチンでは料理の真っ最中か、バットの中に粉をかぶったアジがあった。

「今日はアジフライですか」

塩見は尋ねた。父親はうれしそうに微笑む。

「小春の大好物なんです」

「お父さん、お料理が上手なんですね」

「この道十五年ですから。専業主夫なんです」

この世代にもいるのだな、と塩見は感心してしまう。

「妻は忙しい人でね。いまや取締役です。接待接待で、毎日午前様ですよ」

小春はこの気の好《よ》さそうな父親に育てられたのだろうか。

「私は妻の部下だったんですよ。小春が生まれたころは、私もまだ働いていたんですが、妻の方が昇進のスピードが速かった。どっちが保育園の小春を迎えに行くのかで毎日喧《けん》嘩《か》ばかりでした。私もあのころはまだ男としての自尊心がありましたから」

小春は小学校にあがると、親が心配しないようにと、自ら近所にある柔道場に通うようになったらしい。

「そこは週に四日も稽古《けいこ》があるんですよ。私の迎えが遅くなるときも預かってくれていました。小春は私が迎えに行くまで、別のクラスの練習を眺めたり、組み合ったりもしていて、あっという間にうまくなっちゃった。この子は才能があるから、もっとちゃんとしたところに通わせた方がいいと講師に言われましてね」

夫婦で話し合った末、父親が仕事を辞めて、小春の柔道の英才教育につきあうことになったらしい。小学校の六年間、電車で二時間もかけて有名師範の道場に通っていた。父親は送り迎えや各道場の父母会の仕事で会社員時代より忙しかったという。

「将来はオリンピックで金メダルだと私も妻も少々はしゃいでしまいましたね。上には上がいるとわかったのは高校に進学してからです」

小春は高校時代から伸び悩むようになった。全国大会に出場はできても、表彰台には届かない。小春は相当に苦しんでいたようだ。

「多感なころですから、おしゃれに興味を持ち、筋トレを嫌がるようになりました。高2の夏で柔道は辞めちゃいました。その時の荒れっぷりと言ったら……」

父親は少し、涙ぐんだ。

「柔道なんか別に好きじゃなかったというんです。だけどこれのためにパパは仕事を辞めたんだから、辞めたいとは言えずにずっと耐えてきたとね。小春が私の仕事に関して責任を感じる必要なんかないのに」

小春はきっぱり柔道から足を洗うつもりでいたようだが、警視庁を始め、企業からのスカウトがかなりあったようだ。いくつか、日本を代表する企業の名前を父親はあげた。

「正直、そちらに進めばオリンピックに出場できるチャンスがあったかもしれませんし、給料も全然違いますから。小春が警視庁を選んだと知ったときは仰天しましたし、企業にいった方がいいと説得しようとしました」

小春は熱っぽく語ったらしい。

〝柔道の能力を、自分の栄光や金のためではなくて、社会のために役立てたい〟

確かに履歴書の志望動機にも同じことが書かれてあった。文章の中だけに建前に見えたが、親に自らの口で語ったのなら、小春の本心だろう。

仁子は少し目が赤くなっている。

「いま、小春さんはお仕事をなさっているんですか」

「友達のお店を手伝っていると言ってました」

六本木《ろっぽんぎ》にあるカフェらしい。知人の警察官に仕事を紹介してもらうと聞いていたが、飲食店ということに、塩見は首を傾げた。仁子が動画流出の件を切り出した。

「撮影をしていたのは小春さんです。他の学生たちとは動画をシェアしていないので、小春さんが流出させた可能性が高いのですが」

父親は娘を庇《かば》った。

「確かにその件は娘から聞いていますが、娘は、断じて自分は流出させていないと話していましたよ。甘粕教場の場長に動画を送ったとも言っていました」

「場長?!」

塩見は前のめりになってしまった。

「ええ。柴田さんという、教場のリーダーの人だと」

翌日の夕方、柴田の面談を行った。

「僕があの動画を流出させた犯人だというんですか!」

柴田は拳《こぶし》をデスクで叩《たた》く荒れようだった。目が血走り、必死という様子だ。自己保身が強いからこそ、なにかの濡《ぬ》れ衣《ぎぬ》がかかると必要以上に感情的になる。

「絶対に違います。なんなら僕のスマホを調べて下さい。誰が流出させたのか、開示請求をSNSの運営会社に求めれば可能ですよね?」

仁子は「ちょっと落ち着きなさい」とたしなめた。

「事実確認をさせて。君は加山小春と未《いま》だに連絡を取り合っているね?」

「トークアプリの友達登録には入っています。この四月に甘粕教場の全員のアカウントを入れました。僕は場長ですから――」

「わかった、わかった。で、加山が退学後も頻繁にやり取りをしていたの?」

「してません。そもそも加山さんと個人的にやり取りをしたことは殆《ほとん》どありません」

柴田はスマホを出し、トークアプリの画面を見せた。小春が二度ほど一方的にメッセージを送っているだけだった。

一度目は、駅伝大会で給水ボトルを渡せなかったことの謝罪だ。絵文字などは交えず、丁重な文面で、心底反省していることが伝わってくる。柴田は返信をしていない。

「お前、この謝罪に対して既読無視か？」

「なにも言うことはありません。結局は退職してしまいましたし」

二度目がしゃぶしゃぶの誘いのメッセージだ。流出した動画も同時に送信している。

『一緒に食べない？　みんな盛り上がっているよ。例の件をまだちゃんと謝っていなかったし』

小春は、給水ボトルの件を直接謝罪したくて、柴田を誘ったようだった。柴田は返信していない。直後に電話をかけている記録だけが残っていた。

「この動画を受け取って、電話をかけたのね？」

仁子が確認した。

「ええ。飲食店でこの行動はまずいです。すぐに電話をかけたのですが、盛り上がっていたようで出ませんでした。僕に流出の疑いがかかるなんて、心外です」

「仕方がない。動画を持っているのは加山と柴田だけだ」

「ならば加山さんが流出させたに違いありません。彼女に不利なことはないし、退学処分になったいま、溜飲《りゅういん》を下げるような思いだったのかもしれません」

自分は違うと柴田は前のめりだ。

「こんな動画が流出したら、場長の僕の名誉に傷がつく。僕の今後の警察人生を左右してしまうと、バカでもわかります」

塩見は柴田の訴えに既視感があった。しゃぶしゃぶ店の若い店長と同じだ。

面談を終わりにした。柴田が出たあと、塩見はため息交じりに、仁子を振り返る。

「どうしますか」

「流出は柴田ではないんだろうけど……」

「するとやはり加山ですか」

「いまは誰が流出させたのかということより、柴田の方が気になる」

いま甘粕教場で一番指導が必要なのは、柴田だ。


十月も終わりに差し掛かっていた。既に制服は夏服から合服に代わっている。初旬は暑くてしかたなかったが、最近は警察学校に吹く風も冷たくなってきた。

塩見は二時限目の刑法の授業を終えて、急いで更衣室に向かった。警察制服からジャージに着替えて本館を出る。正門の脇で、活動服姿の甘粕教場の学生たち三十九名が整列していた。

学生たちは帯革《たいかく》を腰に巻いている。右にけん銃、左には警棒と手錠を装着している。これから逮捕術の特別授業が始まる。指導教官の高杉はジャージ姿だ。一人一人の制服や帯革をチェックし、直してやったり、注意を促したりしている。

入校から七か月近く経ち、学生たちの活動服姿も様になっていた。

仁子も練習交番の前へやってきた。彼女は通勤時のスーツ姿だった。今日の特別実習には、仁子も参加する。塩見が仁子と相談の上、高杉を巻き込んで、実施することになった。

「始めるぞ、整列！」

高杉が声を張り上げた。授業係の号令で、一同は敬礼をした。

「今日は交番業務中の逮捕術の実践訓練だ」

高杉と仁子、塩見が来訪者役をやる。

「誰がどんな襲撃をするのかはお楽しみに」

学生たちはちょっとどよめいた。トップバッターは喜島だ。制帽の下のニキビは小康状態か、落ち着いている。東京の空気や水に慣れてきたのかもしれない。交番の前に立つ。学生たちは二列になり、しゃがんで見学した。

「開始！」

高杉が手を叩いた。ポケットに手を突っ込み、オラオラと歩きながら交番に近づく。

「よう、おまわりさん。この界隈《かいわい》でいちばんうまいラーメン屋を探してんだけど」

何人かがクスクス笑った。「あのポケットの中に凶器があるんじゃないか」と疑う学生もいた。喜島は練習交番の中に入り、地図を確認する。

「すみません、交番にある地図では、ラーメン屋の情報はないですね」

「おまわりさんのおすすめは？」

「僕は島育ちなもんで、東京のことがよくわからなくて」

「へえー。島育ち。どこ出身なの」

「喜界島という……」

高杉が声音を変え、指導者する。

「個人情報を出し過ぎ」

喜島は慌てて「九州の出身です」と答えた。

「いまならネットでラーメン屋の情報が出てきますよ。そちらで調べてみて、道がわからないようでしたら、案内します」

高杉が塩見を見た。出番だ。塩見は交番に近づき、喜島に尋ねる。

「財布を落としたのですが」

「落とし物ですね。では、中へどうぞ」

喜島は交番の中の椅子を引いて塩見に促した。高杉は入口のそばで肩を揺らし、喜島を威圧している。喜島は届出用紙を塩見に出した。

「免許証等、身分証はお持ちですか」

塩見は打ち合わせ通り、ポケットから身分証を出すそぶりで、おもちゃのナイフを出し振りかざした。高杉は悲鳴を上げて逃げていく。

喜島が塩見の右手首をつかみあげた。内側にひねり、回転させながら半身になって腕を脇に挟む。基本の逮捕術だった。手首をひねられるとたいていの人はナイフを離すが、塩見は抵抗した。右ひざで喜島の尻《しり》を蹴《け》る。

喜島は背中をのけぞらせた。壁にかかっているさす股《また》を手に取ろうとする。

「先に緊急ボタン！」

塩見は注意を促した。喜島がデスクに設置されている緊急通報ボタンに手を伸ばした。徹底的に交戦しろと塩見は高杉から言われている。ボタンを押させまいと、喜島を交番の外に引きずり出した。喜島の制帽が落ちた。塩見は喜島の帯革にあるけん銃を奪おうとする。フラップが邪魔で、もみ合いながら奪うのは意外に難しい。

塩見は顔面に肘鉄《ひじてつ》を食らった。喜島も必死だ。高杉がまだ何も言わないので、塩見はあきらめずにけん銃を奪おうとする。喜島が大外刈りを仕掛けてきた。塩見は何度も足を払ってやり過ごした。喜島の右足が浮いてバランスを崩した隙をついて、押し倒した。喜島が地面に頭を強打しないように、敢《あ》えて体は支えてやった。

「はい、終了」

高杉が手を叩いた。かなりの本格的な取っ組み合いに、学生たちは手に汗を握っていた。次は誰の番かと不安そうだ。高杉が喜島を立たせて、砂埃《すなぼこり》を払ってやっている。

「よし、じゃあひとつひとつ見直していくぞ。最初は非常に良かった。一回目の攻撃で凶器を手放させたのは素晴らしい。欲を言えば、犯人が凶器を取り戻すことがないように確保するべきだったが、ひとりでは難しいとは思う」

高杉は交番の中に入り、床に落ちた凶器を蹴飛ばした。

「取っ組み合いの最中は意外に足があいているもんだ。こうやって遠くに蹴り飛ばすのもいいが、室内では要注意だ。壁や物にあたって、凶器が犯人のもとに跳ね返ってしまう可能性もある」

塩見にも新鮮な授業だった。

「次、柴田！」

柴田は大きな声で返事をし、メモ帳を懐にしまって交番の前に立った。

「はじめ！」

仁子が高杉と腕を組んだ。カップルという設定のようだ。

「おまわりさんさー」

高杉が声をかける。柴田は胸を張って返事をする。肩幅に開いた足に安定感があった。ベテランの警察官のようだ。高杉は懐から、駐車禁止の紙きれを出した。

「これどういうことよ。他にも停めている車はあったよ。何で俺の車だけに貼るのよ」

「駐禁ですね。後日、取り扱い部署より所定の弁明書が送付されますので、そちらの指示に従ってください」

「そういうことじゃなくて、なんで俺の車にだけ駐禁ステッカーが貼られてんだっつうの！　お前が貼ったんじゃないのかよ！」

「私ではありませんが、法令に従い――」

「だからぁ、俺以外にも駐禁しているのがいたんだよ！」

「しかし、あなたが駐車禁止エリアに車を停めてらしたことも事実なのですよね」

仁子がスマホを出した。撮影を始める。柴田は表情を一変させた。

「撮影はやめてください」

「なんでよ」

「撮影はしないでいただきたい」

「おまわりを撮影しちゃいけないって法律はないよ。カメラを回されてなんかまずいことでもあるの？」

「いますぐやめてください。公務執行妨害になります」

高杉が指導を入れた。

「それは拡大解釈だ、適用には無理がある。撮影されていても、続けろ」

柴田は咳払《せきばら》いをし、高杉に向き直る。

「いずれにせよ、駐禁のステッカーを貼られた以上は、このステッカーの指示通りになさってください」

「だから、なんで俺だけなのか、説明しろっつってんの！」

「私は駐禁ステッカーが貼られた現場にいたわけではないので、その件に関してはお答えしかねます」

「これを貼った奴の首根っこ捕まえて、ここに連れて来いよ。お前の仲間だろ、ちゃんと仕事しろよ。ああん⁉」

「駐車禁止場所に停めていたことは間違いがないんですよね」

「てめえ若造がごちゃごちゃと、なめやがって！」

高杉がポケットに手を突っ込んだまま、柴田に迫る。いまにもどつかれそうな勢いだが、柴田は下がらない。高杉も手を上げてはいないし、触れてもいない。公務執行妨害では逮捕はできない状態だが、柴田は先走る。

「それ以上近づくな。公務執行妨害で逮捕するぞ」

仁子が煽《あお》るように、スマホカメラのレンズを柴田の顔面に突き出した。

「いまおまわりが脅迫した、一般人を脅迫してる！」

「やめてください」

仁子は柴田の顔面にぶつかる勢いでスマホを近づける。あれは煩わしいだろう。塩見でもキレてしまうかもしれない。

「動画をネットにアップしよー。ここの交番には悪徳警官がいるってね」

「いい加減にしろ！」

柴田は仁子の手からスマホを奪い取った。訓練なのに、柴田は熱くなりすぎている。

やはりこれが、柴田の弱点なのだ。

高杉が終了の合図を出した。後の指導は、仁子と塩見にまかせると言わんばかりに目《め》配《くば》せしてきた。仁子が前に出る。

「柴田。いまのはダメだ。絶対にするな」

柴田は仁子にスマホを返しながら、反論する。

「しかし警察官の顔面に物を突き出すのは公務執行妨害であり、カメラですから盗撮行為にもあたるのではないでしょうか」

「わざわざ立件するつもり？ 逮捕状が出るはずがない」

「目の前で犯行を確認しました。現行犯逮捕します」

「逮捕して署に連れ帰ったとして、送検できるの？ 検察はこの程度では起訴しないし、そもそも上司はくだらないと取り合わないと思うよ」

「しかしあれは職務の妨害でしたし――」

「あれは駐禁ステッカーに対するクレームだ。罪ではない」

塩見も言ったが、柴田は引かない。

「だとしても、職務を執行中に警察官を撮影するのは盗撮行為です。僕は上司を説得し、撮影する市民に対ししかるべき措置を取ります。市民を守るという意識も必要ですが、警察組織こそ現場の警察官を守る姿勢も必要ではないでしょうか。必要以上のクレームに頭を下げる必要はありません！」

断固とした物言いだ。消防では言えなかった言葉なのかもしれない。

「柴田。消防で同じことがあったな」

柴田の表情が変わる。触れられたくなかったのか、睨《にら》みつけてくる。

「決死の消火活動のさ中の、たった五分間の休憩を撮影され、ネット上に晒《さら》された。腹が立つのは当然だが、その件で心を病むほどに落ち込んだのに、どうして今度は警察官を目指そうと思ったんだ？」

柴田が目を逸《そ》らした。

「社会のためになる仕事に就きたかったが、一度辞めた消防には戻りづらい。だから警察官か？」

柴田は適当な調子で、頷《うなず》いた。違うだろうと塩見は断定した。

「お前は、市民に復讐《ふくしゅう》したいんだ」

柴田が目を剝《む》いて、塩見を睨んだ。

「自分を撮影してネット上に晒した一般市民が許せない。だから摘発する側に回ろうと思ったんじゃないか？　今度同じ目に遭ったら、公務執行妨害や盗撮行為で逮捕できると思った。立件できなくても復讐になる。消防士では逮捕はできないからな」

柴田は宙を見つめ、何も言わない。拳《こぶし》をぎゅっと握り震わせていた。

「柴田巡査」

仁子が呼んだ。最後通牒《つうちょう》だ。

「君は警察官になるべき人間じゃない。いますぐ警察学校を出ていきなさい」

# 第六章　顔

塩見はワイシャツ姿のまま外に出たことを後悔した。強い北風が冷たい。袖《そで》についた警視庁のワッペンが塩見の腕を重たく叩《たた》く。

「おう、悪いな」

五味が手を挙げた。練習交番前で出入票に記録を書いている。彼はすでにトレンチコートを着ていた。

「今日は寒いっすね。昼間は日差しでぽかぽかしてましたが」

「木枯らし一号だろうな。もうそんな季節か」

五味は、当番の学生から訪問者のストラップをもらい、首からかけた。

「十一月も中旬だからな。悪いな、事件から何か月も経ってしまって」

左脚遺棄事件のことだろう。あれは五月の出来事だった。

「今日でちょうど半年だ」

犯人はまだ見つかっていない。

「部下に発破をかけているんだが、なかなか進まない」

「仕方がないですよ。五味さんは育児休暇中でしたし。双子育児はどうですか」

「いやあ、男の子もかわいいもんだがな。捜査をしている方がラクだ」

五味は心底疲れ切った様子で、苦笑いした。塩見の周囲でも育児休暇を取る男性警察官が増えてきたが、みな口をそろえて同じことを言う。早速、捜査の話をした。

「左脚遺棄事件は榛名連合の仕業だとはわかっているんですよね」

「人数も多いし、所在が確認できない者も多い。拠点は北関東だから、捜査の足にも時間がかかる。だが、ひとつ進展があった」

「それはよかった」

「お前たちにとってはあまりよくない」

塩見は思わず、苦い顔をしてしまった。

「事件の突破口にはなるかもしれない。甘粕は？」

「教官室にいますが……」

「どうした。相変わらず様子がおかしいのか」

「まあ、おかしいまま落ち着いているというか。いま、退職勧告中の学生の指導中です」

「なるほど。柴田だな」

なぜわかったのか、塩見は驚いた。

「聴取を兼ねて面談しただろ。加山の次に引っ掛かったのが、柴田だ。事件とは関係がないだろうが、どこかでつまずくだろうとは思っていた」

たくさん送り出してきたから、察しがつくのだろうか。

「どうやってわかるのか、僕は不思議でなりません」

「経験を積むしかないが、俺みたいに入り込むなよ」

五味が肩を叩いた。

「俺は捜査一課でお前が戻ってくるのを待ってるんだからな」

本館の中に入り、教官室の扉を開けた。

仁子のデスクの脇に、柴田が直立不動で立っている。貸与品の警察手帳だけでなく、警察制服も取り上げたから、柴田はリクルートスーツ姿だ。

仁子は、柴田が記した反省文を読んでいた。原稿用紙十枚を超える。

退職勧告を出してから二週間経ったが、仁子は厳しい指導を繰り返している。授業も訓練もどんどん先に進むので、柴田は焦っていた。授業に出させていないから、学生棟の学習室か個室にいるしかない。柴田はそこで反省文をしたためる毎日だった。

『僕はどうしても警察官になりたいのです』と書けば、なぜなりたいのかと考えさせる。『人の役に立ちたい、社会のために働きたい』と書いたら、消防に戻れと仁子は突き返した。そして、今日も繰り返す。

「ネットで晒された恨みが消えない限り、君に司法警察権を与えることはできない。君のような人間はその権力を悪用する可能性がある」

塩見は五味を応接ソファに案内しようとしたが、五味は勝手に塩見のデスクの隣に座った。仁子は五味を一瞥《いちべつ》しただけだ。指導を続ける。

「だらだらと書かれても、どうして警察官になりたいのかさっぱりわからない。公務員は福利厚生がしっかりしているとか、安定しているからと書いた方がよほど正直でいい」

柴田は困り果てた顔で、突き返された原稿用紙を受け取った。

「社会の役に立ちたいというのはわかったから、もう一度よく考えて。なぜ消防でも自衛隊でも海保でもなく、警察なのかを」

柴田は「はあ」と気のない返事をする。

「反省文を何度も突き返されて、パワハラじゃないのかと思っているでしょう」

柴田はどきりとした顔で、仁子を見た。

「そう思いたいのなら勝手にすれば。訴えたっていいよ。私は裁判で背筋を伸ばして証言するわ。警察官として外に出せるような人材ではなかったので、退職勧告をし続けたんですとね」

五味が強引に口を出してきた。

「悪いが忙しい。先に話をさせてくれ」

柴田を脇に立たせたまま、五味は仁子に訊《き》く。

「加山小春の件だ」

「加山は退職しましたが――」

言いながら塩見は、柴田を廊下に出そうとした。どうしてか五味が呼び止める。

「いや、君はそこにいて」

柴田は戸惑った様子だ。どうやら柴田に聞かせたいようだ。五味はなにか企《たくら》んでいる。仁子も五味の性格をよくわかっているからか、柴田がその場に残ることを咎《とが》めなかった。

「学生たちがやらかした動画が流出して炎上したそうだな。加山の仕業なんだろ。その後、加山と会えたのか」

仁子が首を横に振った。

「何度か実家を訪ねていますが、たいてい出かけています。アポを取ったらすっぽかします。自宅にいるときもありますが、その時は取り合いません。部屋に閉じこもっています」

塩見も説明を加える。

「母親は仕事が多忙なようで、自宅にいるのを見たことがありません。専業主夫の父親は娘を庇《かば》う一方です。最初のうちは気軽に雑談に応じてくれましたが、最近はうるさがられて、門前払いの日もあります」

仁子が五味に問う。

「加山小春がどうしたんですか。そちらの捜査線上に上がったんですか」

「榛名連合のメンバーをしらみつぶしにあたる中で、その関係先を探っていた刑事が、何度も加山小春を目撃している。六本木にある、カフェ・ヴェルヌークだ」

五味が店の名刺を出した。ゴシック調の名刺だった。

「加山小春はここでアルバイトしている。他の店員もみなアルバイトで、雇われ店長がいるだけだが、このカフェ・ヴェルヌークを運営しているオーナー会社の幹部に、榛名連合のメンバーがいる」

塩見はうなってしまった。ここにきて、小春と榛名連合がつながるとは思いもよらないが、つながっているというにはあまりに遠いような気もする。仁子も難しい顔をしていた。柴田はなにも言わないが、眉《まゆ》をひそめていた。

「事実、ここのカフェは、夜になると雰囲気が一変する。高級会員制バーのような趣だ。会員は榛名連合のメンバーや関係者を始め、暴力団などの反社も多い」

「加山は客たちと関係しているんですか」

「昼間にカフェの手伝いをしているだけだ。夜は働いていない」

塩見はちょっとほっとするが、仁子は憤る。

「加山はよりによってなぜバイト先にそんなカフェを選んだのかしら」

偶然ではないと五味が言った。

「誰かが加山を誘ったか、加山がもともと通っていたか。一か月内偵したが、背後関係がよくわからない。加山小春の交友関係を徹底的に洗いたいが、糸口もない」

塩見は、五味が無茶な捜査を仕掛けてくると察する。

「加山小春を、東京都迷惑防止条例違反で立件しようと思う」

仁子が反発した。

「なんの迷惑行為を――まさか、例の動画流出の？」

「そうだ。加山以外に流出させられる人間はいない。立件すれば、加山のスマホを押収できる。スマホを解析すれば、榛名連合の誰とつながっているのか判明するはずだ」

仁子はきっぱり拒否した。

「加山は反社とつるむような人間ではないです。もしかしたら気づかず、利用されているだけかもしれない」

「それならそれで、利用している人物をあぶりだすべきだ」

「そのために迷惑防止条例違反で立件するなんて、加山の経歴に傷がつきます。警察官に一生戻れなくなるッ」

とうとう柴田が、口を出してきた。

「加山小春を学校に戻すつもりなんですか」

お前は黙っていろと塩見は注意したくなったが、五味が柴田をここに立たせている以上、なにかの目論見《もくろみ》があるのだ。仁子も察してか、丁寧に柴田に説明する。

「加山が退職に至ったのは、私の指導が悪かったせいよ。私が教官じゃなかったら、あの子はまだ警察官のままだったと思う」

「そうでしょうか。脅迫に脱走ですよ」

自分以上に悪い、よほど自分の方がましだと考えているのだろう。仁子は父親から聞いた話を柴田に聞かせた。

「加山は警視庁以外にも、いくつかの企業からアマチュア契約の話がきていた。それでも加山は警視庁を選んだ。大好きな柔道を極めることで金を稼ぐのではなく、柔道家という自分の体を使って社会に貢献する方が幸せだと思ったそうよ」

五味はどうしてか、隣に立っている柴田の話を持ち出す。

「柴田と似ているじゃないか。消防で体ができた柴田と、柔道の能力が高い加山」

仁子は否定した。

「二人は決定的に違います。加山は、自分の能力を社会のために役立てたいから警察官になった。柴田は、自分の能力を、警察官になることで守ろうとした」

五味が柴田を振り返った。

「そういうことだ、柴田」

柴田は表情が変わっていた。しばらく呆然《ぼうぜん》としていたが、やがてぴんと背筋を伸ばす。

「自分の何が悪いのか、ようやく見えてきた気がします。反省文を一から書き直してきます」

柴田は深く一礼をし、早足で教官室を出て行った。仁子が呆《あき》れている。

「五味さん、わざとですね。わざと加山の話を私にさせた」

五味は眉毛をあげただけだ。

「教場のことはほっといてください。柴田の指導は私達がしますから」

五味は笑い、立ち上がった。もう帰るようだ。

「ダメだな、俺も教場を見るとついいろいろフォローしたくなる」

塩見は慌てて背中に問いかけた。

「もう帰るんですか。加山小春の件は──」

「別の糸口を探す。加山が警察学校に戻るべきだと思うのなら、その邪魔はしたくない」

普段なら捜査の過程で妥協はしないのに、五味も学生への情が勝ってしまうらしい。

「その代わり」

出入口に立ち、五味は振り返った。

「一刻も早く戻してやることだ。加山が榛名連合の息がかかった場所で働いているのは確かなんだ。深入りしてしまったら、二度と警察学校の校門をくぐれないぞ」

週末の昼時、塩見は仁子と待ち合わせをして、六本木に向かった。路地裏の雑居ビルの一階に、カフェ・ヴェルヌークがあった。

「いらっしゃいま……」

レジの脇にいた小春が、仁子と塩見を振り返り、顔をこわばらせた。ようやく対面できた。髪が少し伸びていたが、派手になった印象はない。

「二名です」

塩見は言った。小春が渋々、テラス席へ案内した。厨房《ちゅうぼう》やレジからは一番遠い場所だ。なんだか奥に追いやられたふうではある。

椅子に座るなり、仁子が尋ねる。

「ランチのおすすめは？」

メニュー表を開いた小春に淡々と説明される。肉料理のコースを頼んだ。

カトラリー類をセットしに小春が戻ってきた。少し笑っている。

「あのー。スタッフ特典でデザートをサービスでつけられますが」

仁子も塩見もアイスクリームを頼んだ。小春は口元を緩ませながらオーダーを記入している。教官助教が来たことを面白がっているふうに見えた。いや、嬉《うれ》しいのだろうか。

「今日はなにしに来たんですか」

「ランチだよ」

塩見は言った。小春を取調べに来たとか、連れ戻しに来たとは思われないようにした。

「お二人で六本木まで？　もしかして付き合ってるんですか」

まさか、と仁子が笑った。塩見はちろりと仁子を睨《にら》み、小春に言う。

「今度、カノジョと来る。こういう店は好きだと思うから」

小春が微笑んだ。

「是非いらしてください。助教の彼女サンがどんな人なのか、見たいかも」

塩見は仁子に話を振る。

「甘粕教官も彼氏と来たらどうですか。そういえば島本さんはお元気ですか」

最近は姿を見ていない。仁子は肩をすくめただけだ。職場に押し掛ける必要はないほど、うまくいっているのだろうか。小春は、仁子には〝彼氏サンと来てください〟という社交辞令はなく、仕事に戻ってしまった。食べ終わるころには店は満員になり、小春は殆《ほとん》どテラス席に来なくなった。食後のコーヒーとサービスのデザートを持ってきたのも、別の店員だった。

「さて。本題に入ろうか」

仁子に促され、塩見はバッグの中からクリップ留めした柴田の反省文を出した。仁子がようやくOKを出したものだ。本人の了承を得て持ってきた。塩見は改めて読み返す。

『柔道で培った能力を社会のために役立てたいと考えていた加山さんと、自分を守るために警察官になった自分。その視点で見たとき、加山さんがした失敗よりも、僕が教場のためと思ってやってきた言動の方が悪かったのだとようやく気が付きました。

僕の考えを根本から直さないと、ひとつひとつの言動を反省したところで、きっとまた同じ過ちを繰り返してしまいます。このことに気が付かせてくれた教官助教、そして五味警部には感謝の気持ちでいっぱいです。

一方、加山さんは、社会のために貢献したいと思っていたのに、教官への反発から行動が歪《ゆが》んでしまった。勿体《もったい》ないことです。教官ともっと話し合えばよかったのだと思います。加山さんこそ警察学校に復帰すべきですし、僕は彼女が戻って来ることを心から望んでいます』

柴田は一昨日に警察手帳と警察制服を返され、教場に復帰している。学生たちにあれこれ細かくケチをつけることがなくなった。自分だけでなく他人の失敗も許さなかった柴田は常に顔つきが強張《こわば》っていたが、最近は笑顔も増えた。

塩見は店員に、小春を呼んでもらった。小春は忙し気にテーブルにやってきた。仁子が反省文を小春に突き出した。

「これ読んで。場長の柴田が書いた反省文」

小春は戸惑ったようだ。受け取らない。

「あなたのことが書いてあるから。勿論《もちろん》、柴田の了承は得てある。加山が戻るきっかけになるのなら喜んで見せるって」

「戻る？　私が――」

「そう。警察学校に」

小春は目が泳いでいる。戻れるかもしれないという可能性に驚いているのだろうが、目に嬉しさがあふれているように見えた。

「加山、ここがどんな店かわかっているのか」

塩見は尋ねた。

「ただのカフェですよ」

「昼間はな。夜はどうだ」

「……そりゃ、六本木の夜ですから。客層はあまりよくはないですが」

「オーナー会社がどんなところか、知っているのか」

「知っています。警察OBの方がやっている、しっかりした店だと聞きました」

仁子と塩見は顔を見合わせた。

「誰がそんなことを言った」

小春は答えず、厨房の奥へ消えてしまった。柴田の反省文は持って行った。


カフェ・ヴェルヌークのオーナーが警察OBであると小春が思い込んでいる件は、すぐに五味に報告した。五味から返事がないまま、クリスマス・イブになった。塩見は日曜日で休日だった。どこへ行っても混んでいるので、結衣と官舎の部屋で過ごしている。結衣が鶏肉をまるごと買ってきた。二人でレシピや動画を見ながら、腹をさいて野菜を詰め、本格的なクリスマスチキンを焼いた。オーブンレンジで三時間焼き、その間に二人でクリスマスケーキも作った。

夕方五時から食べ始め、ワインを飲み、お腹いっぱいになったら体を重ねた。結衣の猫のようにやわらかい体を抱いて、惰眠をむさぼる。まだ夜の八時くらいだろうか。最高に幸せなクリスマス・イブだった。

結衣はスマホでワニの画像を見ながらゴロゴロしている。

「すごい楽しそう」

伊豆《いず》にある熱川《あたがわ》バナナワニ園のサイトだ。年明けに伊豆熱川への卒業旅行がある。二日目に熱川バナナワニ園へ行く予定だ。

「カフェにあるフルーツパフェが話題らしいよ。食べたいな」

「じゃ、来年のクリスマスは熱川バナナワニ園な」

「クリスマスに行くところ？」

二人で腹を抱えて笑った。酔いも手伝い、塩見は結衣をぎゅうっと抱きしめた。

「結衣。来年も一緒にいような」

「あははー。お腹空《す》いてきた」

結衣が塩見の腕をすり抜けようとしたので、慌てて塩見は力を込めた。

「結衣。そろそろ俺たちのこと、五味さんや高杉さんに言おうよ」

結衣は困ったような顔をした。

「いつまでも隠しているのはいやだよ。嘘をついているみたいだし」

「……うーん」

「どうしてそんなに隠したいの」

「だって面倒くさいじゃん、絶対に騒ぐよあの人たち。私には愛情深い父親が二人もいるんだよ」

「大丈夫だよ、俺にとっては恩師の二人だ」

「だから余計に面倒くさいんじゃん、わかってない」

結衣は腕からすり抜けてしまった。テーブルの上に出しっぱなしの冷えたピザを、レンジで温めている。

「結衣は俺のことなんか、遊びなんだな」

酔いのせいでいじけた言葉が出てしまった。違うよと言って欲しかったのだ。自分は通過点なんかではないという言葉を聞きたかった。結衣が驚いたように振り返る。

「圭介君」

「なに」

つい、ぞんざいな態度になってしまう。

「圭介君はもう適齢期だもんね。同期でも結婚する人が増えてきたでしょ。でも私はさ、まだ大学二年生だよ。就職活動すらしてない」

結衣が自信なさそうに呟《つぶや》いた。

「将来、なりたいものもなんにもないし、特に興味があることもない。家族は警察官だらけだけど、警察学校の厳しさには耐えられそうもないし、仕事も大変そうだしさ」

確かに、結衣にはむいていないと塩見も思う。

「かといって、専業主婦になりたいとも思えないんだ」

それは意外だった。

「私も京介君や高杉さん、圭介君たちみたいに、情熱を注げるなにかを見つけたいよ」

塩見は布団の上に胡坐《あぐら》をかき、真剣に結衣の話を聞いた。

「圭介君とは本気だよ。大好きだよ。もしいま私が二十八歳くらいで、やりたいことを見つけられていたら、逆プロポーズしてたくらい」

結衣が力なく微笑んだ。

「でも私はまだなにも見つけられていないんだ」

「わかったよ」

塩見も立ち上がり、ワインをもう一本出す。

「俺は男だしいまは仕事がいちばんだし。結衣が自分の道を見つけるまで待てるよ。のんびりいこう」

結衣はうっすらと微笑んだ。どうしてか、不安そうな顔になる。

「長い春になっちゃいそうだね」

「なんだよ、それ」

「決断できないままずるずるいきそう。それで圭介君を、素敵な誰かに、あっという間に奪われちゃうんだろうなー」

「そんなことないよ」

「ある。絶対ある」

「どうしてだよ」

「圭介君は、戦う女の人の方が好きだと思うよ。私みたいに、なにをしていいのかわかんないぼーっとした女より」

否定しようとしたが、スマホが着信した。五味からだ。塩見は和室に移動し、電話に出た。

「すぐに府中署に来てくれ」

「カフェ・ヴェルヌークの件ですね。なにか進展がありましたか」

「堀田光一の身柄を確保した」

塩見は呼吸を忘れた。仁子が堀田と絡み合いながら落下していく防犯カメラ映像と、ブルーシートの上の切断された左脚が、脳裏に蘇《よみがえ》る。

生きていたのか。

「いま群馬県警高崎《たかさき》署から府中署に移送されてきた。すぐに取調べが始まる。お前に来てほしい。甘粕にはまだ言うな」

タクシーは甲州街道をひた走っている。道路沿いの大規模マンションのエントランスにはクリスマスツリーが、飲食店の表看板にはクリスマスメニューが表示されている。

堀田光一が逮捕されたというのに、敢《あ》えて仁子には知らせない意図はなんだろう。

五味は「甘粕には秘密がある」と言った。レインボーブリッジの件がターニングポイントだったはずだ。最近の仁子は塩見に心を開いてくれている。所轄署巡りのときは塩見がいないとなにもできない少女のようだった。警察学校では、小春に対しては手を焼いていたが、柴田に対しては素晴らしい指導力を発揮していた。

――堀田光一が逮捕された。

一三三〇期の卒業まで一か月と少しのところで、なにかが変わってしまう気がした。これまで塩見と仁子で反発し合い、ときにぶつかり合って喧嘩《けんか》をしながらも、二人で一三三〇期甘粕教場を作り上げてきた。

堀田光一の逮捕で、なにかが音を立てて崩れていきそうだ。府中警察署の表玄関で深いため息をつく。五味がロビーで待ち構えていた。

「五味さん――」

思わず名前を呼び、すがりたくなる。この人は事件を前に容赦がないことをよく知っている。お願いだから甘粕教場を壊さないでほしい。

仁子を、追い詰めないでほしい。

「堀田の取調べが始まっている。今日はもう遅いから小一時間ほどで終わると思う」

「取調べに応じているんですか」

「ああ。とても素直だ。別人のようだ」

五味はため息を挟んだ。

「少なくとも、人を撲殺して何年も警察から逃げ回り、レインボーブリッジのてっぺんまで追い詰められたら逆ギレして女刑事を道連れに落下するような、凶暴で自暴自棄な人間には見えない」

転落して海に落ちた彼は、仁子のようにトラウマで人が変わってしまったのか。だが、あの現場から今日まで逃亡していた。警察にはつかまりたくないという鉄の意志がないと不可能だろう。

「堀田はどこに潜伏していたんですか」

「カフェ・ヴェルヌークの関係先だ」

そのカフェで働いていた、小春の顔が浮かぶ。

「加山はあの店を警察関係者に紹介してもらったと言っていました」

五味は頷《うなず》いた。

「ありえなくはない。平山大成の例がある」

少女買春に手を出してしまい、元締めの榛名連合から脅されていた。追い詰められて自殺してしまった。

「マル暴の組織図から捜査員の住所氏名電話番号、担当事案まで、榛名連合に情報が流出していたんだ」

「となると、榛名連合に取り込まれた警察官が他にもいて、そいつが小春にあのカフェを紹介した？」

「加山は恋人にうつつを抜かしていたんだろ。他の女警たちには恋人が警察官であることをにおわせていた」

いろんなことが、腑《ふ》に落ちていく。

「それで、堀田だ。カフェ・ヴェルヌークを運営している幹部の女が、高崎の売春クラブの元締めをやっていた。堀田は、女たちの待機場所のマンションの隣室に住んでいた」

部屋は女元締めの名義で賃貸契約されていた。

「人の出入りが不可解だったから、探らせたんだ」

介護職員が一日に三度も出入りしていたという。

「介護職員？　ヘルパーということですか」

「ああ。堀田はそこにいた」

「左脚を切断しているから、介護が必要だったんですね」

五味が取調室の横にある小部屋の扉を開けた。何人かの刑事がマジックミラー越しに取調べを見つめている。仙人のような男が取調べを受けていた。

毛玉だらけの、紺色の毛糸のガウンを着ている。下は作務衣《さむえ》のようだ。髪は肩に届く長さだ。四十一歳のはずだが白髪が増えている。髭《ひげ》も伸び放題だ。口髭を左右に分けて、取調官との雑談に応じている。脚はデスクの下に隠れて見えない。車椅子に乗っていることはわかる。榛名連合結成に至るまでの生い立ちについて、話をしていた。

「優秀なお兄さんと比べられながら、共に学校教師をやっている厳しいご両親のもとで育ったんですね」

取調官は親身な様子だ。

「さあ。忘れたね。家族のことなんて」

塩見は隣の五味に尋ねる。

「やつの実家は前橋でしたね。ご家族に連絡はしていますか」

「もちろんだ。殺人容疑が固まった段階で、警視庁も群馬県警も大挙して堀田家へ押しかけているし、やつが来ないか見張っていた。両親は土下座をして謝っている」

兄の方は家族と絶縁しているらしく、話に出てこない。

取調室の中で、堀田は陽気にヘルパーの悪口を言う。四十代なのに飄々《ひょうひょう》とした好々爺《こうこうや》のようだ。指名手配犯として警察から逃げ回っていたとは思えない。

「本当にあれは堀田ですか。DNA鑑定とか指紋で確認はしましたか」

「もちろん確認した。本人だ」

五味がA5の大きさのノートを、塩見に渡した。事件の遺留品だという。

「甘粕のノートだ」

事件の遺留品として、警察に押収されたままだったらしい。ページをめくった。指名手配犯の顔写真が並ぶ。ほくろの位置や皺《しわ》の数、目や鼻の形、唇の厚さ、耳の形など、指名手配犯の特徴が事細かに記されていた。

『堀田光一』の名前を見つける。黒のタートルネックに、片耳にピアスをしている写真だ。口髭と顎鬚《あごひげ》で口を囲むサークル形に髭を整えている。目つきが悪い。だが甘粕は恐らくこのノートを見て、確信したはずだ」

「確かにパッと見は別人だ。甘粕が見つけたときとも髪型が違う。だが甘粕は恐らくこ
右目の下に泣きぼくろがある、と仁子は記している。マジックミラーの向こうにいる仙人にも、同じ位置にほくろがあった。顎には長さ二センチの切り傷があるらしい。いまは髭で隠れて見えない。右耳に三個のほくろがあった。

　確かに目の前の男は、堀田光一で間違いない。

「甘粕教官は、教場がスタートしたときも、似たようなノートを持っていました」

　五味は興味深そうだ。

「学生四十人の顔と名前を急いで覚えようとしたんでしょう。見当たり捜査員時代のクセなのかもしれませんが……」

「俺は四年も警察学校にいたが、こんなノートを作って学生の顔を覚えようとした教官は見たことがない」

　四月に入校したとき、件《くだん》のノートを塩見が拾ったら、仁子はまるでひったくるように奪った。見られたくなかった様子だった。

「普通は十日もあれば覚えられる。毎日出席を取り、その顔を確認する。当番が回ってきた生徒と話して性格を知るうちに、顔だって自然と覚えるものだ」

　五味は顎で、マジックミラーの向こうを差した。

「あの転落事件で、堀田はああなった」

塩見の手の中にあるノートを示す。

「甘粕はこうなった」

「全く意味がわからないんですが」

五味は部屋を出て取調室に入った。聴取を代わる。塩見になにかを示したいようだ。

「昨年の四月一日、お台場で女性刑事に発見され、レインボーブリッジへ逃げましたね」

「うん。逃げた。あの日は浜辺でレイブパーティがあったんだ。ヤクの売人と待ち合わせしていた」

堀田はぺらぺらとしゃべった。

「アンカレイジの保守階段まで女性刑事が追いかけて来た。もう逃げ場がない。ブタ箱もムショもごめんだ。女刑事を道連れにして、死のうと思ったんだ。ワイヤーに足をかけてわざと落ちそうなふりをして、女刑事をおびき寄せた。女刑事が俺を助けようと手を伸ばしてきたから、その手を摑《つか》んで道連れにしてやった」

仁子は堀田光一を死なせまいとしていたのか。

「遊歩道の欄干に激突したあと、あなただけが海に落ちたそうですね。そこからどうやって逃げたのですか」

「第六台場に泳ぎ着いたんだよ。二十メートルくらい泳いだかな。頭から血が出ていたし。体も海に叩《たた》きつけられたもんで、全身がひりひりした。息もあがってた。溺《おぼ》れると覚悟を決めたら、足がついた。笑いそうになったよ」

第六台場の北側、つまりレインボーブリッジ側には、浅瀬がある。水深は五十センチほどらしかった。

「第六台場に逃げ込んだら、雑木林で隠れ放題だ。上空にはヘリがいて海は警備艇だらけになったけど、雑木林が俺を守ってくれた」

仲間に助けを求めたかったが、スマホは水没して使い物にならなかったという。明け方まで、林の中で泥のように眠った。早朝五時には、物流船が次々と東京西航路に入る。お台場のレインボーブリッジの下も、航行の妨げになるので捜索の船はいったん引き上げた。そのすきをついて、堀田はお台場のビーチまで泳いだという。第六台場からは五十メートルほどだ。途中に防波堤があるから、休むこともできる。泳いで陸に戻ることは容易だったようだ。

「お台場をずぶ濡れで歩くと目立ちそうですが」

「ビーチで遊んでいた客の荷物から、タオルや上着や小銭を拝借した」

翌日は土曜日だった。うまいこと観光客に紛れたようだ。

「目が覚めたときから、頭がガンガン痛くて死にそうだった。一人で逃げるのは無理だから、東京テレポート駅近くの電話ボックスから、助けに来てくれともう一度、兄に電話した」

唐突に兄の話が出てきた。ずっと連絡を取り合っていたかのような口ぶりだ。

「絶縁していたのではないですか」

「絶縁は両親だけだ。あいつらクソだからな。兄貴は違う。物心ついたときから俺をかわいがってくれた」

「優秀な兄に比べられて反発して育ったとも耳にしましたが」

「勿論《もちろん》反発したさ、両親にはね。兄には反発する理由がない。兄貴は頭が良かったというだけだ。俺を嫌ってもいない。いつも助けてくれた」

「兄弟仲は良好だったんですか？　あなたが榛名連合を立ち上げて地元で暴れていたとき、お兄さんとの交流は見られませんでした」

「両親が兄貴を海外の大学に追いやったんだ。地元に残っていると火の粉を浴びるからとね。本人は嫌がったのに無理やり留学させた」

兄はそのまま海外に居ついたらしい。堀田が指名手配されてからは、東南アジアでの逃亡を支援していた。やがて兄弟で帰国した。堀田は仁子に見つかった時点で、助けを求める電話を兄へ入れていたと自供した。すぐに車で駆けつけてくれたという。

「しばらくはマンスリーマンションに匿《かくま》われていたんだけど、俺は体調が悪くなる一方でね。逃亡から三日目には、顔が真っ青になってパンパンに腫《は》れちゃった。左半身も動かなくなってきた。頭を打ったせいだ」

「病院は、どうしたんですか」

「闇医者だ。榛名連合が世話になっているのが、いっぱいいるからね。あいつらは金の亡者だから、金を出せば診てくれる」

「あなたはよほど金があったんですね」

「兄貴の金よ。海のむこうで相当に儲《もう》けていたんだよ」

堀田はニタニタと笑った。

「結局さ、似たような血なんだよ」

堀田の兄もまた、海外で黒いことに手を染めていたような口ぶりだが、途端に口を閉ざした。五味が逃亡の続きを促す。

「闇医者に診てもらって、結果、どこが悪いかわかったんですか」

「あの女刑事と落下したときに、どこかに頭をひどく打ち付けた。中ではじわじわと脳出血が広がって、麻痺《まひ》がでちゃったらしい」

堀田は右手をデスクに置いているが、膝《ひざ》の上の左手首は外側へそれていた。麻痺し関節が拘縮しているらしかった。

「麻痺が出て動かなくなったから、脚を切断したのですか」

五味はまるで、堀田が自分で切断したかのように質問している。立ち上がり、堀田の車椅子のグリップを引いて、方向転換させた。塩見は初めて全身を見た。

作務衣《さむえ》の左脚部分は、裾《すそ》が縛られていた。五味は堀田の左側にしゃがみこむ。

「確認させてください」

五味が縛られた口を開いて、裾を捲《まく》っていく。断絶面はきれいに縫合されていたが、ケロイドのように膨れてピンク色になっている。まだ切断からそう長い年月は経っていないように見えた。

　堀田が五味の耳元でささやく。マイクが音を拾うので、隣室の塩見にもスピーカーから声がはっきり聞こえる。

「あれはそもそも、俺の左脚じゃなかったんだ」

　五味をからかっているのだろうか。だが、堀田の目はとても真剣だ。刑事をおちょくっているようには見えなかった。

「誰も信じてくれないがな、本当なんだ」

「あなたの左脚は、そもそもあなたの脚じゃなかった？」

「そう。俺が生まれたときからついていた左脚は、偽物だった」

「では、誰の脚だったのでしょう」

「恐らくは、誰か死んだ人間のものだろう。だって俺が動かそうとしても、ぴくりとも動かないんだ」

　五味は丁寧に頷《うなず》いている。

「刑事さんだって、毎日健康に歩いたり走ったりしていたのに、ある日突然、死人の脚をくっつけられて身動きが取れなくなったら、どう思う」

「いやですね。すごく気持ち悪い」

「そうだろ。胸糞《むなくそ》悪い。誰のもんかもわからない死人の脚が俺にくっついちゃってるなんて、見るだけでおぞましい。虫唾《むしず》が走るよ」

塩見はわけがわからないまま、五味の聴取を見守った。

「ヤクでハイになってたある日、耐えられなくなっちゃったの。ネットでチェーンソーを注文した。翌日には玄関の前に置いてってくれる。便利な世の中だよなぁ」

塩見は茫然《ぼうぜん》とした。

「ヤクでハイになったまま、切っちゃった」

「自分で切断したんですね？」

五味が念を入れて確認する。堀田は「そ」と言うだけだ。

「びっくりしたよ、全然痛くないのにさ、血がどっと出ちゃってさ。だんだん気も遠くなってくるし」

「大動脈を切断してしまったでしょうからね。出血多量で意識を失います。処置が遅れたら死にます」

「そうだったみたいね。兄貴が大変そうだった。ロープで足の付け根をぎゅうっと締めあげてくれて、闇医者をもう一度呼んだんだ。闇医者は飛び上がっていたよ。なんでこんなことしたんだと。みんなそう言うけどさ」

堀田は、まるで風呂《ふろ》上がりみたいに、さっぱりした顔だ。

「俺は死んだ他人の脚をスパッと外せた。目が覚めたときに脚がないのを見て、すっきりしたもんだ」

腹が減っただろうと、五味が出前を取った。二人でそばをすすりながら、堀田の話をする。

「俺は信じるよ」

五味があっさり言うので、塩見は驚いてしまった。

「ありえませんよ。脳出血のせいで左脚が麻痺し、痛みを感じにくかったのかもしれませんが、あんなよくわからない理由で脚を切りますか？」

そもそも左手も麻痺している。右手だけでチェーンソーを操作できたとは思えない。

「チェーンソーというから、大木を切り倒すようなものを想像しているんだろうが、女性も片手で使用できる超小型回転刀ならどうだ。庭の木の太めの枝を切るような道具だ」

塩見はネットで調べる。確かに、片手で操作ができる小型のチェーンソーが売っていた。

「可能ではあっても、自分で自分の脚を切断するのは納得できません。その後に警察学校の正門に遺棄されたことを考えれば、第三者が切断したという方が筋が通ります」

誰かをかばっているのではないかと塩見は考えた。

「例えば誰をかばうんだ」

「逃亡の手助けをしていた兄とか」

「堀田真也《しんや》、四十二歳か」

初めて名前を聞いた。顔を確認したいが、十八歳で海外に出てしまい、一度も帰国しないままパスポートは失効している。日本での免許証取得もないので顔がわからなかった。入管に問い合わせをすれば十八歳で出国したときのパスポート写真のデータが出てくるかもしれないが、二十年以上前の話で時間がかかるだろう。弟と共に再入国したときは、偽造パスポートで入国したか、船で密航したはずだ。

「堀田真也がなんのために弟の脚を切って、甘粕教場の段ボール箱に入れて警察学校の正門に置く必要があるんだ」

「甘粕教官への嫌がらせ、脅しでしょう。かわいい弟を車椅子生活にしたのは甘粕教官のせいだと思い込んでいる」

「復讐《ふくしゅう》のために愛する弟の脚を切断するのか？」

「では全くの別の第三者の仕業じゃないですか。なんらかの対立組織ともめて、堀田は脚を切断されてしまった。対立組織はその脚を、警察学校に遺棄した」

「段ボール箱には甘粕の名前が書かれていた。榛名連合と対立している組織が、なんで甘粕に嫌がらせをするんだ？」

五味はレインボーブリッジの転落事故当時の動画を、もう一度塩見に示した。

仁子と堀田が絡み合いながら、宙を落下してくる。欄干に激突する最も痛々しい場面で、一時停止した。仁子は欄干に後頭部を強打して首が前のめりになっている。

「堀田は頭頂部やや右側を打っている。頭頂葉皮質下領域に何らかの障害がでているんだろうな」

五味は一冊の分厚い本を引っ張り出した。脳機能障害による神経症候をケース別に取り扱った専門書のようだ。『改訂3版』とあるので、医療の現場で教科書のように使用されている本かもしれない。

「実は、脳神経外科の専門家にも既に話を聞いてきている」

五味は付箋《ふせん》が貼られたページを開き、塩見に見せた。

「堀田は、余剰幻肢という症状が出ているのだと思う」

塩見は『余剰幻肢とは』という項目から始まるページを読み上げた。

「麻痺した肢とは別に、本物の肢があるという幻覚に襲われる症状である」

麻痺で動かなくなった本来の肢に嫌悪感を強く抱くようになるらしかった。

「適切にメンタルケアを行わないと、自ら切断してしまうケースもあるそうだ」

五味は説明しながら、別の分厚い専門書を開いた。

「身体完全同一性障害の一部であるとする専門書もあった。四肢切断同一性障害とか、四肢切断愛と言われ、実際に自分で切断してしまった事例も少なからずある」

常人には理解しがたい行為なので、性的嗜好《しこう》の一部ではないかとも言われていたらしい。

「原因がわかっていないが、右頭頂葉の機能不全により発生するという説もある」

専門書を次々と見せられてしまうと、納得するしかない。

「レインボーブリッジの転落事故で右頭頂葉に障害が出た堀田は、余剰幻肢、もしくは身体完全同一性障害を患い、自ら脚を切断してしまった、ということですか」

五味が頷いた。

「彼の面倒を見ていた兄の堀田真也は、弟がこんなまれな症状に悩まされているのは甘粕仁子のせいだと思うだろう。弟は表に出られない上に身体障害者となってしまった。一方の甘粕は、警察学校の教官として復帰している。恨みは募る一方だ」

「それで、弟が切断してしまった脚を、兄は警察学校に置いた。嫌がらせのために、甘粕教場の模擬爆弾の段ボール箱を装った？」

「だいたいそれで辻褄《つじつま》は合うだろう。それでだ」

五味が塩見を見据えた。塩見は頷いた。

「甘粕教官ですね」

塩見はもう一度、一時停止された監視カメラ映像を見た。仁子が欄干に後頭部を強打している。

「堀田は右頭頂部でしたが、甘粕教官は右やや後頭部、首の近くですね」

警察学校へ復帰以降、人が変わってしまったようになっていたのは、仁子も何らかの脳機能障害を負ってしまったせいか。

十二月二十八日、公官庁の御用納めの日になった。警察学校は年末年始の休みも空っぽにする。今日も飛田給行きのチャーターバスが、ひっきりなしに警察学校と駅とを往復する。

高杉が寒そうに首をすくめ、ロビーで点検の終了を待っている。塩見は夏休みと同じように、仁子と共に学生寮の各部屋をチェックすることになった。

「よう、塩見」

東寮に入りかけた塩見を、高杉が呼びとめた。

「堀田光一が逮捕されたそうじゃないか。やはり左脚がなかったとか」

塩見は頷いた。逮捕の一報は報道されているが、左脚の件についてはまだ記者発表されていない。

「一体どういう顚末《てんまつ》で学校の正門に遺棄されたんだ」

「五味さんの捜査を待ちましょう。いずれ警察学校にも連絡が入るはずです」

塩見は四階に上がった。学生たちの部屋は整然としている。ゴミひとつ落ちていないし、布団の畳み方もパーフェクトだ。一三三〇期は、十月に入校したばかりの高卒期、一三三四期の指導係をしている。成長が頼もしい。

五階の個室のチェックに入る。女子寮の確認を終えた仁子が、ちょこんと顔をのぞかせてきた。嬉《うれ》しそうな顔だ。

「塩見助教。女子寮、パーフェクトだったよ」

塩見は仁子をついじっと見入ってしまう。

「男子寮はどう」

「パーフェクトです。ちゃんと成長していますね」

塩見はチェック表を仁子に渡した。

「二〇二三年の業務もこれで終了ね。お疲れ様でした」

「お疲れ様です。本当に――」

仁子は階段に向かって、歩き出した。

「塩見君、年末年始は実家に帰るの？」

「いや……考え中です。教官は」

仁子は肩をすくめた。

「島本さんが海外旅行にいこうって誘ってきてたのよ」

「いいじゃないですか」

「申請を出そうかなと思ったんだけど、島本さんが急に忙しくなっちゃったみたいで」

「そうなんですか。どこかでスパイが暗躍しているのかもしれませんね」

「あはは、かもね。あの人、神出鬼没だから」

「甘粕教官、今日あたり一杯どうですか」

「うーん」

「二人きりで。東府中のアラウドで」

階段をすたすたと下りていた仁子が立ち止まった。塩見を振り返る。

「どうかお願いします」

塩見はラブホテルに誘っているのだ。だが仁子は神妙な表情を崩さなかった。塩見が決して、いかがわしい誘いをしているのではないと、察してくれるはずだ。

「絶対に行かないとまずそうな顔をしてるね」

仁子は力なく笑った。

「わかったよ」

「僕は先にチェックインしているので、後から来てもらえますか。部屋番号はあとでメールします」

塩見は一方的に伝え、逃げるように学生棟を出て行った。


東府中のアラウドは、今日も最上階のスイートルームがあいていた。長丁場になるかもしれないので、塩見は二時間の休憩ではなく宿泊で部屋を取った。

まずは五味を呼んだ。府中署にいた五味は十五分ほどでアラウドのスイートルームにやってきた。

二人で脱衣所の鏡の前に立つ。

「スーツは同じ色合いですし、そのままでいいですかね」

「ネクタイは変えるか」

五味は、赤い無地のネクタイを締めていた。塩見は紺色にドットの模様が入ったネクタイだ。交換して締め直す。今度はお互いに髪型を見て、分け目を同じにした。

塩見は仁子に電話を入れた。前と同じ部屋で待っていると伝えて電話を切った。

五味と無言でソファに座り、仁子の到着を待った。五味も少し緊張しているようだった。冷蔵庫からペットボトルの水を出し、ひっきりなしに飲んでいる。

チャイムの音が鳴った。塩見は身を起こし、五味と視線を合わせた。五味は無言でうなずき、扉に向かう。

室内は少し薄暗い。玄関の照明が明るくスポットライトのようだった。五味が扉を開けた。パンツスーツ姿の仁子が硬い表情で立っていた。二人の姿が照明の下にぽっかりと浮かぶ。

仁子は中に入りながら、扉を開けた五味を見た。五味がいることを知らないはずなのに、仁子が驚く様子はない。

「一体どうしちゃったのよ、塩見君。よりによってここに誘うなんて」

仁子は塩見に話しかけるような調子だ。五味は何も答えない。

「食べ物、なにか頼んだの？　とりあえず乾杯しようか」

仁子は五味に話しかけながら、ミニバーの脇を抜けて近づいてくる。ソファにもうひとり男——つまり塩見がいることに気が付き、ぎょっとした様子で立ち止まる。

塩見は無言で立ち上がった。ソファの周りは薄暗いが、普通の人は顔を認識できるだろう。仁子は塩見のネクタイを見て、塩見に確認する。

「五味さん？」

彼女は目を吊り上げて、玄関先に立ったままの五味を振り返り、責めた。

「塩見君。これは一体何の会合なの？」

「僕はこっちですよ、甘粕教官」

塩見は声をかけた。仁子は肩にかけたトートバッグの取っ手をぎゅっと握り、ゆっくりと、塩見を振り返った。

「甘粕」

五味も話しかけて、仁子に近づく。

「俺は塩見じゃなくて、五味だ」

五味が、棒立ちの仁子の脇を通り過ぎて、塩見の脇に立った。

「俺たちは背恰好《せかっこう》がほぼ同じだ。あえてネクタイを取り換えて、分け目も同じにした。だが俺たちを間違える人はいない。顔が全く違う」

仁子は黙っている。

「どうやらお前は顔の区別がつかないようだ」

塩見は確認する。

「相貌失認《そうぼうしつにん》ですね」

目は見えるが、人の顔を認識できないと人の顔を覚えることができないと言われている。いう、特殊な脳機能障害だ。原因は右側頭部やや後方にある紡錘状回領域にあると言われている。

ここに障害が出ると、視認したものを記憶している情報——人の名前や職業などの付随する情報と結びつけることができなくなり、相手が誰なのか認知できなくなる。

仁子はソファに座り、投げ出すようにトートバッグを傍らに投げた。

「五味さんと塩見君は要注意だなと思っていたのよ」

「確かに一度、間違えていますよね」

塩見は五味と並んで座りながら、答えた。

「二人で並んで座らないで。どっちがどっちだかわかりにくくて、気持ち悪い」

塩見は仁子の横に移動した。五味が傍らのルームランプをつけながら切り出す。

「相貌失認は生まれつきの人もいるが、お前はそうじゃないな。見当たり捜査員だったんだから」

「そうですよ。なんの因果だと思いませんか」

仁子は自嘲《じちょう》した。

「大衆の中から指名手配犯の顔を認識し見つけ出す見当たり捜査員が、相貌失認なんて」

サッカー選手が脚を失うようなものか。音楽家なのに聴力を失うとか、歌手なのに声帯を失うような、致命的な疾患だ。

よりによって神様は、見当たり捜査員だった仁子から、人の顔を認知する能力を奪ってしまったのだ。

「あのレインボーブリッジでの転落事故で発症したんだな」

塩見は隣の仁子の顔を見ることができない。彼女の顔を見たら泣いてしまいそうだ。こんな大変な障害を負ってしまい、これまでどれだけ辛《つら》く孤独だっただろう。昏睡《こんすい》状態から目が覚めたとき、どれだけ混乱し、絶望しただろう。

「事故から目が覚めてからは、ずっとうとうとしていたから、誰が誰だかわからないことに、あまり違和感はなかったんです」

「いつ気が付いたんですか」

「まずは島本さんが誰なのかわからなかった。毎日訪ねてきて、島本です、って言う。私にとっては毎日違う顔の初対面の人が訪ねてくるようなものよ。主治医も担当の看護師もどうして毎日コロコロ替わるのかなと思っていたけど、名札を見ると同じ。しかもみな、初めましてなんて言わない」

病室を訪ねてきた義理の父親の顔もわからなかった。

「義父が病室に初めて来たとき、知らない顔なのに声は義父だから混乱した」

義理の父親はこんな顔じゃなかったはずだと思うのだが、どういう顔だったのかも思い出せない。

「記憶障害だろうかと思った。数日もすれば落ち着くと思ったのに……」

決定打は、一か月後にひとりで歩けるようになり、洗面所の鏡で自分の顔を見たときだという。

「知らない人がそこにいて、衝撃を受けたわ」

洗面所に立って鏡をのぞくと、毎日、違う顔があるということなのだろうか。塩見の問いに仁子が首を横に振る。

「自分の顔を思い出せないから、鏡の前に立っている人が誰なのかが、わからないの。言い方を変えれば、毎日知らない人の顔が鏡に映っているような感覚になる」

事件を機に、仁子が化粧をしなくなったのも、相貌失認のせいだろう。指摘したら、仁子は頷《うなず》いた。

「顔のパーツがどこにどう存在しているのかはわかるのよ」

アイラインだって引けるし、頬紅だってつけられる。眉毛《まゆげ》も整えられると言った。

「でも気持ちが悪くて自分の顔を見ていられない。ファンデーションをつけるので精一杯。これは誰の顔なのかと思いながら頬にパフを当てるのは、本当に苦しい」

仁子は顔を覆った。

「どうして話してくれなかったんですか」

塩見はつい、責めるような口調になってしまう。

「言うわけない。人の顔が認知できない人間が、警察官を続けられるわけがないもの」

「だから隠していたのか」

五味が静かに尋ねた。

「事故等による後天性の相貌失認なら、回復する場合もあると医師は話していたんです。一年で症状が消えた人もいるし、五年で元に戻った人もいる」

一方で、症状が一生涯に渡り消えない人もいる。塩見は五味が持っていた専門書の文言を思い出した。全ての人間の顔がわからなくなるわけではない。親しい人の顔などは、認知できる場合があると記されていた。

「教官の場合は疎遠だった家族ではなく、小倉教官と教場の仲間たちの顔はわかったのではないですか？」

仁子はワッと声を上げて、泣いた。

「小倉教官がお見舞いに来てくれた時、世界が変わったみたいだった。モノクロームからカラーの世界に変わったみたいに。だって顔がわかるんだもの。小倉教官が誰なのかわかるんだもの」

かつての一二〇六期小倉教場の仲間たちがお見舞いに来てくれるたびに、心から安堵《あんど》することができたそうだ。

「四十人全員の顔がわかった。病室の扉を開けた途端に、顔で誰なのかわかる。名札や顔のほくろの位置とか、目の形とかを観察しなくていい。耳を澄ませて声を聞いて必死に考える必要もない。パッとその顔をみただけで、教官と仲間たちの顔だけはわかる。だから、だから……」

塩見はもらい泣きしてしまう。

「警察学校に戻ろうと思った。警察学校でなら、なんとかなると思った。教場のみなで結束して、一緒に汗水流して、一緒に笑って怒って泣いて。そういう仲間たちが待っている警察学校に行けば、なんとかなるかもしれないと思った」

「なんとかなったんですか」

塩見は声を荒らげてしまった。涙も落ちてくる。

「結局、なんとかなったんですか。俺の顔はわかるようになったんですか。学生たち一人一人の顔を、認識できるようになったんですか？」

仁子は顔を両手で覆ったまま、首を横に振った。

「わかるようになるはずないじゃないですか！」

塩見は泣きながら、声を振り絞った。

「そんなに大変な障害を負って一人で苦しんでいるのを、誰にも伝えずに、ひた隠しにしていた。僕らは戸惑うばかりです。甘粕教官に対して、なぜ、どうしての疑問符ばかりだった。何にも話してくれないで、わかり合えるわけないし、信頼関係なんかできないし、助け合うことだってできない。小倉教場の仲間たちのように、顔がわかるようになるはずないじゃないですか……！」

仁子は謝罪する。

「謝らないで下さい。謝らせたいわけじゃない」

「塩見君には、特に迷惑をかけたと――」

「僕じゃなくて、甘粕教場の学生たちでしょう！」

仁子は唇を強くかみしめ、涙をぽろぽろと落とした。

「入校したときは、学生の顔と名前を一致させるために必死だったんでしょう。顔の特徴と暗記しているデータを照合して、誰なのか答えを出してから相手に対応する。普通の人間ならものの一秒かからずに人の判別ができるけど、甘粕教官にはできない、必死だったんですよね」

だから人を見る目が厳しくなった。観察するようなじろじろする目つきで、学生の顔を見るしかなかった。一日中その調子で疲れ果てていたので、できるだけ人と接しないようにした。俯《うつむ》き加減で目を逸《そ》らし続ける日もあった。

「かつて、甘粕教官をこう言った学生がいました。目を合わせず、観察するような目で顔中を見られるので、話しかけづらいと。悩み事があっても、相談しづらいと」

仁子の鼻の頭から、涙が落ちる。

「時間が経つにつれて、声や体格、雰囲気で学生や僕らの識別ができるようになってきた。それで心のハードルを下げられたんでしょうか。少しずつ学生と向き合えるようになった一方で、所轄署巡りは大変だったはずです」

どこに仁子の顔見知りがいるかわからないのだ。

「あなたは気づくことができない。声をかけられて、名乗ってもらえなかったなら、相手が誰かがわからなくて、傷つけてしまう。相手に不信感を持たれてしまう」

実務修習の所轄署巡りは気苦労の連続だったに違いない。だから塩見の陰に隠れるような態度になってしまった。一方で、千住消防署では堂々としていられた。初対面の人達ばかりしかいないとわかっていたからだ。

「加山が脱走したときの対応もひどかった」

背恰好《せかっこう》が同じ女性と小春を間違えたのだ。

「挙句、別の場所で加山とすれ違っていたのに、見逃してしまった。そりゃ加山は怒ります。教官に失望もしますよ！」

ずっと黙っていた五味が、口を開いた。

「塩見、落ち着け。言い過ぎだ」

塩見は立ち上がってしまった。

「甘粕教官。僕や学生たちは、あなたにとってなんだったんですか」

仁子は黙っている。

「警察組織の中で生き残るための、リハビリ相手ですか。警察官になりたいと必死に頑張る学生たちを、教官は自分の症状改善のために利用したんですよ！」

仁子の涙はもう止まっていた。彫刻のように固まっている。

「なんとか言ってください！」

「塩見、もういいだろう」

五味は立ち上がり、塩見の腕を引いた。

「よくないですよ！」

むきになってしまい、塩見は腕を振った。仁子に訴える。

「せめて僕には言ってほしかった。助教は教官の女房役であると、初めて会った時から何度も言ってきました。なにかあればSOSを出してほしい、手伝うし助けるとあなたに伝えてきました。そのための場も設けようとしたし、あなたはかつてここに来てくれたじゃないですか。そして僕の顔を触っていたことがあったでしょう。あなたはあの瞬間に、僕に言えたはずです」

顔がわからない、と――。

塩見は、五味に止められたのに、言ってしまった。

「あなたは結局、警察官という自分の肩書を守りたかっただけの、最低の教官だッ」

冬休みに入り、塩見は大月の実家に帰った。警察の誰にも会いたくなかった。仁子にも、五味にも高杉にも、学生たちにも。

初日は実家でゴロゴロし、二日目は地元の仲間たちと飲み歩いた。アイツは転職したとか結婚したとか、話が入ってくる。

相貌失認《そうぼうしつにん》の女性警察官のことなんか、考えないようにした。

大晦日《おおみそか》になると、弟一家が訪ねてきた。年子の弟は父親の工場を継いでいる。二十六のときに高校時代の同級生とできちゃった結婚をした。まだ二歳にもならない姪《めい》っ子と遊んでいると、ブーちゃんを思い出す。姪は五味の娘と同い年だ。

元旦《がんたん》に車で地元の岩殿山《いわどのさん》の中腹まで行き、神社で初詣《はつもうで》をした。氏子がお汁粉を振る舞っていた。塩見はよちよち歩きの姪っ子と手をつないで、お汁粉をもらい、見晴台のベンチに座った。

雪をかぶった富士山がよく見えた。

結衣からメールが届いた。大晦日から夜通し、大学のサークルの仲間たちと静岡方面をドライブしてきたらしい。富士山の反対側から見た初日の出の画像を送ってくれた。

塩見は山梨県側からの富士山の画像と、姪っ子の画像を送った。ブーちゃんと同じかそれ以上にかわいいだろうと打ってみたら、結衣が張り合うように、元旦に家族で撮った画像を送ってきた。五味と綾乃と結衣の三人がソファに座っている。五味が二歳の娘を抱き、綾乃と結衣が生後三か月の双子の男児をそれぞれ抱いて微笑んでいる。

「どれだけ平和で幸せなんだよ」

塩見は笑ってしまった。結衣はこれから大学の仲間たちと伊豆熱川を回り、熱川バナナワニ園に行くとあった。冬休みがあけてすぐに、熱川へ卒業旅行がある。どういう顔をして卒業旅行を楽しめばいいのかわからない。姪っ子が、話しかけてきた。

「けいくんて、せんせいなの？　おまわりさんなの？」

「両方だよ。おまわりさんに教える、おまわりさんのせんせい」

姪っ子はわかったようなわからないような顔をして、お汁粉を呑《の》んだ。ぷっくり膨れた頬にあずきがついていて、かわいらしかった。

「おしごと、たいへん？」

塩見は富士山を見つめた。

「大変だよ。すごく」

「え、なんで？」

「やめちゃえばー」

「パパが、人が足りないって。おにいちゃん、戻ってこないかなーって」

「おにいちゃんは、警察が好きなんだよ」

「ふうん」

「だから辞めないよ。警察が、好きだからさ……」

塩見は涙があふれてきた。どうしても警察を辞めたくなくて症状を隠し通した仁子の気持ちが、痛いほどによくわかる。嘘をつく方が辛《つら》かったはずだ。症状を隠したばかりに苦労は増えただろう。それでも言わなかったのは、警察を辞めたくなかったということ以上に――。

希望があったからだろうか。

小倉教官と、同じ釜《かま》の飯を食った仲間たちの顔だけはわかるのだ。教場にいれば症状が改善していくと思ったと、仁子は話していた。

頭ではわかっているのに、塩見は強く、仁子を非難してしまった。

本当は仁子ではなく、自分に腹を立てていたのだ。

仁子はSOSを出していた。気づいてやれなかった自分が悔しくて、五味が止めるのをおかまいなしに、仁子を責めてしまった。

塩見は姪を弟に託し、ひとりでベンチに戻った。富士山を眺めながら、仁子に電話をかける。すぐに電話がつながったが、探るような声音ではあった。

「塩見です。あけましておめでとうございます」

「あけましておめでとう」

「今年もよろしくお願いします」

仁子は、はい、とだけ答えた。はにかんでいる。そっけない感じはしなかった。

「いま、なにしているんですか」

「お餅《もち》を焼いているところ。お雑煮を作ったの」

「ひとりですか」

「うん」

外に出るのは億劫《おっくう》だろう。

「俺の地元に来ませんか。吉祥寺でしょう。中央線の大月行きに乗れば一本で来られますよ。特急あずさに乗ればもっと早く着きます」

仁子が黙っているので、塩見は必死になってしまう。

「富士山がよく見える場所があるんです。羨《うらや》ましがっていたじゃないですか。いま、富士山を見ているんですよ」

「いまから大月に来い、ってこと？」

仁子はクスクス笑う。塩見は「是非に」と念押ししたが、仁子が悲しそうに言う。

「待ち合わせが難しいよ。私は塩見君の顔がわからないから」

塩見は慌てて謝った。

「冬休みがあけたら、すぐに卒業旅行だよ。きっと熱川から富士山がよく見えるよ」

「じゃあ、そこで一緒に見ましょうか」

「うん」

短い返事だったが、どこか無邪気だった。クスクス笑っている。

「なんで笑っているんですか」

「いや別に」

「じゃあまた冬休み明けに。失礼します」

「またね。塩タレ」

スマホを耳から離しかけていたのに、塩見は通話に戻った。

「なんでいま、塩タレ？」

塩見も笑ってしまう。

「いっぱい怒られて、むかついていたから」

「言い過ぎました。ごめんなさい」

「卒業旅行、楽しみだね」

電話はそれで終わったが、塩見は富士山を見て、悲しみが込み上げる。

楽しいはずはない。仁子は学生の顔もわからないのだ。団体旅行での移動は教場で学生が座っている時とは違う。みなばらけて動く。仁子が席替えを頑《かたく》なに拒んだのは、誰が誰だかわからなくなるからだろう。席順で覚えてしまえば、いちいち顔や名札を観察してから誰なのか認知するという手間が省ける。学生に威圧感を与えなくて済む。

卒業旅行は、仁子にとっては苦行でしかないはずだ。

――俺が支えなくて、どうする。

塩見は一三三〇期甘粕教場の、助教官なのだ。


冬休みが終わり、学校が再開した。警察学校の学生たちは前日のうちに学校に戻ってきている。他の教場では何人か、ふるさとから戻ってこなかった人がいたようだ。生まれ育った場所で羽を伸ばすと、その羽をしまうことができない学生が、毎回いる。

幸い、甘粕教場は三十九人全員が元気に学校に戻ってきた。

堀田光一の逮捕は発表されている。警察学校にも正式な報告があったが、脚を自分で本当に切断したのかは、裏取りができていない。常人には理解できない事案だけに、切断に使った刃物を発見して証拠が出るまで、警察は発表しないようだった。

堀田光一は左半身麻痺《まひ》という疾患を抱えているので、留置場に置くことは難しい。措置入院させている。真相はだいたい見えてきたが、世間に公表されていることは殆《ほとん》どない。兄の真也の行方はようとしてつかめていない。

慌ただしく新年の授業が始まった。一三三〇期は卒業が近い。仁子も塩見も多忙にしていた。採点、評価表の作成など、いつにも増して雑務が増える時期だ。

仁子の相貌失認《そうぼうしつにん》について、改めて二人で話はしていない。学生にこのまま隠し続けて、卒業配置先へ送り出してしまうのか。仁子がどう考えているのか、塩見は触れることができなかった。

塩見に最大の秘密を知られたいま、仁子は気が抜けてしまったようだった。

いま、教場から出てきた学生は誰なのか。廊下ですれ違った学生は誰なのか。話しかけてきている学生は誰なのか。仁子は以前まではほくろや耳の形、鼻の高さと、声や体格などから察しようと、必死に努めていたはずだ。

仁子は努力をやめてしまった。

学生をよく間違えるようになった。

「ごめん、本当にごめん。悪気があったわけじゃ……」

いまは教官室のデスクで、頭を抱えながら小春と電話をしている。

小春は柴田の反省文で心を動かされたようだ。改めて復帰に向けて相談をしたいと、年が明けてから仁子や塩見に持ち掛けていた。採用試験を受け直すのか、再採用ということで別途試験を受けるのか、本部の人事と話し合うつもりだったが、堀田の逮捕と仁子の病気のことで、塩見は手がいっぱいだった。

いま、電話口から小春が怒ったような声が漏れ聞こえてきた。電話を切られたのか、仁子が話し途中でため息交じりに電話を切った。

「加山、どうしたんですか」

「早く話を進めたくて焦っているのよ。昨日、警察学校に来ていたみたい」

「え、練交当番からそんな連絡はなかったですが」

「正門の前で、帰りがけの私とすれ違ったんだって」

仁子は、それが小春だと気が付くことができず、通り過ぎてしまった。

「加山も加山ですよ。声をかければいいのに……」

「目が合ったから微笑んだらしいの。でも私は表情も認識できないから……」

表情が認識できないのなら、目が合ったことも、よくわからないのかもしれない。だが事情を知らない相手からしたら、目が合って微笑みかけたのに無視されたと思い、気を悪くするだろう。

「親身になったり冷たくしたり、甘粕教官は私を弄《もてあそ》んでるだけだって」

「加山が退職する前は、どうやって区別をつけていたんですか?」

「声でわかるんだけど、あの子の場合は独特の手癖があってね。ただそれは私がじーっと見つめたときにしかでないクセなの。道端でばったり会ったときには出ないから、私は区別がつかないのよ」

「早いところ、病気のことを伝えた方が良さそうですね」

「卒業旅行まで待って。いまはとても気持ちが追いつかない」

一三三〇期の男性教官が、仁子を呼んだ。

「甘粕教官！　月末のテストのことでご相談が――」

仁子は戸惑った様子のまま、立ち上がる。塩見はこっそり教えた。

「国語担当の佐藤《さとう》教官です」

「ありがとう」

仁子は教場の学生たちの成績一覧表ファイルを取り出し、椅子の足につまずきながら、教官室を出て行った。廊下で喜島から「こんにちは！」と笑顔で挨拶《あいさつ》されていたが、恐らく仁子はあれが喜島だとわかっていない。泣きそうな笑みで応《こた》えていた。


卒業旅行の日がやってきた。川路広場で一三三〇期の学生が整列している。外出時はリクルートスーツと決まっているが、卒業旅行の時だけは、もう少しラフな服装が許される。スラックスの色は決まっていて、上衣も襟付きのものでなくてはならないなど、厳しい決まりがある。ワイシャツにVネックのセーターという恰好《かっこう》の学生が多かった。女警は黒か紺色のカーデガン姿が多いが、形には決まりがない。丸首のセーターの者、ざっくりしたカーデガン、ワンポイントがついたVネックのセーターを着ている者など、よく見るとバラエティに富んでいる。

仁子は混乱している。目が回る、と塩見にだけ聞こえる声で、呟《つぶや》いた。

チャーターした八台のバスにそれぞれの教場の学生たちが乗り込む。甘粕教場は、統括係長が同乗する予定だった。当然、教官助教は気を遣う。仁子が混乱しているから、塩見は高杉に相談し、統括係長のお世話を頼んだ。

「しょうがねえな。宴会で何歌うか、バスん中で係長と相談しておくわ」

高杉だけは仁子の相貌失認を知っている。主任教官にはまず一番に、と仁子が自ら申し出た。仁子は他の教官や助教にも話すつもりでいたようだが、高杉が止めた。

「まずは自教場の学生たちだろ。あいつらに話してからにしろ」

言う機会がないまま、卒業旅行になってしまっていた。

バスが出発する。仁子はバスの座席表を必死に暗記していた。塩見は気遣う。

「大丈夫ですよ、僕がフォローしますから」

すると今度、仁子はスマホで中年男性の画像をじっと眺めはじめた。

「それは誰ですか」

「バスの運転手さん。旅行中に駐車場とかサービスエリアですれ違った時、スルーしちゃったらまずいでしょう」

じろじろと顔を見るのは失礼なので、隠し撮りをして、特徴を暗記しようとしていたらしい。丸顔で髭《ひげ》が濃いとか耳たぶが大きいとか、特徴を呟いている。

塩見は訊《き》いてみた。

「教官は、僕をどうやって識別しているんですか」

「声を聞けばわかるよ」

「最初のころは？」

「太くてまっすぐな眉毛《まゆげ》と、まっすぐの鼻筋かな。顔に定規を当てたような感じ」

塩見は苦笑いした。

「高杉教官は？」

「あの人は体の大きさが一回り大きいから、それだけでわかる。ゴリラが近づいてきたと思ったら、高杉教官」

塩見はとうとう笑ってしまう。

「五味さんは？　僕と見分けをつけるのが難しかったみたいですが」

「彼も眉毛と鼻筋がまっすぐなんだよね。でも五味さんは、鼻の穴の形が左右合わせてハート形に見えるの。塩見君は、正面から見たときの鼻の穴が見えないタイプ」

そんなに細かいところで区別をつけていたのか。サービスエリアで休憩になったが、仁子は降りなかった。バスに残っているという。

「トイレは大丈夫ですか」

「飲まないようにしていたから、大丈夫」

女子トイレは並ぶだろう。前後左右に教場の誰かが並んでいても、仁子は咄嗟《とっさ》にそれが誰なのかを判別することができない。小春を怒らせたように、目が合ったのに逸《そ》らしてしまったら、相手を悲しませてしまう。

仁子の日常は、塩見が予想していた以上に過酷だ。


伊豆熱川に到着してすぐ、レストランで昼食になった。あらかじめ席が決まっていたので、仁子はほっとしたようだ。同じテーブルに着く学生たちと談笑していた。ビーチに出ると途端に混乱した様子だった。学生たちがはしゃぎ、走り回るからだ。ついさっきまで横にいた喜島が、川野にすり替わっている。やかましく学生が騒ぐ中では、人の声も判別しづらいだろう。仁子は、「一緒に写真撮りましょう」と手を引いてきた隣の教場の女警を、美羽と勘違いしていた。

隣の教場でVネックのセーターを着ていた学生が、仁子の目の前で転んだ。「大丈夫、喜島」と間違えて声をかけてしまう。喜島はニキビがすっかり落ち着いている。

「最近は喜島が一番、判別しにくい」

仁子が嘆いた。人の顔に変化があると、混乱するようだ。

「一度、特徴を脳にインプットしたら、ニキビ面は喜島というふうに回路が出来上がるんだと思う。だからそれがなくなると、途端にカオスよ。やっかいな脳みそしてるよね」

塩見は気遣った。

「ここでの監督は僕に任せて下さい。甘粕教官は休んでいていいですよ」

一人でホテルに向かう仁子の背中を見送る。

今日は曇っていて、富士山が見えない。


仁子は夜の宴会にも顔を出さなかった。「こんなに緊迫した私がいると場がしらける」と膳《ぜん》をホテルの部屋に持ってこさせて、ひとりでちびちびと会席料理を食べていた。

「酔っぱらって前後不覚ってことにしちゃえばいいんじゃないですか」

「酔える状況にないわ。ごめんね」

塩見はあきらめて、ひとりで宴会に出た。一三三〇期は殆《ほとん》どがまだ十九歳なので、酒を飲めるのは中途採用の者や教官助教だけだった。コーラやオレンジジュースで乾杯しているのを見たら、教官助教も、大卒期の卒業旅行のときのように、浴びるほど飲むことはできない。塩見は瓶ビールを持って酌に回った。高杉のグラスに注いでいると、仁子のことを訊かれる。

「体調が悪いので先に横になっていますが、大丈夫です」

高杉は遠い目になって、ビールを飲んだ。

「お前や五味にバレて、緊張の糸が切れちゃったんだろうな」

塩見は自信がなくなってしまい、高杉につい愚痴をこぼした。

「指摘しない方がよかったんでしょうか」

「そんなことはない。本人はずっとギリギリのところで踏ん張ってたんだ。いま甘粕はすごくラクになったんだとは思うぞ。ただ、問題は山積みだ」

高杉が、甘粕教場の学生たちが並ぶ列を振り返った。

学生たちに告白するのか。言わないまま、送り出すのか。

ビンゴ大会が始まった。大盛り上がりの中で、塩見は宴会場の入口に浴衣《ゆかた》姿の仁子がいることに気が付いた。髪が濡《ぬ》れていて、首からタオルを下げていた。宴会中に大浴場へ行っていたのだろう。風呂《ふろ》の時間さえも、学校関係者と鉢合わせしないように気を回していたことに気が付く。

宴会場に並ぶ警察官たち一人一人の顔を凝視している。誰かを捜しているのかもしれなかった。塩見は声をかけにいこうとしたが、隣の席の喜島に教えられる。

「教官、ビンゴになっていますよ」

美羽に腕を引かれ、抽選くじを引く列に並ばされた。仁子はいなくなってしまった。

宴会場ではみな、浴衣かその上に羽織を着ている。私服は殆どおらず、人の区別をつけるのは容易ではないだろう。仁子は誰を捜していたのか。

――俺を捜していたのかな。

〝私は塩見君の顔がわからない〟と仁子は言った。

塩見は元旦《がんたん》に大月に誘ったことを咄嗟に謝ってしまった。謝るべきでなかった。あの時、こう言ってやるべきだったのではないか。

〝僕が見つけるから、大丈夫〟

塩見は抽選箱に手を入れてくじを引いた。はずれだった。


翌日、熱川バナナワニ園に到着した。入園ゲートはこぢんまりしている。混み合わないように、駐車場で教場ごとに待機させながら、順に入園させる。

仁子は駐車場で待機中、自教場の女警たちに囲まれていた。体調があまりよくないと、美羽らは心配しているようだった。ようやく入園ゲートに向かう。柴田が点呼する脇を、一般客が入っていく。平日の昼間なのですいてはいるが、やはり団体は好奇の目で見られる。

点呼の報告を柴田から受ける。仁子が了承し、改めて集合時間を伝えようとしたところで、柴田がひっそりと尋ねてきた。

「さきほどあちらのご老人から話しかけられたのですが」

チケット売り場に並んでいる老夫婦を、柴田は指した。

「これは何の団体なのか、と。この場合はどう答えたらいいのでしょうか」

バスには『府中企画』というダミーのプレートがかかっている。一般市民から直接に尋ねられると、ちょっと困ってしまう。仁子が柴田にアドバイスをする。

「あの通行人がどうして尋ねたのか、その理由を考えてみたら？」

柴田はじっと考え込んでしまった。

「どんな団体なのか見当がつかなくて、不安なのかもしれないよ」

納得したようだ。老夫婦が入園しようとするところを見計らって、柴田が声をかける。

「僕たちは、警察学校の学生です。いまは卒業旅行で熱川に来ています」

老人は驚いている。

「警察学校か。どうりでみんな、似たような髪型をしていると思った」

「そうなんです。頭髪に厳しい規定があるもので……」

「わざわざ教えてくれてありがとう。本当はあまり言わない方がいいんだよね」

察したように老人は気を遣った。

「いえ、我々はもうすぐ卒業でして、はしゃいでしまうのがいるかもしれません。ご迷惑をおかけしていたらすみません」

「せっかくの卒業旅行だろう？　はしゃいじゃないよ。黙っているからさ。あははは」

恐縮している柴田の肩を、老人が気安く叩《たた》いた。

「これから日本の治安をよろしく頼むよ。熱川を楽しんで」

老夫婦は園に入っていった。柴田はしばし立ち尽くしていた。目に涙が浮かんでいる。

「柴田、いい顔をしていますね」

塩見は隣で見守っていた仁子に思わず言ってしまった。仁子は顔がわからないのに。

塩見は慌てて、状況を説明しようとした。

「大丈夫よ、話の流れでわかるから」

仁子はしみじみと言う。

「柴田には誰よりも厳しい指導をしちゃったけど、私も彼と同じだね」

「同じ、というのは？」

「私は人の顔がわからない。柴田は人の心がわからなかった。わからないから不安になって、殻に閉じこもっちゃった。そして必要以上に警戒してしまう」

仁子は寒そうに、マフラーの中に顎《あご》を沈めた。

「自分が何者であるか堂々と言うべきだったのは、私の方だ」


昼時、分園にあるフルーツパーラーは警察学校の学生だらけだった。一般客に迷惑にならないように、時間は分散させている。学生たちは園名物の豪華なフルーツパフェを写真に撮って楽しんでいる。

「パフェを一気食いして炎上させるなよー」

塩見は川野の頭をぐいと撫《な》でる。みんな大笑いしていた。

仁子の姿がない。殆どの学生が本園を見終わり、マイクロバスや徒歩で分園に来ている。本園に残って頭を休ませているのだろうなと思った。塩見は徒歩で本園に戻り、入口近くのジューススタンドでバナナジュースを二つ買った。

案の定、仁子は池のそばにあるベンチでぼうっとワニを見つめていた。入園口に近いので、学生たちが最初に見学に来る場所だ。

塩見は仁子の隣に座り、バナナジュースを渡した。

「おいしそうだけど、寒そう」

二人で飲んだが、バナナジュースは確かに寒い。会話はあまりなかった。

「ずっとここに座ってたんですか」

仁子は微笑み、頷《うなず》いた。

「めっちゃワニ好きの人みたいじゃないですか」

仕切られた金網や水槽の中に、種々様々なワニがいる。このワニ園だけで百四十頭近く飼育しているらしい。

「あの子たちもひとりひとり、名前がついているらしいよ。飼育員さんに教えてもらった。私があんまり長くここにいるから、マニアだと思われたのかな」

仁子が方々にいるワニを指さした。

「体がバーバリーチェックみたいな柄なのが、クチヒロカイマン。その中で一番体が大きいのがカイ君。目が真っ黒でくりくりしている子が、メガネカイマンね。額に傷のある子がいるでしょ。それがメイちゃん」

「全然わかりませんよ。よく覚えましたね」

塩見は笑い、バナナジュースを飲んだ。笑うべきではなかったと気づく。

あれが、仁子の見ている世界だ。誰が誰なのか特徴を見つけ頭で考えないと区別がつかない。相手はそうとも思わず気軽に話しかけて、自分が誰なのか相手がわかっている前提で、声をかけてくる。

「やばいね。相貌失認症《そうぼうしつにん》患者としてスキルアップしちゃってる」

仁子は微笑んでいたが、ため息をついた。

「塩見君の言う通りだよ。私は学生たちをリハビリ相手にしていた」

「あれは僕が言い過ぎました。すみません」

「いいのよ、本当のことだから。私はせめて塩見君には言うべきだった」

塩見は黙ってバナナジュースを飲んだ。寒かったのに、いっきに飲んでしまった。体が内側から冷える。思い切って尋ねる。

「昨夜、宴会場にちらっと顔を出していましたよね」

バレてた、と仁子はおどけた。

「もしかして、僕を捜していましたか？」

仁子は微笑むばかりだ。

「すみません。やっぱり僕から声をかけるべきでした。これからは——」

僕が見つけます。そう言おうとして、遮られる。

「塩見君、春から捜査一課に戻るんだよね」

唐突な質問には、拒絶するような感触があった。塩見は頷く。

「内示がそろそろ出るころかと思います」

「ごめんね。塩見君最後の教場を、理想とはかけ離れたものにしちゃった」

塩見は言葉に詰まる。恐る恐る、仁子に訊《き》く。

「甘粕教官はこの後、どうするんですか」

「警察を辞めるよ。辞めて休む」

「ちょっと待ってください」

「疲れた。本当に、疲れた」

言葉のわりに、仁子はすがすがしい顔をしていた。

「バレたから辞めるんじゃないよ」

笑顔で塩見に言う。

「相貌失認でも警察学校でならなんとかなるだろうと思って、チャレンジした。結果、ダメだったということ」

「ダメじゃないです。三十九人が卒業見込みです。加山小春を戻すのもこれからじゃないですか」

「もちろん、加山の件に決着をつけてからね。だけど、同じことをまた一から始める気力がもうないの。幸い、島本さんが私を待っていてくれてる」

「島本さんは、教官の病気のことを知っているんですか」

「もちろん。ずっとそばにいてくれたからね」

島本とは何度か酒を飲んだ。仁子のことを何でもかんでも話しているようでいて、病気のことは決して口にしなかった。仁子が土産物ショップの方を振り返る。

「土産物屋に、バナナの形をした指輪が売ってたよ。買って帰ろうかな。それで島本さんに逆プロポーズするの」

仁子はアハハとわざとらしく笑いながら、立ち上がった。

「これでめでたし、めでたし」

明るく笑う人だった。これが本来の仁子なのだろう。西の空を見上げた。

「結局、富士山は見えないね」

「今日は一日中曇りの予報みたいですからね。いつか大月に来てください」

人妻を誘うの、と仁子がふざける。

「もう結婚できる前提でいるし。逆プロポーズに自信満々っすね」

からかってやりながら、売店に向かう仁子の姿を、塩見は悲しく見送る。警察を辞め、島本と結婚したところで、彼女は幸せになれるのだろうか。安心した日常を過ごせるのだろうか。子供がもし生まれたら、その子の顔を仁子は認識できるのか。警察を辞めたところで、あの障害を抱えている限り、仁子に逃げ場はない。

はたと顔を上げる。仁子は、一二〇六期小倉教場の面々だけがわかると言っていた。島本の顔は、認識できているのだろうか。

卒業旅行の翌日は振替休日になっている。塩見は夕方、桜田門《さくらだもん》にある警視庁本部庁舎に向かった。受付で公安三課の島本を呼び出してもらう。アポを取っていなかったからか、受付の女性は内線で説明を繰り返している。

「来庁されているのは、警察学校の塩見圭介巡査部長です。漢字は……」

塩見はメモ用紙に追記し、甘粕教場の助教官であることも付け加えるように頼んだ。

受付女性は相手とやり取りのあと、塩見に尋ねる。

「甘粕仁子さんのことで、間違いないですか」

「ええ。僕は甘粕仁子教官の部下です」

受付の女性が電話口に伝えた。ようやく相手は了承したようだ。

「ロビーにいらっしゃるそうです。そちらのソファでお待ち下さい」

十分待っても、島本はやってこなかった。先ほどの受付との電話にしろ、塩見が直接訪ねてきたことを、よく思っていないのかもしれない。島本はたびたびアポなしで仁子に会いに警察学校に来ていたのに……。

そういえば、ここのところ島本の姿を見かけていなかった。一三三〇期が入校したときは何度も来校していた。急にぱたりと来なくなった印象だ。

受付に立つ男性が、ちらちらとこちらを見ていた。受付女性が身を乗り出し、塩見を指さしている。男性と目が合う。地味なネクタイをしめた、表情に乏しい人だった。

男性が塩見に近づいてくる。不思議に思いながらも、塩見は立ち上がり、頭を下げた。

塩見さんですかと声をかけられる。

「ええ。警察学校の塩見です」

「私になにか用事があるということですが」

塩見は何度も瞬きしてしまった。見知らぬ男も、狐につままれたような顔をしている。

「公安三課の島本さんを呼んだのです。下の名前を存じていなかったので、人違いかもしれません。他に島本さんはいませんか」

「公安三課で島本は私だけです」

あの島本は異動してしまったのだろうか。もしくは、公安の別の課の人だろうか。塩見は公安部の構成をよく知らない。目の前の島本に謝罪し、改めて受付に行って探そうとしたが、止められた。

「甘粕仁子さんの部下の方だとか」

「ええ。甘粕教場の、助教官をしております」

もう一人の島本は、どこか悲し気に何度も頷く。

「もう復帰されていたんですね。警察学校であれ、職務に復帰できて本当に良かった。ずっと心配していたんです。あの日、僕は甘粕さんと一緒にお台場で食事をしていたものですから」

塩見はまた目が点になった。

「そのさなかに、甘粕さんは指名手配犯を発見したんです。態勢が整っていないので、追尾はやめた方がいいと言ったんですが……」

島本は俯《うつむ》き加減で続ける。

「湾岸署に応援要請をして、本部の捜査一課にも一報は入れました。彼女を追ってビーチに出たときには、もう二人の姿はなかった。いったん湾岸署に入り、捜査体制のことを聞き出そうとしたところで、転落の一報が入ったんです」

塩見は混乱する一方だった。島本は言い訳をしている。

「僕は、甘粕さんが救急搬送された病院に駆けつけたのですが、ERで彼女の変わり果てた姿を見て、頭が真っ白になりました。受け入れがたかったというか……」

島本はどうやら、懺悔《ざんげ》をしているようだった。

「つい一時間前まで、デートをしていた相手です。しかも初デートで、半分お見合いでした。僕もだし、彼女も好意を持ってくれている気がしました。だからこそ意識不明で重体の彼女を見て……」

島本は頭をちょこんと下げた。

「あの場から逃げてしまった僕を、甘粕さんは怒ってらっしゃいますよね」

頭を下げたまま、上目遣いに塩見を見る。

「一度、言い訳――いや、謝罪させてもらえる機会があれば、幸いです」

「会ってないんですか」

塩見の質問は、消え入りそうだった。頭が大混乱に陥っていた。

「ええ。一命は取り留めたとは聞きましたが、あの日に初対面だった僕が会いにいったところで、立場的に微妙です。ご家族もいることでしょうし。一度も会えないまま、時だけが過ぎてしまいました」
塩見は背を向けて警視庁本部を飛び出した。仁子に電話をかける。
島本のふりをして警察学校に足を踏み入れていたあの男は、いったい何者だ。

# 第七章　正　体

甘粕仁子はホテルの部屋の姿見の前に立っていた。今日はベージュのワンピースを着ている。背後のバスルームに入り、メイクを確認する。今日も、知らない誰かの顔がそこにある。

人の顔を認識しようとするとき、直前に見た人の顔の一部が混ざってしまうことがある。自分の顔をパーツごとに確認していくと、そこには確かに自分の目と鼻と耳、唇や頬があるのだが、全体像でとらえようとすると途端に、直前に見かけた人の顔が混ざる。今日は、ホテルのチェックイン業務をしてくれたフロントの男性の顔が混ざってしまっていた。

男の顔の一部が混ざり込んだ自分の顔は、いびつなモンタージュ写真のようだ。気持ち悪くて仕方がない。なるべく全体を見ないように、ひとつひとつのパーツに集中しながら、慎重にメイクを直した。

島本からメールが入った。いまホテルに着いたという。部屋番号を教えた。すぐに行く、と返信があった。

仁子は窓辺に近づいた。ツインベッドルームの部屋は総ガラス張りで、東京湾東航路が目の前だ。右手にレインボーブリッジが見える。屋形船は出ていなかった。

このホテルで、仁子は島本と出会った。そして人生が一変した。いまここに立ち、島本を待っていることに、感慨があった。

ここお台場で相貌失認《そうぼうしっにん》という障害を負った。警察学校でもやり直せなかった。結局、仁子はここで島本を待っている。遠回りをしたが、島本と生きる運命なのだ。

チャイムが鳴る。仁子は部屋を開けた。

「仁子。ただいま」

島本がいつもの調子で呼びかけた。顔を見ても知らない人だ。それが島本であるとすぐにわかるように、「仁子、ただいま」と島本は言う。声で判別できるからだ。「仁子」だと短すぎてわからない。もう少し長く声をかけてと頼んだら、「ただいま」と付け足してくれるようになったのだ。

念のため、ネクタイも確認する。島本は仁子と会う日は必ず、初めて会った日に着けていた青と黒のストライプのネクタイをしてくれている。無邪気な八重歯も目印になるが、笑ってくれないとわからない。声とネクタイなら一秒で確認できる。

「かわいいね、そのワンピース。どうしたの」

「察してよ、このホテルを取ったことだし」

「ここは特別なホテルなの？」

仁子は用意していたシャンパンを開けた。

「覚えてないの？」

「ごめん。誕生日ディナーのときだっけ？」

島本はグラスを取った。

「それは豊洲《とよす》のレストランよ。初めてデートしたのが、ここのホテルだったでしょう？」

島本は口ごもる。

「そうだったね。ごめん……。あの日のことは、あまり思い出したくなくて」

島本の指が伸びてきた。

「あの日のことは封印した。仁子も思い出すのがつらいだろ」

頬をなでられる。島本の大きくてざらついた手が首の後ろまで伸びる。唇が重なる瞬間、仁子は慌てて目を逸《そ》らし俯《うつむ》いた。島本の声もネクタイも見慣れて親しみはあるが、顔は知らない。顔だけは、今日、初めて見た人なのだ。知っている人だとどれだけ自分に言い聞かせても、どうしても、『今日初めて見かけた人』と性的な接触はできなかった。

「まだ乾杯していないよ」

仁子はそれとなく顔をそむけた。島本が無理強いをしたことはない。黙って身を引いてくれる。今日はちょっと、意地悪だった。

「そんなかわいい恰好《かっこう》をして、しかも湾岸エリアの夜景が見られるホテルの部屋にまで呼び出しておいて、まだダメなの」

「わかってるけど、もうちょっと待って」

仁子は島本にグラスを持たせて、乾杯した。一気に煽《あお》る。

「酔っぱらっちゃえば、たぶん、怖くない……かな」

島本は何も言わずにソファに座り、じっと仁子を眺めている。昔から島本は、仁子をこうしてただ見ている。見守ってくれているのかもしれないが、仁子には表情を読み取るのがとても難しい。観察されているように感じるときもあった。

島本がボトルを取り、二杯目を注いでくれた。喉《のど》は渇いていないので、あまりペースが進まない。やはりワインかウィスキーに切り替えようか。早く酔いたいのだ。仁子は立ち上がり、冷蔵庫を開けた。

「島本さん、次はなにを飲みたい？」

「もっと飲みたいなら、上のバーに行こうか」

仁子は首を横に振った。

「真剣な話をしたいから。ここで」

島本は頷《うなず》き、缶ビールを受け取った。あまり深刻にならないように、伝える。

「私、警察を辞めることにした」

島本はひとつ大きく瞬きをして、仁子を見返した。

「もう疲れちゃった」

「次の人生は？」

警察官を支える人になりたい。そう伝えようとしたとき、バッグの中でスマホがバイブしている音がした。

「ちょっと待っててね」

もたもたしているうちに、留守番電話になってしまった。塩見からの着信だった。かけなおそうとして、メールが入る。夕方、桜田門本部へ行っていたらしい。

「誰から？」

「塩見君よ。今日、本部に行っていたみたい」

塩見から続きのメールが入った。

『公安三課の島本さんと会ったのですが、別人です！』

仁子は全く意味がわからない。

「なんかよくわかんないこと言ってる」

苦笑いで、島本に塩見のメールの画面を見せた。島本の表情がさっと変わる。立て続けに塩見からメールが入った。

『甘粕教官につきまとっている島本傑は偽物です！　素性がわかるまで、絶対に会わないでください！』

仁子は島本を見た。島本も仁子を見ている。仁子には表情がわからない。

突然、島本に手首をつかまれた。スマホが落ちる。背中の後ろに手首をひねりあげられた。ベッドに押し倒される。

「やめて何するの！」

この人は私の知っている島本ではない。誰か別の人が来てしまったのだろうか。間違えて招き入れてしまったのだろうか。いつだったか、五味が扉を開けたのに塩見だと勘違いしてしまった。あの時みたいなことがいま、起こっているのだろうか。いや、塩見は島本は偽物だったと言っている。なにがなんだかわけがわからない。

「バレちゃったみたいだね！」

男が仁子の耳元に怒鳴った。確かに仁子が記憶している島本の声なのに、しゃべり方が全く違う。男が仁子の手をひねりあげたまま仁子の上に乗る。男の体重に押しつぶされて、息が苦しい。

「残念だよ、もうちょっと公安刑事という立場を楽しみたかったのに」

仁子は右腕で、男の顔面に肘鉄《ひじてつ》を食らわせた。男が脇に転がり、うめく。仁子は男の腕をふりほどき、絨毯《じゅうたん》の上に転がり落ちた。シャンパンボトルを振りかざし、更に襲い掛かろうとした男の頭に振り下ろした。

男は悲鳴を上げて、床の上に倒れた。

「お前は誰だ！」

仁子は叫んだ。男は痛そうにしているが、流血はしていない。髪に残ったガラスの破片を、頭や手を振って振り落とす。

「そんなかわいい恰好でこんなロマンチックな部屋に招待しておいて、結局シャンパンボトルで殴るなんてひどいだろ。じっくり君の心と体を弄《もてあそ》びながら復讐《ふくしゅう》心を満たそうと思っていたのに」

「復讐……？」

男は笑っているのか、痛くて泣いているのか、判別がつかない。

「あの日――しつこい女刑事に追われているから助けてくれと、弟から電話があった」

なんの話をしているか、すぐにわかった。

あの日。仁子がレインボーブリッジから転落した日だ。

弟。堀田光一のことだ。

つまり目の前にいる男は、堀田光一の逃亡を支援した、兄の堀田真也か。

「僕がかけつけたときには、もう君たちは落下したあとだった。救急車がレインボーブリッジを出発したのが見えた。僕は慌ててタクシーをつかまえて、救急車を追いかけた。弟は海に落ちたとも知らずにね」

搬送されたのは仁子だけだと知り、堀田真也は地団太を踏んだという。

「君は昏睡《こんすい》状態で知らないだろうが、あの日のERは混乱の極みだった。次から次と警察関係者が押し寄せてきた。僕は弟の居場所を突き止めるために、一般外来客のふりをして、刑事たちのいろんな話を聞きかじったよ」

落下したのは、見当たり捜査員の甘粕仁子、三十二歳の女性刑事。知人男性と食事中に、指名手配犯の堀田光一を発見した——。

「その時、やたら言い訳をしている男を見かけたよ。〝無理に追うなと甘粕さんを止めたんですが、僕の手を振り払って行ってしまいました〟だってさ」

本物の島本傑だろう。

「どうやら弟は海に落ちたという。警察より早く見つけなくてはならない。自宅に帰り、パソコンで名刺を作った。警視庁公安部公安三課、島本傑」

ピーポくんの絵柄まではめこんで、大量に刷ったそうだ。

「島本という刑事が身に着けていたものと同じ色と形のスーツを着て、同じネクタイを百貨店で買った。髪も黒く染め直して、公務員らしく整え、翌朝に君の病院へ行った」

病院の受付は名刺を見せただけで、仁子が入院している病室を教えてくれた。

「どういう状況でどこに弟は落下したのか、君なら知っているかもしれないから、接触する必要があった。無駄だったけどね」

仁子は長らく昏睡状態だったのだ。すぐに弟と連絡がついて保護することはできたが、弟は頭部外傷のせいで左半身に麻痺《まひ》が残った。

「弟をあんな体にした女刑事を絶対に許さない。利用できるだけして殺してやろうと僕は復讐を誓って、しばらく君の病室に通うことにしたんだ」

毎日見舞いにやって来る堀田真也を、看護師が恋人だと勘違いするようになった。

「君が目を覚まして、もちろん僕は嘘をついた。僕は公安三課の島本で、君と直前までデートをしていたんですよ、とね。遅かれ早かれ君の意識がはっきりすれば、別人であるとバレるだろうと思っていた。バレたらすぐに喉を掻《か》き切るつもりで、僕は毎日刃物を忍ばせて病室に通い、君のオムツを交換していたんだ」

ある日、島本は医師に相談を持ちかけられた。仁子の親類が頼りにならないからだ。

「そこで知らされた。甘粕仁子さんは相貌失認《そうぼうしつにん》の症状が出ています、とね」

堀田真也が、仁子を睨《にら》み上げる。

「こんな漫画みたいなおかしなシチュエーションを作ったのは君なんですよ、甘粕仁子さん」

仁子は混乱する。この男の言う通り、まるで現実感がない。全くの別人が、たかだか名刺を刷り、同じネクタイをぶら下げただけで、刑事に成りすますことなど可能だろうか？　島本は警察学校に入り込み、塩見や高杉などの警察官とも交流している。特に塩見とは何度も飲みに行っているはずだ。

島本が偶然にも秘匿性の高い公安部の所属だったせいもあるだろう。なにをやっているのかよくわからないし、他部署の警察官と協力的ではない。島本を知る人が警察学校内にいなかったことが、大きい。

だとしても、堀田真也が公安刑事に成りすますためには、情報が必要だ。

「誰か協力者がいるわね」

仁子は指摘した。堀田真也は余裕のていで、頷いた。

「当たり前ですよ。刑事になりすますには、刑事というスキンをまとう必要があるでしょう。刑事というのはどんな人種なのかを教えてくれる情報源が必要でした。ちょうどいいのを、弟の仲間たちが知っていました」

仁子は叫んでいた。

「平山大成！」

「ビンゴ！」

堀田真也は手を叩《たた》いた。こんなに不愉快なビンゴはない。

「彼に教えてもらいました。公安刑事の任務内容とか専門用語とかね。島本はいつ入庁で、どんな警察学校時代を過ごし、こんな始末書を書き、卒配先はどこで、どんな手柄をあげたか、全て教えてもらいました」

平山は公安刑事のフリをすると聞いて、「やりやすい」と笑っていたそうだ。

「公安は秘密主義の謎の多い組織らしいですね。神出鬼没でも、言動に一貫性がなくても、嘘をついているとバレても、『公安だから』で済まされる。秘匿のスパイ活動のせいだと、たいていの警察官は察してくれる」

悔しい。堀田光一を取り逃がした時と同じくらいの怒りが、わきあがる。

「それから加山小春ちゃんも。あの子は本当に便利だった」

仁子は目を吊《つ》り上げて、堀田真也をにらみおろした。

「本当は警察学校になんか行きたくなかったんです。君に復讐するなら、君の官舎に通うだけでいいしょう。ところが情報源だった平山大成が自殺しちゃった」

仁子は怒りで顔が熱くなる。だから次の情報源を求めに、警察学校に来たというのか。

「警察学校の学生なら、ハードルが低い。ひよっこの警察官だ。ちょっと弱みを握って脅すか、女の子なら口説いてしまえば、情報を流してくれると思ったんです」

仁子は頽《くずお》れそうだ。加山小春が骨抜きにされていた相手は、公安三課の島本のふりをしていた、堀田真也だったのだ。真也は高笑いした。

「あなた、小春にずいぶんと恨まれていましたね。僕のことが好きすぎて、『殺してやりたい』って書いちゃったって、苦笑いしていました。僕とあの子とあなたで三角関係になっていたわけですからね」

小春があれほどに仁子を目の敵にしていたのは、恋敵だと勘違いしていたからか。

「僕は、本当に愛しているのは小春ちゃんだけだと何度も彼女の胸で泣いた。かわいそうで仁子と別れられないと訴えた。転落事故のトラウマで心身に傷を負っている仁子を捨てたら、僕は警視庁にいられなくなる、とね」

小春が面と向かって嫌いだと仁子を糾弾した理由が、ようやくわかる。この男の嘘で、仁子が島本を振り回していると思い込まされたのだ。

「ついでにあなたの学生たちのバカ騒ぎ動画もこっそりと小春のスマホを拝借して、流出させました」

真也が高らかに嘲笑《ちょうしょう》する。

「大変でしたねー、炎上しちゃって」

仁子は割れたボトルの先を、堀田真也の首元に突きつけた。

「許さない」

「私の学生に手を出した。絶対に許さない。両手を上げて」

真也はしゃがんだまま、ゆっくりと、両手を上げた。仁子は真也の首に鋭いガラスの割れ目を突き付けたまま背後に回った。

「その場に寝転がり、両手を上げて。顔は床に向けて目を閉じていなさい！」

仁子はスマホを捜した。真也に右足首を摑《つか》まれて、引き倒された。仁子はガラステーブルの角に顔面を強打したが、すぐに向き直り、ハイヒールの足を振り上げて堀田真也の襲撃に備えた。

堀田真也は、仁子を見下ろしているだけだ。

「落ち着いて。君と僕が組み合ったってなにもいいことがないだろう。弟の二の舞はごめんだからね。いずれにせよ、君は僕を捕まえられないんだから」

堀田真也の口角が持ち上がった。嘲笑しているのだろう。

「だって君は、人の顔を見分けられない」

堀田が脱兎《だっと》のごとく部屋を飛び出した。

毛足の長い絨毯《じゅうたん》にハイヒールがいちいち埋もれてしまう。ホテルの長い廊下を走る真也の後ろ姿は遠くなる一方だ。

仁子は追いかけながらハイヒールを脱ぎ捨てた。真也が左に曲がった。エレベーターホールに入ったのだ。下りボタンを連打している音が聞こえてくる。仁子がエレベーターホールに躍り出たとき、真也はエレベーターの箱の中に入ろうとしていた。悠然とした背中に腸《はらわた》が煮えくり返る。顔のわからない仁子には絶対に捕まえられないと思っているのだ。仁子は思い切ってダイブし、真也の背中に飛びかかった。エレベーターの床に二人で倒れ込む。扉が勝手に閉まって、降下を始めた。

「なっ、なにをするんだ！」

男はエレベーターの床に強打した顔を押さえながら、うめいた。

声が違う。

「ごめんなさい……！」

あの男、エレベーターに乗るふりをしていただけだ。ちょうどスーツを着た男がいたので、非常階段を使ったか。仁子は立ち上がり、回数表示を見た。

十五階から乗ったエレベーターはもう九階を過ぎようとしていた。仁子は八階以下のボタンを次々と押していった。エレベーターは六階で停まる。開きかけのエレベーターの扉に体をぶつけながら、仁子は六階へ飛び出した。目の前に階段がある。ここにもカーペットが敷いてあった。ストッキングの足では滑る。何度も足を踏み外しそうになりながら、仁子は階段を駆け上がった。

手すりから上をのぞく。最上階まで手すりがらせん状に続いているのが見通せる。男の手が手すりを滑るのが見えた。堀田真也だろう。鼻歌が聞こえてきた。

すぐ応援を呼ぶべきだったが、いまはスマホを出して通話する余裕がない。タイミングを探りながら、足音を忍ばせて、じりじりと堀田真也に近づいていく。

「仁子ちゃーん」

背筋が粟立《あわだ》つ。島本――いや、真也の声だ。

「上がってきてるんだろ？」

仁子は下から見下ろせない位置まで下がり、壁にぴたりと背をつけて、息を殺す。

「階段で捕り物はよそうよ。二人で絡み合いながら転がり落ちるのがオチだ。今度こそ、中身が入れ替わっちゃうかもよ」

仁子はスマホを出し、塩見にメールを入れようとした。塩見から何度も着信が入っていた。メールも一通、届いていた。

『島本の正体は堀田真也でした。いま五味さんと居場所を探っています』

小春をたぶらかしていた人物でもあるとすでに塩見も突き止めていた。堀田真也はいまお台場のホテルにいると返信中に、塩見から二度目のメールが来た。

『加山の父親からの情報です。加山はついさっき、恋人からお台場に呼び出されたそうです』

仁子は頭が真っ白になる。なんのために小春を呼んだのか。考える間もなく階上の堀田真也から声を掛けられた。

「仁子ちゃん、七階には大ホールがあるみたいだよ。いま医師会のパーティをやっているんだってさ。仁子ちゃんもおいで。立食パーティみたいだよ」

仁子は手すりの袂《たもと》へ行き、上を見上げた。手すりに真也の手が見えない。仁子は階段を一段抜かしで駆け上がり、七階に出た。通路を抜けた先に、革の装飾がされた観音扉が見えた。その脇に小さな垂れ幕がかかっていた。

『江東区医師会』と記されている。仁子は扉を開け放った。

大規模な宴会場だった。眩暈《めまい》がする。丸テーブルが八つ出されていて、壇上には何も映っていないスクリーンが出ている。中には恐らく三百人近い人がいる。殆《ほとん》どが中年の、堀田真也と同世代の男たちだ。しかも全員がスーツを着ている。女性は数えるほどしかいない。

仁子は奥歯を嚙《か》みしめながら、パーティ会場の中に入った。

青と黒のストライプのネクタイの男を見つけたが、銀髪だった。濃紺のスーツを見つけた。真也より背が低い。同じ髪型の男を見つけたが、赤いネクタイをしていた。

わからない。誰が堀田真也なのか見分けがつかない。もしかしたら、さっきの赤ネクタイの男が堀田だろうか。真也は仁子がネクタイを目印にしていることを知っている。もう付け替えているはずだ。

仁子はネクタイではなく、八重歯と背恰好《せかっこう》で区別をつけることにした。顔を上げて、男たちの顔を見渡す。途端に頭痛がした。顔が混ざってしまう。いま見た中年男性の目が、隣の女性の顔と混ざる。若いウェイターの顔が、銀髪の男と溶け込んでしまう。いびつで変幻自在の勝手に動くモンタージュ画像があちこちに並ぶ。仁子は目が回り、吐き気がしてきた。

大笑いしている男がいる。深刻そうに患者の病巣の話をしている男もいた。名刺交換している男たちの姿もある。誰かが仁子の足を踏んだ。

「痛い！」

仁子は裸足《はだし》だ。痛くて気持ち悪くて、しゃがみこんでしまう。

スマホが胸の中でバイブしている。塩見からだ。

〝なんでも僕に言ってください。僕は助教官です。教官を助ける存在なのです〟

塩見が何度も言ってくれた言葉が、いま、すとんと胸に落ちる。

仁子は電話に出た。塩見がなにか言おうとしたが、仁子は一方的に訴える。

「あいつ、人混みに紛れ込んだ！　私では見つけられない」

「いま首都高速湾岸線です、あと十分でお台場につきます」

「間に合わない。ビデオ通話にする。塩見君、見つけて！」

仁子は着信を切った。ビデオ通話モードにして塩見にかける。

周囲の人に不審がられないように、男たちの顔を下から撮影しながら、立食パーティの間を縫って歩く。くまなく塩見が現場を見られるように回転した。

「教官、いました！」

スマホから塩見の声が聞こえた。

「スクリーンの脇でワインを飲んでます。鼠色のジャケットに赤いネクタイの男です」

仁子はスクリーンへ向き直った。確かに同じ服装の男がいる。髪型が中分けになっている。静かにワイングラスに口をつけていた。誰かのジャケットとネクタイを拝借し、髪の分け目を変えたのだろうが、真也と背丈が同じだ。顔は、仁子がこの会場に入ってから見た人々の顔がぐちゃぐちゃに入り乱れている。こみあげる吐き気を抑えて、人に隠れながらゆっくりと近づいていく。

目が合った。

真也はすぐさまスクリーンの裏側に隠れた。

「待ちなさい！」

仁子は叫び、駆け出した。パーティ会場の医師たちが変な顔で仁子を振り返る。男たちの隙間を抜け、時に突き飛ばして、仁子は壇上にあがってスクリーンの裏側に入った。

鼠色のジャケットと赤いネクタイが捨て去られている。

仁子はスクリーンの裏から飛び出した。改めて三百人規模のパーティ会場を見渡す。涙がこみあげてきた。スクリーンの裏側にほんの数秒入られただけで、わからなくなってしまった。仁子はスマホの向こうの塩見に泣きながら訴える。

「大丈夫です、教官。もう一度、会場を映してください！」

「無理だよ、早く来て。私には……」

「大丈夫。ジャケットを脱いだばかりなら、いまはワイシャツ姿ですよね？　そしてノーネクタイ。そう簡単に次の着替えを拝借できないはずです。あきらめないで！」

仁子は歯を食いしばり、数百人の男の中からワイシャツの男を捜した。遠目に見て十人以上いる。ノーネクタイは三人いた。うち一人は大男で、もう一人は白髪頭だった。最後のひとりに、仁子はターゲットを絞った。目が合っただろうか。男はくるりと背を向けて、観音扉に向かって走る。

「そこのノーネクタイの男をつかまえて！　警察です！」

仁子は叫びながら、追った。医師たちはぽかんとするばかりだ。道は開けてくれた。

堀田真也と思《おぼ》しき男は観音扉に体当たりし、外に飛び出した。

階段を駆け下りていく。真也は三段飛ばしで、跳ねるように階段を下りていく。ときに階段の手すりを軽々と乗り越える。仁子はなかなか追いつけない。通話状態のスマホから、塩見の声がする。

「五味さんが東京湾岸署に応援要請しています！　ホテルや周辺に応援が駆け付けますが、手配写真がありません。教官は真也の写真を撮って僕に送ってください。それ以上は危険だから、無理をしないで！」

「見失った、ごめん」

二階のフロントへ堀田真也は飛び込んでいった。

仁子は悪態をつかずにいられない。

フロントもロビーも人だらけだ。百人以上はいるだろう。中国語や韓国語、タイ語も方々から聞こえてきた。アジア人観光客が多く、日本人と区別がつかない。スーツケースにブルゾンをかけっぱなしにして、ボーイとしゃべっている紳士がいた。ああいう人の衣類を狙うのだ。ワイシャツにノーネクタイの男は、もうどこにもいなかった。

仁子は再び人混みに向けてスマホを掲げた。

「塩見君、見つけて！」

恰幅《かっぷく》のよい髭《ひげ》を生やした男性に、撮影をやめるように英語で言われた。中国語をしゃべる女性も抗議をしている。二人の男女の顔がモンタージュで混ざり合う。英語と中国語も溶け合い、目や耳から入る情報で仁子は大混乱に陥った。

目が回る。

もう無理だ。

仁子は通話を切り、ふらふらとロビーのソファに倒れ込んだ。号泣する。見当たり捜査員だったのに。顔を見れば指名手配犯の顔がすぐにわかったのに。たった二年前はこの場所で、堀田光一を見つけ出せたのに。

いまは目の前にいる犯人に弄《もてあそ》ばれるがままだ。

警察学校の教官もうまくできなかった。

塩見の声が再び、蘇《よみがえ》る。

〝僕になんでも言ってください。僕がフォローしますから〟

仁子の病気を知ってから、塩見はひとりで奮闘していた。仁子を気遣い、仁子を勇気づけ、卒業旅行も教官代わりになって人の倍以上働いていた。

自分は教官として、なにをしてきたのだろう。

大事な相棒である塩見にすら病気を隠し続け、バレたあとはひたすら頼るだけだった。

スマホがバイブする。塩見だ。何度でもかけなおしてくれる。仁子は電話に出た。

「教官！」

そう、私は教官なのに――。

「あきらめないで。加山を捜すんです！」

「え……」

「堀田真也と合流しているかもしれない。逃亡を手伝わせるつもりかもしれません。カップルを装って教官をまくのか……」

逃亡を手伝わせるのなら榛名連合の仲間を呼べばいい。なぜいまこのタイミングで小春を呼び寄せたのか。しかし仁子にとっては都合がいい。

憤然と立ち上がる。人ごみでばったり会ったら見過ごしてしまうかもしれないが、『この場所に小春がいる』とわかれば、見分けられる自信はあった。

「絶対に見つける。私の教場の学生だったんだもの」

仁子は電話を切り、周囲を見渡した。カップルに焦点を絞る。六組いた。ビーチのオープンカフェに並んでいるカップルが目についた。女性の方が仁子を見ていたのだ。しかも目を逸《そ》らした。女性はニットのワンピース姿だ。この真冬のさ中に上着を持っていない。男の方は黒いダウンジャケットを着ていたが、きつそうで肩がパンパンに膨らんでいる。

女性はしきりに、耳の上に手をやり、髪を触っていた。

あれだ。

「堀田真也！　その子を離しなさい！」

仁子は走り出した。腹から出した声は怒号になった。人でごった返していたフロントが静まり返る。男に腰を抱かれていた女――小春がとうとう仁子を振り返り、棒立ちになる。表情がわからないが、隣の男と仁子を交互に見ている。戸惑っているに違いない。

「小春、その男を捕まえて！」

仁子は大声で指示した。とうとう男が逃げ出した。小春の腕を引いている。小春を道連れにして逃げる――いや、人質にするつもりか。

「一緒に来い、教官なんか、無視しろ！」

「でも……」

「お前を何度も何度も無視して素通りしてきた教官だぞ！」

堀田真也が言いくるめている。

「小春、ダメ！　そいつは――」

小春は踵《きびす》を返していた。真也の左腕をつかみ体を引き寄せる。抱き着いた状態で半身になり、重心を落として真也を背負う。真也の足が浮いた。

小春は真也を床の上に叩《たた》きつけた。

周囲にいた人々がわっと逃げ出す。真也を寝技で押さえつける小春の周囲にぽっかりと穴があいたようになった。

「堀田真也！」

人混みからスーツの男が飛び出してきた。小春と共に男をうつ伏せにさせる。スーツの男は逮捕術を駆使し、暴れる真也の上半身を押さえつける。ばたついて大暴れする足を、小春が技をかけてねじ伏せた。スーツの男が真也の腕をねじりあげて、手錠をかけた。あの鮮やかな手さばきは、五味だろう。

仁子は気が抜ける。がっくりと膝《ひざ》に手をついて、うなだれた。応援の警察官が次々とやってきて、堀田が暴れないように折り重なる。

五味が立ち上がり、ジャケットやネクタイを直しながら、仁子に近づいてきた。

「五味さん、ありがとうございます」

五味だと思った相手は、絶句している。仁子はまた間違えたことに気が付いた。

「ごめん、塩見君」

「いえ……」

塩見の声はとても寂しそうだった。

堀田真也は犯人隠匿、暴行傷害、詐欺、医療系廃棄物を不法投棄した疑いなどで、逮捕された。官公職を装った軽犯罪法違反もつけられた。殺人や強盗などの凶悪犯罪ではないにしろ、やってきたことは荒唐無稽《こうとうむけい》で大胆だ。最後には警察学校の元学生を人質にして逃亡しようとしていた。やってのけられるという自信があるからこその行動で、こんな犯罪者はあまり聞いたことがない。

東京湾岸署に大規模な捜査本部が設置されることになり、府中署の刑事課長も調整のために駆けつけていた。

塩見は現行犯逮捕に至る証言をしなくてはならないが、警察学校の助教官だ。事件の前に学生が大事だ。その学生はまだ復帰はできてはいないが。

小春は仁子と二人で泣いていた。

「そんな大変な病気を抱えていたなんて、どうして教えてくれなかったんですか。そんな中で高校卒業したてのバカの面倒をみていたなんて、どんなに教官は大変だっただろうと……」

小春がボロボロと涙を流した。仁子もハンカチで目頭を押さえ、謝る。

「最初から正直に病気のことを言っていれば、小春を誤解させずに済んだことが、たくさんあるよね」

小春は首を振る。

「変な言い方ですけど、ようやく納得できたというか、ほっとできました」

しゃくりあげながら続ける。

「やっぱり私が思っていた通り、甘粕教官は厳しいけどハートの熱い人なんだってわかって、嬉《うれ》しくて泣けちゃうんです」

もしかしたら学生はみな同じ気持ちで仁子を見ていたのかもしれない。高卒の女性警察官で、若くして本部に呼ばれ見当たり捜査員に抜擢《ばってき》された。職務中に大きな怪我を負ったが立ち直り、教壇に立つ姿を、まぶしく見ていたに違いない。期待外れではなかったとわかれば、学生も嬉しいのだろう。

「相貌失認だから、顔がわからなかっただけなんですね」

「小春が脱走した日に素通りしちゃったことがあったね。退職後に警察学校に来てくれた日も……」

「いいんです。堀田真也にそそのかされていた私が悪いんです」

小春は茶で喉《のど》を潤したあと、落ち着いた調子で説明する。

「彼と初めて会ったのは、入校して一週間くらいしたときです。教場に忘れ物を取りに行ったとき、廊下で見かけました」

堀田真也が公安の島本として足しげく警察学校に入り込んでいたころだ。

「私には、甘粕教官を捜していると話していました。教官室へ案内しようとしたのですが、教場をとても懐かしがって、彼の警察学校時代の話をたくさんしてくれました」

恐らく平山大成から聞いた情報を元にした、作り話だろう。

「気が合うなと思ったのは、あちらが私を取り込もうとして話を合わせていただけなんですよね。まめに連絡をくれたのも、会いたがってくれたのも、全て教官に復讐《ふくしゅう》するためだった」

小春が肩を落とす。警察学校のならわしで模擬爆弾を捜す任務があるというのも、話したかもしれない、と小春は言った。

「あいつは、お前に教官の相貌失認について話をしなかったのか？」

小春は頷《うなず》いた。

「敢《あ》えて教えずに、私が教官を憎むように仕向けたかったんだと思います。私はその時から、教官の目つきが怖いとか、廊下ですれ違っても無視されることもあると愚痴をこぼしていたので」

相貌失認であることを知ったら、小春は仁子に同情し、憎むことはなかっただろう。

「私は熱に浮かされていたんだと思います。教官が振り回しているせいであの人は苦しんでいるんだと思い込むようになって、『殺してやりたい』なんて書いてしまいました」

仁子が自省する。

「私が自分の病気のことを皆に話せば、こんなことにはならなかった」

警察学校を退職になり、本格的に交際できると小春は期待したようだが、実際はそうならなかった。警察官になれなかった小春は、真也にとっては用済みなのだろう。

「仕事は紹介してくれましたけど、だんだん会ってくれなくなって、メールのやり取りも激減しました。仕事が忙しいと言われると、信じて待つしかないと思っていました」

島本のふりをした真也に不信感を募らせるようになっていた。今日になって突然お台場に来いと呼び出されたようだ。

「確かに私は都合が良かったのかもしれませんけど、近くにいた人じゃなくて、どうして私をわざわざ呼び出したんでしょうか」

確かに、当時お台場のホテルのロビーには人質にしやすい女性や子供がたくさんいた。

「堀田真也はわかっていたんだよ、私の弱点が」

というより——と仁子は目を伏せた。

「いま私が一番大事にしているものを傷つけたかったんじゃないかな」

自教場の、学生だ。

小春は涙で目を輝かせ、仁子を見つめた。

「今日はなぜ、私がわかったんですか。あの人混みの中で、一度は気づかず目を逸《そ》らしましたよね」

仁子が自分の耳に手をやり、その上の髪を触る。

「この仕草。小春のクセ」

「えっ」

「よくやるんだ。私が近づいていくと、とっさに耳の上に手をやる癖がある」

小春は自分で同じ仕草をしながら、「確かにそうかも」と言った。

「退職してもまだ気にしていたんだね。髪の毛の規定違反」

四月に入校したとき、頭髪違反を指摘されたのを、小春はずっと気にしていた。仁子は小春のそんな手癖で、本人を見分けていたようだ。

塩見は改めて仁子や小春に伝える。

「堀田真也は大学時代から渡米しているが、詐欺で逮捕されビザを取り消されていた」

その後は主に東南アジアを拠点にブローカーのようなことをやっていたらしい。

「いま、フィリピンやカンボジアなどに特殊詐欺グループの拠点が移っている。そいつら相手に、ホテルやマンションの部屋を斡旋《あっせん》したり、スマホを提供したりしていた」

小春は堪《こら》えるような顔になった。

「騙《だま》されていたとはいえ、私は半グレと関係を持ってしまっていました。もう警察には戻れませんよね」

「お前の教官も、だけどな」

パーテーションから五味がひょいと顔をのぞかせた。捜査本部にいると思っていた。教場の元学生の行く末を、パーテーションの向こうから見守っていたらしい。

仁子はもう、口出しするなとは言わなかった。

「五味さん。捜査一課から、加山小春に犯人逮捕に協力をしたとして感謝状を出してください。いまは一般人だから出せますよね」

「そうだな。課長に進言しておく」

塩見は小春を見た。

「警視庁の再採用に、有利になるはずだ」

小春はまた泣き出した。顔を覆って肩を震わせる。仁子はもう泣かなかった。教官として、強く優しく学生を導く。

「小春。戻っておいで、警察学校に」


川路広場では、甘粕教場の学生たちが教練の指導を受けていた。警察礼式の基本を学ぶ教練の授業は、整列行進、隊列の組み換えなどもして団体行動を学ぶ。敬礼や手袋の着脱作法から、警察手帳を示す独特の形式も披露する。

その集大成が、警視庁副総監の観閲の下に行われる、卒業査閲だ。一三三〇期は明日に行われる。甘粕教場は一糸乱れぬ美しい隊列を見せている。場長の柴田が前に出て号令をかける。教場旗が冬の北風に強くはためいていた。教場旗を振るう喜島は煽《あお》られることなく、重心を落として力強い。

塩見は仁子と、空っぽの教場の窓から、川路広場を見下ろしていた。

「いよいよ明日ですね。卒業査閲」

「あの分だと問題なさそうね」

仁子は微笑んだ。既に体力検定も終わり、評価もついている。卒業配置先の内示も個人に出ていた。

場長の柴田は、警視庁一多忙と言われる新宿《しんじゆく》署に配属が内定している。新宿署は日本最大の歓楽街、歌舞伎町《かぶきちよう》を抱えている。若者も多いので、出動する警察官たちがスマホで撮影され、ネット上で晒《さら》されるのは日常茶飯事だ。敢えてそのような所轄署に配属された意味を、柴田は噛《か》みしめているはずだ。

島育ちの喜島は府中署だ。警察学校から最も近い所轄署なので、「毎日母校に遊びに行ける！」と大喜びだった。

副場長の川野と美羽は、揃って練馬《ねりま》区の高島平《たかしまだいら》署に配属になった。内示を受け取ったとき、二人揃ってとても気まずい顔をしていた。二人はデキていると塩見は疑っていたが、破局してしまったか。同じ所轄署に配属になったのは偶然だろうが、なんだかんだで二人は縁がある。

警視庁に再採用が決まった小春は、来週にも一三三二期に編入される。「今日は髪を切ってきます」と張り切っていた。

「塩見君、今日の夕礼で言う」

なんのことかはすぐにわかった。塩見は静かに頷いた。

仁子はまだ、学生たちの顔がわからない。学生たちは仁子の病気を知らない。

「卒業まであと十日以上もあります。きっと……」

小倉教場の仲間たちのように、見えるようになる、とまでは言えなかった。仁子は首を横に振る。

「もういまは、そんなことはどうだっていいという気がしている」

見える見えない、識別できるできないの問題ではないという。

「教官として学生たちに誠意を見せることの方が大事だよ」

仁子はどこか照れ臭そうだ。

「真にあの子たちの教官になりたい。卒業直前になに言ってるんだって話だけど」

目を潤ませ、つぶやいた。


「起立ッ」

柴田の腹の底から出た大きな号令で、甘粕教場の学生たちが一斉に立ち上がった。仁子を先頭に、塩見は教場の中に入った。

「礼ッ」

一同は十五度の敬礼をする。もうどこの所轄署に出しても恥ずかしくない。学生たちは警察官として完成されていた。

仁子は塩見と揃い、学生の十五度の敬礼を、挙手の敬礼で受けた。塩見と仁子の敬礼も、最初は揃わなかった。いまはタイミングがずれることはない。仁子は窓辺に立ち、教壇を塩見に譲った。塩見は制帽を取り、「さて」と切り出した。

「明日は卒業査閲だ。これが無事終われば、あとは卒業式を待つばかりとなる」

塩見はあと、言葉がうまく続かない。仁子を見た。彼女も制帽を取り、棚に置いている。教場の暖房がききすぎているのか、うっすらと額に汗をかいていた。

「卒業査閲を前に、甘粕教官から、みなにどうしても伝えたいことがあるそうだ」

学生たちは不安そうに、顔を見合わせた。

仁子が教壇に立った。教場を隅々まで見渡す。

「私はみなに、謝らなくてはならないことがある」

川野がなにか言いかけたが、仁子が封じた。

「隠していたことがあるんだ」

塩見は教場の片隅に立ち、教壇に立つ仁子の姿を目に焼き付けた。仁子は淡々と、相貌失認《そうぼうしつにん》という脳機能障害を患っていることを説明した。学生たちは誰一人、しゃべらなかった。驚いている学生もいない。ようやく合点がいったと思っているのかもしれない。目頭を押さえて泣き出している女警もいた。

「去年の四月一日、君たちを表の校門で迎え入れてから今日でちょうど三百日経った。共に訓練に励み、ぶつかり合ってきたが……私はいまだにみんなの顔がわからない」

学生たちは悲痛に黙り込んでいる。

「私にとってはみなの顔は、今日、初対面のひとたちだ」

警察制服が支給されるまでは、みなリクルートスーツ姿だった。声と顔の特徴で必死に学生たちを見分けようとしてきただろう。

「君たちは教場で、教官室で、私に話しかけてくるときは、まず名乗ってくれた。それがルールとはいえ、だいぶ助けられた」

警察制服が支給されてからは、名札を着用するようになった。仁子の負担はいっきに減ったが、一方で放課後が辛《つら》くなった。みなジャージに着替えるからだ。ティーシャツにも名前の刺繍《ししゅう》や印字はない。

「一刻も早く顔で見分けられるようにならねばと必死だった。そんな中で、あの左脚遺棄事件が起こった。加山小春が巻き込まれ、退職になってしまった。全て私のせいだ」

仁子は頭を下げた。そんなことはないと学生たちがフォローする。

「本当は……」

言いかけた仁子が、とうとう泣いた。

「もっとみんなと話したかった」

学生たちももらい泣きする。洟《はな》をすする音があちこちから聞こえてきた。

「入校したてのころは、不安だったと思う。私に訊《き》きたいことがたくさんあったはずだ。質問したいこと、相談したいことがあるだろうと感じていた。でも私は、学生を見分けるのに必死で、とても余裕がなかった。話しかけられないように、無意識に目を逸《そ》らしていた。成績が落ちているのを見て大丈夫だろうかと思っても『こころの環』を読んで悩んでいるとわかっても、声をかけることができなかった」

いや、と仁子は反省する。

「声をかけるのが怖くて、逃げてばかりいた。本当に、申し訳なかった」

仁子の二度目の謝罪の声は、学生たちの声でかき消された。いまにも学生たちは席を立ち、教壇の周りに集まりそうだ。

「席替えもしてやれず、泣いている学生を抱きしめてやることもできなかった。この学生は果たして誰なのか、わからないまま話をしたこともある。顔を見て判別することに必死で、的確なアドバイスも殆《ほとん》どできずうやむやになった学生もいる」

仁子の弁明は、学生たちのフォローの声で聞こえなくなった。喜島は涙で顔をぐしゃぐしゃにしている。川野はぽろぽろと涙の粒を溢《あふ》れさせていた。柴田は目を真っ赤にして、涙を堪えている。

「私はかつての先輩も同僚も後輩も、家族の顔も、テレビに映る有名俳優やタレントの顔も区別がつかない。有名スポーツ選手も総理大臣の顔もわからない」

だが世界で四十人だけ、判別できる顔が、仁子にはある。

「私が十二年前にここで学んでいた、一二〇六期小倉教場の仲間たちと教官だけだ」

学生たちの目が一斉に輝く。それならいつか自分たちの顔もわかるのではないか。仁子の症状が回復するかもしれないという希望を、見つけたのだろう。

「私はもっと早く、自分の病気のことをみなや塩見助教に話すべきだった。もっと早く告白していればよかった。でも隠していたせいで、みんなと本気でぶつかることができなかった。

れば、私は卒業するころには、みんなの顔を見るだけで、その名前を呼ぶことができたはずだったのに――」

学生たちはもうほとんどが尻《しり》を浮かせている。いまにも仁子の元に駆け寄りそうだ。塩見は前のめりの学生たちを止めるべく、一旦《いったん》、教壇に近づいた。

「お前ら、ちょっとそのまま待ってろ」

教官、と仁子の腕を引く。

「トイレに行って、顔を洗ってきてください」

仁子はハンカチで目元をぬぐい、大丈夫だと訴えた。

「一度、教場を出て下さい。すぐ呼びますから」

塩見は頑として言い張った。仁子は一人で教場を出て行った。扉が完全に閉まったのを確認して、塩見は教壇に立った。

「席替えをするぞ！」

学生たちは涙目のまま、ざわめいた。

「一分で席替え、シャッフルだ！　各々好きな席に座っていい。隣に二つズレるだけでもいい。同じ席はダメだ。移動開始！」

塩見は大きく手を叩《たた》いた。学生たちは弾《はじ》かれたように立ち上がったが、戸惑っている。その場で右往左往していた。塩見は机と机の間に入り、学生の腕を引っ張ったり、押したりした。

「お前はここ。お前は後ろに座れ！」

二人、三人が移動すると、あとは次々と学生たちが動き出した。最前列左手に座っていた柴田は、真ん中の席へ移動した。副場長で並んでいた川野と美羽はバラバラに離れた。喜島は教卓の目の前に座った。

「よし。みんな。名札を取れ」

学生たちは躊躇《ちゅうちょ》した。

「いいから取れ！　取ったらそれをポケットに入れておけ」

塩見は一同が名札を取ったのを確認し、廊下に出た。

仁子は全てを察した顔で、扉の前で立っている。仁子を教壇に立たせ、塩見は机上巡回した。まず美羽を立たせた。

「声を出すなよ」

しっかり注意し、仁子に尋ねた。

「この学生は？」

「真下美羽巡査だ。小柄だからすぐわかる」

塩見は仁子の目の前にいる喜島を立たせた。

「彼は」

「喜島遥翔巡査」

喜島は頬を触りながら、びっくりした。

「どうしてわかったんですか！　ニキビはだいぶ治りましたよ」

「垂れた太い眉毛《まゆげ》と、毛深い手でわかる」

喜島が「脱毛サロンに申し込みしようと思っていたのに」と言うと、教場がどっと沸いた。塩見は最後列に座る男を立たせた。

「彼は？」

「川野蓮巡査だ。立ち上がる時にふにゃっとするからすぐわかる」

学生たちから「相変わらずこんにゃくだ」と揶揄《やゆ》されている。塩見はその場で姿勢を正した。

「常に背筋を伸ばすことを意識しないとだめだ」

「でも、このままの方が、甘粕教官にはわかりやすいんじゃないですか？」

「私に合わせてどうするの！」

仁子が大きな声でつっこみ、教場は笑いに包まれた。学生たちの遊びのスイッチが入ってしまった。

「僕は！」

「私は？」

塩見が指名するまでもなく、勝手に立ち上がって、首を亀のように前へ突き出す。仁子は柴田のことも一秒で即答した。

「柴田はね、黒目が大きくて垂れているから、パンダみたいなんだ」

柴田は恥ずかしそうに後頭部をかいた。その後も、仁子は次々と学生たちを言い当てる。

仁子は、百点満点だった。

二月五日、卒業式が終わった。一三三〇期甘粕教場の学生たちは、卒業配置先の所轄署へ旅立っていった。

塩見は学生棟に入り、自教場の学生たちが使っていた個室をひと部屋ずつチェックしていった。忘れ物はひとつもなかった。ひとつくらいなにか残ってくれている方が寂しくないのに——塩見は各個室の鍵《かぎ》をかけて歩きながら、涙が落ちそうになる。

卒業式で、仁子は泣きどおしだった。

配置辞令交付式も、昼食後の歓送行事でも目を泣きはらしていた。正門で、各所轄署に向けて出発する学生たちの見送りでも号泣する。仁子の真横で、一三三〇期甘粕教場の教場旗を振っていたのは、加山小春だ。かつての仲間たちに「すぐに追いつくからね！」と叫んでいた。

学生棟の個室のチェックをしなくてはならなかったが、「みんながいなくなった後の個室なんか無理」と仁子は塩見に丸投げした。

五階の部屋を確認しているとき、五味がひょっこりと現れた。

「どうしたんですか、こんなところで」

「いや、もう送り出して落ち着いたころかなと」

五味は無言で、懐から出した茶封筒を塩見に渡した。本部刑事部捜査一課への内示だ。恐らく正式の辞令は、三月に出る。

「ありがとうございます」

塩見は礼を言って、深く、頭を下げた。塩見は言葉がそれ以上見つからず、五味と目を合わせるのも憚《はばか》られた。五味は塩見を観察する目だった。

「迷っているんだな」

塩見は思わず五味を見据えた。五味はクスクス笑っている。

「わかっているよ。俺も何度も、呼び戻そうとしてくれる上司を蹴散《けち》らして、ここに残ってきたからな」

塩見は大きく頷《うなず》き、辞退を口にしようとした。

「甘粕は？」

遮られた。

「卒業式も歓送行事も大号泣でした。お化粧でも直しているのかも」

「そうか。教場でひとり、辞表を書いていたが」

塩見は慌てて学生棟を飛び出した。

甘粕教場の扉を開け放つ。西日が強く差し込む教場の、真ん中の席に仁子は座っていた。隣に大きなダチョウのぬいぐるみが座っている。教場の学生たちのプレゼントだ。長いまつげと憂いを秘めたような大きな瞳《ひとみ》は、確かに仁子とよく似ている。塩見は寄せ書きの色紙をもらった。仁子は塩見を振り返り、デスクに広げていたものを慌ててしまっている。

「甘粕教官、塩見です」

「ああ、塩見君」

書類を片付ける手は止まらない。仁子は紙を慌てて三つに折っている。封筒にうまく入らずにいた。塩見は仁子の前の椅子に、後ろ向きに座った。辞表を隠す手をつかむ。

「教官、今日はどうだったんですか」

仁子は肩を落とし、かぶりを振った。

「ダメだった」

仁子が相貌失認《そうぼうしつにん》のことを学生たちに告白して、十日以上が経っている。信頼関係はできているはずだ。なんでも腹を割って話し合える仲になっている。仁子はあの日から毎日、教場に入るたびに、今日こそ学生たちの顔がわかるかもしれないと、期待していたのだ。

「やっぱりたったの十日やそこらじゃ、ダメなんだと思うよ」

塩見はじっと、仁子を見つめた。

「もしかしたら、一生、無理なのかもしれないし」

「でも見分けはつくようになっていました。百点満点だって言ったじゃないですか！」

仁子の相貌失認については、警察組織もレインボーブリッジの事件のあとに把握していた。相貌失認だからといって辞めろと言われることはなかったし、彼女がいまの障害を抱えながらどの部署で仕事ができるのか、見守っていたのだ。

「大丈夫です、甘粕教官ならできます。組織も認めているんです」

「塩見君の顔がわからない」

仁子が、ボロボロと涙を流し始めた。

「決めていたの。卒業までに塩見君の顔がわからなかったら、辞めるって」

塩見は胸がつかまれたように痛くなった。

「この一年間、誰よりもそばにいて支えてくれたのに、堀田真也を逮捕したときですら見分けがつかなかった」

「あの時は混乱のさ中でした」

仁子は聞かない。子供のようにだだをこねる。

「私は、私の頭は、なによりもひどい。本当にひどい」

仁子は声をあげて泣いた。卒業式の日だから、涙腺《るいせん》が緩くなっているのだ。

「いま一番知りたいのは、塩見君の顔なの。毎朝、教官室に向かうたびに、今日こそは塩見君の顔がわかりますようにとどれだけ祈ってきたか……」

塩見は仁子の右手首をつかみ、自分の顔に引き寄せた。眉毛を触らせる。

「でも識別はできるでしょう」

仁子がふっと泣き止んだ。真っ赤に潤んだ瞳で、じっと塩見の目を見返す。

「この眉毛とか。目とか。パーツはわかるんですよね？」

塩見は目を閉じて、瞼《まぶた》を触らせた。力のなかった仁子の指先が、びくりと震える。やがて遠慮がちに、眉毛や瞼を触り始めた。

「わかるよ……優しそうな目元とか」

塩見は仁子の手を鼻のあたりへと導く。鼻筋を存分に触らせる。

「揺らぎのない鼻筋とか」

仁子の指が、塩見の唇に触れる。塩見はゆっくりと目を開けた。

「声でも、わかるでしょう？」

仁子は頷いた。またぽろりと涙が落ちる。

「教官がここで働き続ける限り、俺が支えます。俺も警察学校に残ります」

「ダメだよ、塩見君は捜査一課に――」

「もう決めたんです。俺が教官の目になって教場を支えます。教官が、俺の顔がわかるようになって独り立ちできるまで、絶対に見捨てません」

仁子は俯《うつむ》き、滂沱《ぼうだ》の涙をこぼした。机にぼたぼたと落ちていく。

「一緒に富士山を見るって約束したでしょう。次の卒業旅行で見ましょう。大月にもいつか来てください。僕が駅まで迎えに行きます」

思ってはいても、言うまいとこらえていた言葉を、いま伝える。

「あなたがわからなくても、僕があなたを見つけますから」

言わずにいたのは、この言葉のあまりの重さのせいだった。いや言葉が重いのではない。口にした途端に塩見は仁子への想いを自覚してしまう。その事実が、塩見にはあまりに重かった。いまは覚悟を決めて言い切る。

「何百人何千人いようが、僕が見つけてあなたの手を引いて歩きます」

言い切った塩見を、仁子はしばし呆然《ぼうぜん》と見ていた。やがて彼女は辞表を破いた。よろしくお願いします、と言った声は小さく震えていて、あまりにかわいらしかった。

# エピローグ

塩見は許しが出るまで土下座を続けた。畳の目をただじっと無心に睨《にら》み続ける。

飛田給の自宅官舎にいる。結衣に来てもらい、別れ話をしたところだった。

「理由は」

唐突だったはずだが、結衣には驚いている様子がなかった。慌ててもいない。塩見は正直に言う。

「他に好きな人ができました」

「あっそ。死ね」

塩見はびっくりして、顔を上げてしまった。結衣は立ち上がり、和室の箪笥《たんす》の一番下の引き出しを開けた。結衣が泊まるときに着る衣類が入っていた。

「紙袋とか、なんかない？」

塩見はストックしてあった紙袋を渡した。

「小さい！　どれだけここに入り浸っていたと思っているのよ！」

「す、すいません」

塩見は大きな紙袋を渡した。結衣はそこに衣類を投げ込み、洗面所に行って化粧品や歯ブラシ、置きっぱなしだったアクセサリー類も放り込んでいった。トイレに置いていた生理用品もぶち込んでいた。

結衣はここで生活していたのだ。残酷なことをあっさりと言ってしまった。だが自分の気持ちに嘘をついたまま、結衣との関係を続けることはできなかった。結衣に未練が残らないように、そっけなくしようと思った。塩見は結衣を見ないように背を向け、テレビをつけてスマホゲームを始めた。結衣が鋭く言う。

「私が圭介君に未練たらたらにならないように悪い男を演じているのが、見え見えだからね」

結衣はスプリングコートを羽織りながら、急ぎ足で靴を履いた。塩見は結局、見送りに立つことにした。

「結衣、本当にごめん。でもこの一年半、本当に楽しかっ……」

「許さない。京介君と高杉さんに言い付けて、圭介君をボコボコにしてもらうから！」

結構な捨て台詞《ぜりふ》をはいて、結衣は出て行った。

塩見は畳の上に大の字に寝転がった。自分で決めたことなのに、もうここには結衣は来ないのだと思うと、結構な喪失感があった。

スマホを見て、アドレス帳をスクロールする。まずは五味と高杉に、謝罪すべきだった。二人の大切な娘と付き合っていたこと、傷つけてしまったことを正直に話し、土下座しようと考える。

結衣はあんな風に捨て台詞を吐いていたが、ものすごく優しくて、人に気を遣う子だ。五味や高杉には言わないだろう。五味の自宅に遊びに行っても、なにもなかったような顔で扉を開けてくれるに違いない。そんな結衣の姿を想像して、泣けてくる。

自分で別れを決断しておいて、卑怯《ひきよう》だ。

塩見はスマホを置いて、両手で強く顔をこすった。眉毛《まゆげ》や瞼、鼻に、仁子の指の感触がまだ残っていた。

「あーあ。今年で三十になるのに、なにやってんのかな、俺は」

とにかく五味と高杉だ。二人のどちらに先に懺悔《ざんげ》すべきか。二人を前にして結衣とのことを告白するのは恐怖だった。高杉には半殺しにされそうだ。五味だけ先に呼び出して告白し、許しを得て、どうやって高杉に話したらいいか、相談し合おうか。

いや、逆か。恋愛に奔放だった高杉の方が、理解があるかもしれない。笑って許してくれそうだ。それよりも生真面目な五味の方が烈火のごとく怒るか。今後の塩見の異動にも影響してしまうかもしれない。うだうだしているうちに日が暮れた。スマホが鳴る。五味からの着信だった。塩見は嫌な予感がして、震えながら電話に出た。

「塩見、事件だ。すぐに警察学校に来い」

塩見は一分でスーツに着替えて、甲州街道を走った。警察学校の正門に辿《たど》り着いたとき、塩見は学生時代の一二八九期にタイムスリップしたような錯覚に陥った。

スーツ姿の男二人が正門の前で腕を組み、仁王立ちしている。

五味と高杉だ。

かつてもこうやって二人は正門の前で門限に遅れる学生たちを叱咤《しった》していた。

「塩見。結衣から全部聞いた」

五味が言った。高杉が続ける。

「よくも俺たちの可愛い娘を傷つけてくれたな」

塩見は絶句した。結衣は絶対に言わないと思っていた。彼女に別れ話をしたのは、つい一時間前だ。

——早すぎるだろ。

「塩見、ペナルティだ。学校、大学校の外周を百周な」

「ひゃ、百周⁉ グラウンド百周ならまだしも——」

グラウンドは一周四百メートルだが、警察学校と大学校の外周は、二キロある。

「やれ。今日だけ53教場復活だ！」

高杉が大声で言った途端、五味と顔を見合わせて、大笑いした。それでも塩見を見る目は血走っている。怒っているのか許しているのか、全然わからない。

塩見は更衣室でジャージに着替え、外に出た。正門の練習交番で、出入票を書いている男が二人いた。

「よう塩見！　お前やらかしたんだってな」

調布警察署の同期、相川幸一だ。隣にいるのは、堤竜斗《つつみりゅうと》という53教場の場長だった、塩見のライバルだ。彼はいま三鷹警察署の刑事課強行犯係長になっている。

「お前ら、なにしに来たんだよ」

「五味教官に呼び出されたんだよ、53教場の連帯責任だからと。お前なにやらかしたの？」

正門の前で、五味と高杉は談笑している。目が合うと、眉を吊《つ》り上げた。

「ほら塩見、早く走って来い！　相川と堤もだ。急がないとペナルティ増やすぞ！」

高杉がどやした。相川と堤は条件反射のように、着替えをしに本館の更衣室に向かった。事前に五味がジャージを持参するように伝えたのだろう。

塩見が一周終わるころ、同期の仲間たちが続々と警察学校に入ってきた。

「お前らまで来たの？」

「だって塩見がやらかしたというから。笑ってやろうと思って」

江口《えぐち》という、やせっぽちの同期がニタニタと笑った。昔からむかつくやつだった。塩見がヘッドロックすると、高杉が「こら！」と怒鳴り散らした。

塩見や相川、堤が五周を終えるころには、53教場の後輩たちまで集まり始めていた。ひとりは一二九三期の中沢《なかざわ》というやつで、息も絶え絶えの塩見に話しかけてくる。

「塩見先輩、お台場で犯人を鮮やかに逮捕したそうじゃないですか」

中沢は卒配時に襲撃されたことがある。いろいろと話をしたかったが、もう十キロ近く走ったので、塩見は会話にならない。五味と高杉は互いに腕を組み、鋭い視線を寄越《よこ》してくる。まだまだ許してもらえそうもない。

その後も一三〇〇期の三上《みかみ》や龍興《たつおき》、一三一七期の藤巻《ふじまき》や笹峰《ささみね》が合流した。みな暇ではないだろうに、53教場の集まりというと喜び勇んで、警察学校に戻ってくる。優等生だった塩見がなにをやらかしたのかと、大笑いしてからかいながらも一緒に走ってくれた。

仁子は教官室で事務仕事をしていた。ついさっき、この四月に入学する一三三五期甘粕教場四十人の学生たちの人事書類が届いたのだ。来月に行われる事前面談に向けて、顔の特徴を暗記していかなくてはならない。おろしたてのA5のノートに、カラーコピーした履歴書写真を張り付け、一人一人の特徴をピックアップして記入していく。

本館の外がやけに騒がしい。学生たちが集まっているのだろうか。自教場の学生だったら注意しにいかなくてはならないが、もう仁子の最初の学生たちは卒業していった。叱りにいけない寂しさが、こみあげる。

十九時前、もう帰ろうかと思い、仁子は更衣室でスーツに着替え正門に向かった。スーツとジャージの団体が入り乱れて、うるさいほどに騒いでいた。誰も注意しないのかしらと不思議に思いながら、練習交番の前に差し掛かる。

高杉と思《おぼ》しき大男が脇で立ち話をしていた。他にもスーツやジャージ姿の男たちがたくさんいて、入れ替わり立ち替わり談笑している。知っている人がいて声をかけられても、誰だかわからない。今日も人々の顔が混ざって見えてしまう。目が回りそうだ。仁子は目を伏せて、校門を出ようとした。

「甘粕」

五味の声がした。ゴリラみたいな体格の男の横に立つ、塩見とよく似た雰囲気の男がいた。声で確認はできているが、念のため、鼻の穴の形まで見て確認しようとしたら、あちらから「五味だよ」と名乗ってくれた。

「悪いな、53教場が騒がせている」

「一体何の騒ぎですか。これから教場会ですか？」

「まあそうなるだろうな」

五味はクスクス笑っている。

「ところでお前のところは、01教場って呼ばれているんだっけ」

「やめてくださいよそれ、高杉さんがつけたやつ」

01は殺人のコードだ。不謹慎だし、とっくに忘れていた。高杉が話に入ってくる。

「いいじゃないか01教場。なにかの始まり、スタートという感じがする。ゼロイチじゃなくてゼロワンと呼べば、53教場よりかっこいいぞ」

仁子はゼロワンという響きを確認しながら、塩見の言葉を思い出した。

〝僕があなたを見つけます〟

心が引き絞られるように痛くなった。

高杉が面白そうに言う。

「次は一三三五期01教場だな」

「早速その呼び方ですか」

悪くないかな、とすでに仁子は思い始めていた。『全部一番』という無邪気なスローガンのもとで元気いっぱいだった卒業生たちを思い出す。仁子にとって初めての卒業生たちの熱い志が、いまになって仁子の胸に響く。

「お前はいい教官になる。そもそも塩見は優秀な助教官だ。なにも心配することはない」

だが、と釘《くぎ》は刺す。

「もう事件はこりごりだぞ。俺が呼ばれるような事態はなしだ」

右手が突き出される。仁子は五味の手を強く握り返したとき、なにかをバトンタッチされたような気がした。

# 解説

タカザワケンジ（書評家）

花も実もある面白さ、とはこのことではないか。

「花」は興味を惹《ひ》く設定と、何かやってくれそうなキャラクターのワクワク感。「実」は次々に困難が現れる起伏に富んだストーリーと、読後の満足感。そのうえ、読み始めたら止まらないドライブ感を持ったミステリ。それが『警視庁01《ゼロワン》教場』である。

いや、それだけではない。警察学校を舞台にした青春小説として、また、新米教官、若手助教官の成長物語としても読み応《ごた》えがある。ページを閉じた後、心の中にさわやかな風が吹きぬける――そんな作品である。

本作のヒロインは甘粕仁子《あまかすにこ》、三十二歳。警視庁刑事部所属。指名手配犯を捜す見当たり捜査員として、日々膨大な量の顔を町で見ていた。

仁子は警視庁公安部の島本《しまもと》とお台場《だいば》でお見合いの最中に容疑者の顔を見つける。半グレ組織「榛名《はるな》連合」の幹部、堀田光一《ほったこういち》だった。逮捕実績を上げようと焦っていた仁子は、島本の制止を振り切り、堀田を追って走り出す。堀田をレインボーブリッジまで追い詰め、あともう少しというところでともにつり橋部分から転落。仁子は大けがを負い、堀田は行方不明になってしまう。けがが癒《い》えた仁子は、心と身体を癒やすために警察学校へ教官として赴任することになった。

そして舞台はいよいよ『警視庁01教場』の舞台、警察学校へ。映画ならここでどーんとタイトルが出るところだ。

警察学校で待っていたのは助教として仁子を支えることになる塩見圭介《しおみけいすけ》。元捜査一課の新米刑事だったが、助教として勤務し三期目になり、今期終了後に現場復帰が確実になっている。塩見は仁子が優秀な刑事だと聞いていた。しかし、その期待は大きく裏切られる。〝元気印のにこちゃん〟とあだ名されていた刑事時代の人物評と違い、生気がなく、人と積極的に関わろうとしないのだ。相棒である助教の塩見にすら心を開こうとせず、学生にも冷たい。

そんな時、警察学校の正門脇に人間の左脚が置かれるというショッキングな事件が起きる。しかもその左脚が入っていたのは、甘粕教場と書かれた模擬爆弾の箱だった。一体誰が何の目的で？　左脚の持ち主は誰で左脚以外はどうなったのか。そして、甘粕教場が名指しされた理由は。

警察学校を舞台にした作品と言えば、誰もが思い出すのが、長岡弘樹《ながおかひろき》の『教場』だろう。風間公親《かざまきみちか》という冷徹かつ抜群の観察眼を持った教官が活躍する短編連作ミステリの秀作である。警察学校のクラスを「教場」と呼ぶことを広めたのはこの作品だ。

長岡弘樹の「教場」シリーズと双璧《そうへき》をなす警察学校を舞台にしたミステリがある。

「警視庁53《ゴーサン》教場」シリーズである。作者はこの『警視庁01教場』と同じ吉川英梨《よしかわえり》。こちらは長編で、これまでに五冊刊行されている。

53教場とは五味京介《ごみきょうすけ》教官の名前から採ったもの。五味はイケメンの切れ者だが、どこか青くささがあり、それが魅力になっている。実は、この『警視庁01教場』にも五味が警視庁捜査一課の刑事として登場し、重要な役割を果たすのだが、彼の前歴が知りたい方は「警視庁53教場」シリーズを読むといいだろう。つまり時系列で言えば、この『警視庁01教場』は「警視庁53教場」シリーズの後に位置づけられるのだ。

だが、『警視庁01教場』を読む前に「警視庁53教場」シリーズを読む必要はない。『警視庁01教場』はあくまでも甘粕仁子の「甘粕教場」の物語。仁子は警察学校に異動してきたばかりの新人教官だ。私たち読者は、彼女と一緒にこの警察学校の門をくぐることになる。

実際、この作品には警察学校について緻《ち》密《みつ》でリアリティのある描写がされている。吉川英梨の作品の多くに言えることなのだが、読者を未知の世界に誘うためにディテールをきっちりと固めているのだ。

おかげで私たちは警察学校という世界をありありと想像できる。多くの一般市民から見れば警察は遠い存在だ。しかし私たちの生活の安全を守る存在でもあるし、市民に奉仕する公僕でもある。規律正しく、ルールを守って当然だが、時代の変化とともに若者の意識も変わる。伝統的なルールについていけない者も当然出てくるだろう。『警視庁

01教場』が青春小説としても優れているのは、警察官になったばかりでまだ手帳も貸与されていないひよっこたちの悩みや葛藤《かっとう》を描いているからだ。

警察官一家に育ったひょろりとした猫背の川野《かわの》。さっそく髪型を注意された女警の加《か》山《やま》。喜界島《きかいじま》からやってきたニキビ面の喜島《きじま》、元消防士で場長を務める柴田《しばた》。高校を出たばかりでまだ子供のしっぽを残した者もいれば、田舎から出てきてきょろきょろとあたりを見回しているような者もいる。一度職場で挫折《ざせつ》を味わい、失敗を挽回《ばんかい》しようとする者もいる。表面上は従順でも、心の中で何を考えているかはわからないのが彼らでもある。

仁子のよそよそしさは学生たちの元気のなさにもつながり、いらだった塩見は学生たちにアンケートを採る。甘粕教官をどう思うかを問うアンケートだ。その答えに無記名で『殺してやりたい』と書く者が現れる。薬物疑惑、脱走騒ぎ、ＳＮＳでの炎上騒動など、警察官としての資質を疑いかねない事件の連続に塩見はてんやわんやだ。

塩見の奮闘も、学生たちが抱える問題も興味をそそる。しかし、なんと言ってもこの作品の「花」は甘粕仁子である。

冷たく突き放すかと思えば、猫のように甘えてくる時もある。脱走した学生を必死で捜したかと思えば、その学生と目が合いながらも無視する。どれが彼女の本当の姿なのか。とりわけ塩見は教官と助教の距離を詰めようと近づいたあげく、仁子を女性として意識してしまう事態におちいる。仁子と見合いをして以来、たびたび警察学校に仁子を訪ねてくる島本との関係も気になる。仁子はモテる女性なのである。仁子をめぐる恋愛模様もこの作品の読みどころになっている。

読者としては仁子に振り回される塩見に大いに同情しつつ、興味を惹かれずにいられない。そういえば、吉川英梨はもともと恋愛小説でデビューした作家だ。こうした男女の機微を書くことにも長《た》けているのである。

吉川英梨は『私の結婚に関する予言38』で第3回日本ラブストーリー大賞エンタテインメント特別賞を受賞し二〇〇八年に作家デビュー。女性刑事を主人公にした警察小説『アゲハ　女性秘匿捜査官・原麻希』をはじめとする「原麻希（ハラマキ）」シリーズでブレークした。ほかに、警察庁直轄の諜報《ちょうほう》組織「十三階」に所属する女性刑事が主人公の「十三階」シリーズなど複数の人気シリーズを抱える。警察小説のほかに海上保安庁を舞台にした作品もあり、『海の教場』では、警視庁とはひと味違う海上保安庁の「教場」を描いている。

私の吉川英梨についての印象はとにかく「書ける人」である。どの作品もテーマに合わせて設定、キャラクター、文体を工夫し、読者の興味を逸《そ》らせない。読み始めたら止まらないページターナーだ。警察小説、ミステリを得意とするが、今後はさらにジャンルを広げていきそうな予感がある。

とくに私が注目しているのがキャラクターづくりの冴《さ》えだ。『警視庁01教場』も甘粕仁子、塩見圭介の二人のキャラクターとその脇を固める登場人物たちが生き生きと動き回ることが、物語を推し進めていく原動力になっている。

その秘密を吉川自身が明かした言葉がある。「警視庁53教場」シリーズの第一作が出た時に、吉川英梨と『教場』の長岡弘樹との対談記事を書いたのだが、その時にこんなことを言っていた。

「主人公の名前を姓名判断にかけたり、いつもけっこう考えますね。年表もつくります。世相がこうだった時にこう思ったとか、初恋は？　どういう親に育てられたか？　とか。プロットを何十枚も書くので、そのなかで自由にしゃべらせるうちにキャラクターが固まってきますね。いざ書く時には年代だけは確認しますけど、年表には囚われず彼らの生の声を大事にしながら書いていくようにしています」（【「教場」対談　吉川英梨×長岡弘樹】『警視庁53教場』刊行記念！「警察学校小説」対談が実現！／カドブン）

「生の声を大事に」。なるほど、だから登場人物たちに体温を感じ、「その後」が知りたくなるのだろう。甘粕仁子と塩見圭介の活躍をもっと読みたい。学生たちのその後を知りたい。そう思わせてくれる作品である。シリーズ化を期待したい。

本書は書き下ろしです。

この物語はフィクションであり、登場する個人・団体等は、現実と一切関係がありません。

人物紹介ページイラスト／彩田花道
人物紹介ページデザイン／bookwall

# 警《けい》視《し》庁《ちよう》01《ゼロワン》教《きよう》場《じよう》

吉川《よしかわ》英梨《えり》

令和5年 11月25日　初版発行

発行者●山下直久

発行●株式会社KADOKAWA
〒102-8177　東京都千代田区富士見2-13-3
電話　0570-002-301（ナビダイヤル）

角川文庫 23892

印刷所●株式会社暁印刷
製本所●本間製本株式会社

表紙画●和田三造




●お問い合わせ
https://www.kadokawa.co.jp/（「お問い合わせ」へお進みください）
※内容によっては、お答えできない場合があります。
※サポートは日本国内のみとさせていただきます。
※Japanese text only



ISBN 978-4-04-114089-5　C0193

◇◇◇

# 角川文庫発刊に際して

角川源義

第二次世界大戦の敗北は、軍事力の敗北であった以上に、私たちの若い文化力の敗退であった。私たちの文化が戦争に対して如何に無力であり、単なるあだ花に過ぎなかったかを、私たちは身を以て体験し痛感した。西洋近代文化の摂取にとって、明治以後八十年の歳月は決して短かすぎたとは言えない。にもかかわらず、近代文化の伝統を確立し、自由な批判と柔軟な良識に富む文化層として自らを形成することに私たちは失敗して来た。そしてこれは、各層への文化の普及滲透を任務とする出版人の責任でもあった。

一九四五年以来、私たちは再び振出しに戻り、第一歩から踏み出すことを余儀なくされた。これは大きな不幸ではあるが、反面、これまでの混沌・未熟・歪曲の中にあった我が国の文化に秩序と確たる基礎を齎らすためには絶好の機会でもある。角川書店は、このような祖国の文化的危機にあたり、微力をも顧みず再建の礎石たるべき抱負と決意とをもって出発したが、ここに創立以来の念願を果すべく角川文庫を発刊する。これまで刊行されたあらゆる全集叢書文庫類の長所と短所とを検討し、古今東西の不朽の典籍を、良心的編集のもとに、廉価に、そして書架にふさわしい美本として、多くのひとびとに提供しようとする。しかし私たちは徒らに百科全書的な知識のジレッタントを作ることを目的とせず、あくまで祖国の文化に秩序と再建への道を示し、この文庫を角川書店の栄ある事業として、今後永久に継続発展せしめ、学芸と教養との殿堂として大成せんことを期したい。多くの読書子の愛情ある忠言と支持とによって、この希望と抱負とを完遂せしめられんことを願う。

一九四九年五月三日

# 角川文庫ベストセラー

警視庁53《ゴーサン》教場　吉川英梨

捜査一課の五味のもとに、警察学校教官の首吊り死体発見の報せが入る。死亡したのは、警察学校時代の仲間だった。五味はやがて、警察学校在学中の出来事が今回の事件に関わっていることに気づくが——。

偽弾《ぎだん》の墓　警視庁53《ゴーサン》教場　吉川英梨

警察学校で教官を務める五味。新米教官ながら指導に奮闘していたある日、学生が殺人事件の容疑者になってしまう。やがて学校内で覚醒剤が見つかるなどトラブルが続き、五味は事件解決に奔走するが——。

聖母の共犯者　警視庁53《ゴーサン》教場　吉川英梨

府中警察署で脱走事件発生——。脱走犯の行方を追っていた矢先、卒業式真っ只中の警察学校で立てこもり事件も起きて……あってはならない両事件。かかわる人々の思惑は⁉　人気警察学校小説シリーズ第3弾！

正義の翼　警視庁53《ゴーサン》教場　吉川英梨

府中市内で交番の警官が殺された——。事件を追っていた矢先、過去になく団結していた53教場内で騒動が……警官殺しの犯人と教場内の不穏分子の正体は？　各人の思惑が入り乱れる、人気シリーズ第4弾！

カラスの祈り　警視庁53《ゴーサン》教場　吉川英梨

捜査一課の転属を断り警察学校に残った五味は、窮地に立たされていた。元凶は一昨年に卒業をさせなかった〝あの男〟——。53教場最大のピンチで全員〝卒業〟は叶うのか⁉　人気シリーズ衝撃の第5弾！

# 角川文庫ベストセラー

## 歪　捜査一課・澤村慶司
堂場瞬一

長浦市で発生した2つの殺人事件。無関係かと思われた事件に意外な接点が見つかる。容疑者の男女は高校の同級生で、事件直後に故郷で密会していたのだ。県警捜査一課の澤村は、雪深き東北へ向かうが……。

## 執着　捜査一課・澤村慶司
堂場瞬一

県警捜査一課から長浦南署への異動が決まった澤村。その赴任署にストーカー被害を訴えていた竹山理彩が、出身地の新潟で焼死体で発見された。澤村は突き動かされるようにひとり新潟へ向かったが……。

## 脳科学捜査官 真田夏希
鳴神響一

神奈川県警初の心理職特別捜査官・真田夏希は、医師免許を持つ心理分析官。横浜のみなとみらい地区で発生した爆発事件に、編入された夏希は、そこで意外な相棒とコンビを組むことを命じられる——。

## 脳科学捜査官 真田夏希　イノセント・ブルー
鳴神響一

神奈川県警初の心理職特別捜査官の真田夏希は、友人から紹介された相手と江の島でのデートに向かっていた。だが、そこは、殺人事件現場となっていた。そして、夏希も捜査に駆り出されることになるが……。

## 脳科学捜査官 真田夏希　イミテーション・ホワイト
鳴神響一

神奈川県警初の心理職特別捜査官・真田夏希が招集された事件は、異様なものだった。会社員が殺害された後に、花火が打ち上げられたのだ。これは殺人予告なのか。夏希はSNSで被疑者と接触を試みるが——。